De sang royal

Pieter Aspe

De sang royal

ROMAN

Traduit du néerlandais (Belgique)
par Emmanuèle Sandron

Albin Michel

Toute ressemblance avec des personnes ou des situations existantes serait purement fortuite.

Édition originale :
BLAUW BLOED

« On peut sourire et sourire et pourtant
être un scélérat. »

Hamlet, SHAKESPEARE

Pour Jooris Van Hulle,
grand défenseur du juron
« Benson im Himmel » *devant l'Éternel,*
et Rik Leroy,
pour qui « nomen est omen », *bien sûr…*

1

Hannelore Martens releva le col de sa veste et essuya d'un geste rapide les gouttes de pluie le long de son menton. Pourquoi cette fébrilité qui la tenaillait ? Éprouvait-elle du remords d'avoir cédé à la voix séduisante de Valentin Heydens et de courir au rendez-vous qu'il lui avait fixé ? Elle se hâtait d'un pas moins assuré que si elle s'était sentie pleinement innocente. Lorsqu'elle franchit le pont des Dominicains, ses talons claquèrent dans le silence du soir. Une bourrasque cingla le miroir du canal ; des vaguelettes vinrent mourir contre le quai dans un râle lugubre. Les contours des maisons patriciennes s'estompaient. Les ombres du crépuscule et la pluie battante enveloppaient la ville d'un voile opaque, comme si les éléments eux-mêmes voulaient amener Hannelore à modifier le cours de ses réflexions.

Elle courba le dos et secoua la tête. *Non, il faut que je revoie Valentin, et je le reverrai ! Ne serait-ce que pour en finir une fois pour toutes avec cette inquiétude…* Lorsqu'il l'avait appelée au tribunal, vingt minutes plus tôt, elle avait bondi de sa chaise. D'entendre sa voix après toutes ces années lui avait donné la chair de poule. L'instant d'après, une sensation infiniment agréable lui avait réchauffé le ventre.

« Tu connais L'Estaminet ? Oui, le café du parc Astrid. Dans une demi-heure ?

– D'accord ! J'y serai ! s'était-elle empressée de répondre.

– Promets-moi que tu seras à l'heure !

– Tu me connais !

– Promets-le-moi quand même ! »

Une urgence inattendue dans la voix de Valentin avait fait hésiter Hannelore. Elle lui avait demandé la raison de son empressement. Il avait éludé la question.

« J'ai besoin de toi, ma belle. Fais-moi ce plaisir ! Je t'attends à L'Estaminet ! À tout de suite ! »

Il avait raccroché. Hannelore était restée un instant immobile, le combiné à la main. Elle aurait pu avancer l'un ou l'autre prétexte pour décliner l'invitation de Valentin, mais aucun ne lui avait paru suffisamment convaincant. Le désir de le revoir l'avait emporté. Elle avait appelé Van In pour lui annoncer qu'elle rentrerait un peu plus tard que prévu et lui demander d'aller chercher les enfants chez la nounou. Pieter n'avait pas protesté. Il n'avait même pas remarqué son trouble.

« Prends ton temps, ma chérie ! Je garderai quelque chose au chaud pour ton retour. »

Si son homme n'avait pas réagi aussi gentiment, Hannelore serait peut-être revenue sur sa décision, mais la bienveillance de Van In était pour elle comme un blanc-seing. Après lui avoir souhaité une bonne soirée et avoir arrondi les lèvres devant le combiné en un parfait baiser de Judas, elle avait quitté son bureau précipitamment, les épaules frissonnantes, la tête envahie de pensées contradictoires. Sur le chemin du parc Astrid, elle avait essayé de museler la voix de sa conscience. Après tout, elle avait bien le droit de revoir l'homme qui, dix-sept ans auparavant, avait écarté avec un art subtil le voile fragile qui protégeait sa féminité et l'avait déflorée avec une tendre délicatesse. Depuis lors, il ne s'était pas écoulé un mois sans qu'elle ne se remémore au moins une fois cette nuit où ses charmes s'étaient épanouis.

Valentin l'avait d'abord invitée à dîner dans l'intimité d'un restaurant de la ruelle Noire, près du Marché aux Grains, à Gand. Croquettes de crevettes, steak aux champignons et mousse au chocolat : un festin pour une étudiante plus habituée aux spaghettis bolo ou aux fayots sauce tomate. Après ces préliminaires gastronomiques, ils avaient sillonné la ville la main dans la main pour aboutir enfin, après mille et un détours, dans la nouvelle rue Saint-Pierre, à deux pas de la chambre de Valentin.

Hannelore jeta un rapide coup d'œil en arrière avant de s'engouffrer dans la rue de la Fontaine-des-Frères. Elle accéléra le pas. Elle ne pouvait plus reculer. *C'est Valentin tout craché ! Me téléphoner comme ça, après tout ce temps… Il ne sait pas que je suis avec quelqu'un ? Mon Dieu ! Simon et Sarah ! Le jeu en vaut-il la chandelle ? Non, alors… ?!*

Valentin lui avait un jour offert *Le Joueur* de Dostoïevski. Ce roman qu'elle avait lu d'une traite, elle le chérissait depuis lors comme le symbole de ces treize mois de félicité qu'elle avait vécus avec Valentin, car telle avait été la durée de leur relation. Dostoïevski avait raison. Au jeu de l'amour, il n'y avait pas de vainqueur. À la roulette de la vie, il n'y avait que deux couleurs : le rouge pour la passion, le noir pour la douleur. Gagner ou perdre : cela n'avait pas d'importance… Le joueur l'expérimentait à ses dépens. Mesdames et messieurs, rien ne va plus. *Faites vos jeux**[1]. La roulette continuait à tourner, comme la Terre, et personne n'en comprenait jamais le sens.

Hannelore s'ébroua comme un chien mouillé. La pluie ruisselait sur son visage, transperçait sa veste et se frayait un chemin sous son chemisier. Une voiture passa au ralenti dans une flaque, faisant gicler l'eau noire autour d'elle. Hannelore sursauta. Elle avait cru reconnaître le chauffeur : un jeune avocat avec qui elle avait eu une prise de bec pas plus tard que la veille. *Mais non, ce n'est pas lui ! Maître Bonne a une Toyota d'occasion. Des fantômes ! Je vois des fantômes !*

Arrivée au parc Astrid, elle prit à droite. Bientôt, elle vit les lumières de L'Estaminet se refléter sur le trottoir. Elle poussa la porte et balaya avidement la salle du regard. Valentin était assis dans un coin, non loin du bar, de biais face au grand miroir qui, de mémoire d'homme, avait toujours été accroché là. Ses cheveux s'étaient clairsemés, un bedon pointait sous sa chemise, mais il avait gardé son visage poupin malgré sa barbe.

Hannelore déboutonna sa veste. Elle savait qu'elle n'avait pas changé. Après la naissance des jumeaux, elle avait travaillé dur – peut-être même un peu trop pour une femme en couple – pour retrouver sa ligne.

« Me voici ! » dit-elle.

---

1. Les mots ou expressions en italiques et suivis d'un astérisque sont en français dans le texte. (*Toutes les notes sont de la traductrice.*)

Valentin plongea ses yeux dans les siens, sourit et consulta rapidement sa montre, comme il l'avait fait une vingtaine de fois au cours du dernier quart d'heure.

« Je suis très, très content que tu sois venue !

– Moi aussi. »

Je ne suis pas mariée, après tout. Van In n'est que le père de mes enfants. Pas de mariage, pas d'adultère ! Une femme de mon âge a le droit de baiser, et si son partenaire n'assure pas...

La voix de sa conscience avait raison. Van In n'assurait pas. Il était même aux abonnés absents.

« Tu es radieuse ! » dit Valentin en se levant.

Il passa les bras autour de ses épaules et déposa un baiser furtif sur ses lèvres. Malgré ses vêtements trempés, Hannelore eut une bouffée de chaleur. Le feu qui lui dévorait le ventre depuis l'appel de Valentin se répandait maintenant dans tout son corps. Elle fit mentalement sauter une pièce de vingt francs[1]. *Pile, je résiste. Face, je craque. Franchement, la deuxième option est la plus excitante !*

« Qu'est-ce que tu bois ? Un verre de sauternes ? »

Il n'avait pas oublié ses goûts.

« Je ne sais pas s'ils en ont ici. »

Elle ne voulait pas qu'il se mette en frais pour elle, mais il ignora son geste de refus et leva la main à l'adresse du patron.

Johan s'approcha d'un pas lent. Il se sentait mal à l'aise. Hannelore en compagnie d'un autre homme que Van In, ça puait les ennuis à plein nez. Il préférait ne pas imaginer ce qui se produirait si le commissaire passait la porte. Or, les lumières du troquet semblaient

1. Au passage à l'euro, il fallait 40 francs belges pour un euro.

l'attirer inexorablement par les soirs de pluie comme celui-là…

Une vénérable demeure aussi originale que son propriétaire se dressait quai de la Coupure. Marcus Heydens y organisait des concerts pour un public trié sur le volet ; il avait même fait construire à cet effet une tribune de bois dans son salon, convaincu qu'il était que la musique s'apprécie mieux lorsqu'elle vient d'en haut. Était-il fou pour autant ? Lui-même se qualifiait d'excentrique et se prévalait d'un QI aussi élevé que la tour Eiffel. Outre les concerts, Marcus Heydens montait des séances de guignol à l'intention des enfants du quartier. Pour tromper l'ennui, il lisait *l'Odyssée* à voix haute dans son jardin, dans le plus simple appareil, il servait à ses hôtes des sauterelles grillées et des vers de farine marinés dans les plus grands crus de bordeaux ou, déguisé en mendiant, il se postait à la sortie de la gare du Nord à Bruxelles pour haranguer les voyageurs. Mais à vrai dire, son grand rêve était d'égaler le record de Simenon, qui se targuait d'avoir couché avec pas moins de dix mille femmes.

Ce soir-là, ses folles escapades lui paraissaient dérisoires. Il leva la tête. La plate-forme de la tribune s'élevait à trois mètres au-dessus du sol. Reposant sur deux colonnes de marbre, elle courait sur toute la largeur de la pièce et sur deux mètres de profondeur. Fermée à l'avant par une impressionnante balustrade ornée de quatorze pilastres torsadés, elle ressemblait à un jubé, sans l'orgue, bien sûr. Qui aurait jamais pu imaginer que quelqu'un serait un jour assez machiavélique pour transformer cette excentricité architecturale en instrument de mort ? Certainement pas le maître des lieux, qui se trouvait pourtant debout, pieds joints sur un tabouret chancelant, avec, autour du cou, une corde dont l'extrémité avait été accrochée au sommet de ladite balustrade. Sa mobilité était pour le moins restreinte. Au moindre faux mouvement, il perdrait l'équilibre et mourrait d'une mort sans gloire, les bras prisonniers d'une camisole de force et la bouche bâillonnée au ruban adhésif de déménageur. Pour couronner le tout, la télévision gueulait sa soupe, de sorte qu'il lui était impossible d'attirer l'attention des voisins.

Les yeux fermés, Marcus Heydens écoutait stoïquement deux actrices vanter les mérites d'une poudre à lessiver dans le tunnel de pub précédant le *20 heures*.

« Karel a réussi avec mention », disait une jeune femme au bronzage parfait à une virago au teint blafard et aux seins en berne.

Le fils du laideron, un petit grassouillet à taches de rousseur, baissa les yeux de honte.

Le fameux Karel entra en scène. Il portait un t-shirt maculé.

« C'est grâce à toi, maman ! » dit-il en arborant un sourire qui avait dû coûter la peau des deux fesses en frais dentaires. Il posa gentiment une main sur l'épaule de sa mère.

Le réalisateur en profita pour zoomer sur les seins de l'actrice. Karel ôta son t-shirt et le fourra dans la machine sous les yeux de la virago. Gros plan sur le beau petit cul du fils. Sa mère ouvrit un placard de la cuisine. Zoom sur cinq ou six boîtes portant l'inscription BLANCO en lettres énormes. « Cinq ans plus tard… »

Marcus Heydens connaissait la suite par cœur. Devenue une vraie beauté, la virago se tenait au bord d'une plateforme de lancement où une fusée à quatre étages crachait des nuages de fumée blanche. Un astronaute s'avançait vers l'actrice au ralenti, dans une combinaison d'un blanc étincelant. Il ôtait son casque pour embrasser sa mère.

« C'est grâce à toi, maman ! » disait-il à son tour.

La fusée s'élevait dans le ciel. Image suivante : un paquet de BLANCO. Fin de la pub.

Les jambes de Marcus Heydens tremblaient. Il avait toujours rêvé d'une mort flamboyante, dans un feu d'artifice de souvenirs chatoyants. *Crever pendant la pub ! C'est d'un vulgaire ! Quel déshonneur pour un esthète comme moi !*

« Un verre de sauternes ?! demanda Johan les yeux écarquillés.

– Oui, ça pose un problème ? répondit Hannelore.

– Non, non ! »

Johan passa un coup de torchon humide sur la table. Il aurait offert à Hannelore six bouteilles de sauternes, et de bon cœur, si elle avait envoyé bouler son admirateur.

« Apportez-nous la bouteille ! » dit Valentin.

Hannelore sortit un paquet de cigarettes de son sac. Contrairement à Van In, elle ne fumait que lorsqu'elle avait quelque chose à fêter.

« Je suis très curieuse de savoir pourquoi tu m'as appelée, dit-elle, toute chose.

– Curieuse, seulement ? » répondit Valentin en lui présentant son briquet.

Hannelore tira sur sa sèche et le remercia d'un regard pétillant que Valentin interpréta comme un signe favorable. Il avait gagné son pari. *Les psys ont raison : les femmes n'oublient jamais leur premier amant.*

« Surprise, aussi », dit Hannelore en tirant une deuxième fois sur sa cigarette.

Elle le regarda dans les yeux. En droit, on parle de force irrépressible, et elle était la première à penser que les avocats de la défense l'invoquaient beaucoup plus souvent que de raison.

« C'est au sujet de mon père, dit Valentin.

– C'est pour lui que tu m'as appelée ?!

– Entre autres.

– Qu'est-ce qui lui arrive ? Je ne suis tout de même pas venue ici pour que tu me parles de lui ? »

Cela sonnait comme un aveu, et c'en était un.

À huit heures moins trois, au moment où le rejeton de la virago disait « C'est grâce à toi, maman », Marcus Heydens sentit le sol se dérober sous ses pieds. Le nœud coulant se referma sur sa gorge et lui déchira la peau. Son sexe entra en érection. Quand il éjacula, cela ne lui procura pas plus de plaisir que de vider sa vessie. Il était mort avant même que le présentateur n'ait terminé d'énumérer les titres du journal – à moins que cela ne soit sorti de sa féconde imagination ?

Un vieillard entra dans la pièce. Il trancha la corde, prit Marcus Heydens dans ses bras et le transporta dehors. Oui, cela semblait bien réel. Marcus Heydens sentit la pluie couler sur son visage et le vent jouer dans ses cheveux. Une limousine noire attendait devant chez lui. Un chauffeur en uniforme lui ouvrit la portière.

« Tu peux marcher ? demanda le vieil homme.

– Je crois », répondit-il.

Ils prirent place dans la voiture. Durant le bon quart d'heure que dura le trajet, ils n'échangèrent aucune parole. Ils traversèrent des rues désertes, longèrent des façades à la peinture écaillée et laissèrent derrière eux des immeubles en ruine avant d'arriver dans un quartier inconnu. La limousine s'immobilisa devant une copie plutôt kitsch d'un temple grec. Sur le fronton, des lettres au néon rouges et jaunes annonçaient en clignotant : « Ciné Ritz ».

« Nous y sommes », dit le vieil homme.

Ils sortirent de la limousine. L'homme aida Marcus Heydens à s'installer dans un fauteuil de cinéma élimé avant de disparaître à pas feutrés. L'écran s'alluma. Deux femmes apparurent. Elles faisaient la pub pour Blanco. Et elles continueraient à le faire toutes les quarante-cinq secondes, jusqu'à la fin des temps.

« Mon père a reçu des menaces de mort, dit Valentin pendant que Johan servait le vin. J'ai peur qu'on attente à sa vie.

– Aha. »

Valentin mesura la déception dans la voix d'Hannelore.

« J'aurais pu appeler un autre juge d'instruction..., dit-il en laissant la fin de sa phrase en suspens.

– C'est à la police que tu aurais dû t'adresser, Valentin. Ce n'est pas à un juge d'instruction de...

– Bon, bon ! On ne va pas se disputer ! Pas après toutes ces années ! Je me suis peut-être monté le bourrichon avec cette histoire. Va savoir ! Mon père ne court sans doute même aucun danger et, si je suis là, c'est uniquement parce que j'ai pris prétexte de ces fichues lettres pour avoir une raison de te revoir, mais...

– Quelles lettres ?

– Les menaces de mort reçues par mon père. »

Valentin palpa la poche intérieure de sa veste et en sortit une liasse d'enveloppes ouvertes à la hâte.

« Fais-moi plaisir ! Lis-les ! » supplia-t-il en les poussant sur la table.

Monsieur Marcus Heydens, quai de la Coupure 26, 8000 Bruges, était-il écrit sur la première du tas. Le timbre représentait une maison avec le nom de l'architecte en tout petits caractères : HORTA.

« Tu veux que je les lise toutes ?!

– Quand je t'ai appelée cet après-midi, tu m'as dit que tu avais tout ton temps… »

Cela ressemblait à un reproche, mais Hannelore ne s'en formalisa pas. L'esprit ailleurs (c'était plus fort qu'elle : elle ne parvenait pas à ne pas penser à ce premier soir qu'ils avaient passé ensemble, dix-sept ans auparavant, à Gand), elle s'empara de la première lettre et entreprit de la lire. Il ne lui fallut pas plus de quelques minutes pour comprendre que toutes disaient plus ou moins la même chose. Le style apparemment sans faute trahissait une plume hantée par une obsession. Chaque lettre se terminait par une citation, parfois de la Bible.

« Ton père est franc-maçon ? »

Valentin en resta bouche bée.

« Comment le sais-tu ? »

Hannelore lissa une des lettres et lui indiqua trois points disposés en triangle à l'endroit de la signature.

« C'est ainsi que les francs-maçons terminent leur courrier. Il se trouve que je le sais.

– Non, mon père n'a rien à craindre de ce côté-là.

– En es-tu si sûr ?

– Évidemment ! Les francs-maçons sont des hommes intègres qui poursuivent des objectifs supérieurs ! La violence est un mot qui ne fait pas partie de leur vocabulaire.

– Mais la chair est faible…, dit Hannelore en souriant. Crois-moi, Valentin. La violence est universelle. Elle n'épargne personne, pas même ceux qui se croient au-dessus d'elle. »

Valentin serra les mâchoires. Le sourire juvénile qui avait fait craquer Hannelore céda la place à un rictus exsangue.

« Ce ne sont pas des francs-maçons qui menacent mon père ! Je crois qu'il est victime d'un complot d'intellos de gauche qui veulent se débarrasser de lui. »

Même si elle fut choquée par la colère rentrée qui sourdait de cette dernière phrase, Hannelore ne put s'empêcher de répondre :

« Mon Dieu, le pauvre, je vais le plaindre ! »

Elle aurait mieux fait de s'abstenir. Valentin cacha son visage dans ses mains et laissa échapper un sanglot. Les piliers de comptoir les plus endurcis lui jetèrent des regards apitoyés. *C'est ma faute*, se dit Hannelore. *Je suis sans doute allée trop loin.*

« Excuse-moi, Valentin ! dit-elle en s'asseyant à côté de lui et en posant une main sur son épaule. Ce n'est pas ce que je voulais dire ! »

Comme rien ne semblait pouvoir mettre un terme à la crise de larmes de son ancien amant, elle leva la main à l'adresse du barman.

« Viens ! On s'en va ! » dit-elle, un peu gênée.

Elle exhiba un billet de deux mille. Payer l'addition, c'était bien le moins. Elle se jurait de ne plus dire un mot au sujet du père de Valentin ni des lettres de menace.

Van In ronflait comme un bûcheron dans le canapé. De temps à autre, sa respiration s'interrompait abruptement pour reprendre de plus belle quelques secondes plus tard. Un verre et une bouteille de Coca vides trônaient sur la table du salon, témoins muets de la longue soirée qu'il avait passée en tête à tête avec Bob, le gros berger allemand. Les enfants étaient couchés depuis belle lurette, mais Bob avait attendu poliment que son maître s'endorme pour s'assoupir à son tour devant l'âtre.

Il était un peu plus de minuit lorsque la sonnerie du téléphone retentit dans la maison silencieuse de l'impasse du Poisson-Gras. Il fallut une bonne minute à Van In pour s'extirper des coussins, se traîner jusqu'à la cuisine et décrocher le combiné. Bob, qui avait levé une paupière, la rabaissa pour reprendre le fil de son rêve dès qu'il comprit qu'il ne se passait rien de grave.

« Allô !

– Commissaire Van In ?

– Vous vous attendiez à qui ? À Superman ?! »

Silence au bout du fil. Par acquit de conscience, l'inspecteur Guy Delodder vérifia qu'il avait composé le bon numéro.

« Ici Guy Delodder, commissaire, dit-il en se raclant la gorge.

– Qui s'imagine, comme tout le monde, que Van In est sur le pied de guerre jour et nuit ! Qu'est-ce qu'il y a encore ?

– Excusez-moi de vous déranger à une heure si tardive, commissaire, répondit le flic, qui connaissait bien son homme, mais c'est urgent.

– Quoi ? Encore un meurtre ? »

Van In n'était pas à prendre avec des pincettes. Un appel à minuit, c'était forcément des emmerdes à n'en plus finir.

« Non, d'après les renseignements à ma disposition, ce serait plutôt un suicide. »

Bordel ! Peuvent pas s'envoyer ad patres pendant les heures de bureau, non ?!

« Vous voulez que j'appelle quelqu'un d'autre, commissaire ? demanda Delodder en consultant la liste des enquêteurs. Le commissaire adjoint Vanneste, peut-être ? »

Van In alluma une cigarette. *Reste calme, mon vieux, reste calme !* Vanneste était un arrogant doublé d'un crétin qu'il ne pouvait pas voir en peinture. Ce carriériste sournois attendait tapi dans l'ombre le premier faux pas de Van In pour le poignarder dans le dos, et Delodder était bien entendu au courant.

« Non, ça va comme ça, Guy, dit Van In soudain radouci. Appelle Versavel et demande-lui de venir me chercher. »

Il n'avait pas trop le choix. Il ne mourait pas d'envie d'aller frapper chez ses beaux-parents pour leur demander de veiller sur les jumeaux, notamment parce qu'il entendait déjà d'ici la belle-doche : « Mais où est Hannelore ? Pourquoi n'est-elle pas à la maison ? Vous vous êtes encore disputés ? »

« C'est tout, commissaire ? »

Van In tira sur sa cigarette. La première bouffée de nicotine l'inspira. Mieux, elle lui donna une idée de génie.

« Quand tu auras Versavel en ligne, demande-lui de venir avec son copain. Dis que c'est une urgence.

– Versavel et son copain, répéta Delodder d'une voix où pointait un soupçon de sarcasme. Entendu, commissaire.

– Bon, je t'écoute, maintenant », dit Van In en soupirant.

Il prenait note de l'adresse du suicidé lorsque la porte d'entrée s'ouvrit. Hannelore entra dans la maison d'un pas mal assuré. À croire qu'elle avait quelque chose sur la conscience.

« C'est moi, mon chéri ! » dit-elle.

Van In lui fit signe de se taire. Bob s'étira et fit la fête à sa maîtresse dans la cuisine. Elle lui caressa la tête, prenant discrètement appui sur sa solide carcasse.

« Salut, Pierrot ! »

Après un rapide bisou, elle ôta sa veste et la jeta avec désinvolture sur le dossier d'une chaise de la cuisine. Elle ne faisait jamais ça. Bob se coucha sous la table, le museau entre les pattes avant. Aux aguets.

« Qu'est-ce que tu m'as laissé de bon au four ? demanda Hannelore. J'avalerais n'importe quoi ! J'espère qu'il y a de la bidoche. J'ai une faim de loup ! »

Van In déposa le combiné, plia en deux le papier sur lequel il avait noté l'adresse communiquée par Delodder et regarda Hannelore. Elle n'était pas belle à voir, et ça le rendait furax.

« Comme ça, madame a envie de bidoche ?

– Oui ! Une bonne saucisse, par exemple ! » dit-elle en esquissant un geste équivoque qui donna envie à Van In de la gifler.

Il s'abstint, car Bob n'aurait pas compris le contexte.

« Figurez-vous que vous me dérangez en plein travail, madame le juge d'instruction. Tu as vu ton état ?! Tu devrais avoir honte ! »

Hannelore ôta ses chaussures et se laissa tomber sur une chaise.

« Moi ? Honte ? De quoi donc ?

– Pense aux enfants !

– Les enfants ? Ils ne sont pas couchés ? »

Elle n'avait pas terminé sa phrase qu'elle se mit à tanguer sur sa chaise. Van In la rattrapa de justesse. Ce fut l'instant que Versavel choisit pour sonner à la porte d'entrée.

« C'est nous ! » cria-t-il par la fente de la boîte aux lettres.

« Allô, maman ?

– Oui mon chéri, dit Leona Vidts. Que se passe-t-il ? »

Il y avait de la friture sur la ligne. Il faut dire que le portable qu'elle lui avait acheté pour Noël n'était pas d'une qualité extraordinaire.

« Dis quelque chose, Valentin !

– Papa...

– Quoi, papa ?

– Il est mort.

– Mort ?!

– Il s'est pendu, maman. »

Leona prit une profonde inspiration. Marcus Heydens était donc enfin crevé. Elle consulta sa montre. Minuit moins vingt.

« Tu as appelé une ambulance ?

– Pas encore.

– Pourquoi ?

– Eh bien... Je viens de te le dire, maman. Parce qu'il est mort.

– Alors, appelle la police !

– Oui, maman. »

Valentin raccrocha et alla s'asseoir sur une chaise dans le couloir.

Leona Vidts laissa tomber son peignoir. En slip, elle traversa le long couloir glacé qui menait à sa chambre. Là, elle enfila nerveusement un jean et un pull. Elle ne portait jamais de soutien-gorge ; ce n'était pas nécessaire avec ses œufs au plat. Elle sourit. C'est cette partie de son anatomie qui avait séduit Marcus à l'époque et il ne l'avait jamais trompée. Elle baissa le chauffage et ouvrit une boîte de nourriture pour chien. Elle était curieuse de savoir comment Henri Broos réagirait lorsqu'elle lui apprendrait la nouvelle.

2

Le quai de la Coupure avait quelque chose de romantique, sans doute à cause des bateaux qui flottaient à hauteur des maisons et des écluses vermoulues qui semblaient tout droit sorties d'un tableau impressionniste. Versavel gara la Golf sous les arbres, au bord de l'eau. Gyrophare allumé, une ambulance stationnait devant chez Marcus Heydens. Tandis que le médecin urgentiste communiquait son rapport par radio au gars du central, son chauffeur, un jeune infirmier à la longue chevelure rousse, s'offrait une cigarette.

Versavel retira la clé de contact et ouvrit sa portière à la volée. Il ne pleuvait plus, mais il soufflait un petit vent frais. Van In se passa une main dans les cheveux, se gratta le bas du crâne et fourragea dans son nez.

« Qui a trouvé la victime ?

– Son fils, répondit Versavel laconiquement.

– Tu vois, je trouve que ce genre de chose devrait être interdite par la loi. »

Versavel ne chercha pas à comprendre. Les deux flics traversèrent la rue. Le chauffeur de l'ambulance écrasa son mégot et reprit place à son volant. On l'attendait déjà ailleurs. Deux ados s'étaient écrasés contre un platane aux environs de Waardamme. L'un était gravement blessé, l'autre était mort sur le coup.

Van In salua l'agent de faction à la porte.

« C'est toujours les mêmes qui se coltinent tout le boulot, pas vrai, Robert ? »

L'agent Bruynooghe sourit en effleurant son képi du bout des doigts. Il faisait partie de la vieille garde : il connaissait Van In comme s'il l'avait fait.

« Delodder m'a tiré du lit il y a vingt minutes, expliqua-t-il. Juste au moment où on entamait les préliminaires, ma femme et moi », ajouta-t-il avec un clin d'œil.

Trois mois auparavant, Bruynooghe s'était fait faire une vasectomie. Il ne manquait jamais une occasion de se vanter de ses performances décuplées et de laisser entendre que madame était plus que satisfaite de la nouvelle noblesse de l'extension.

« Robert, je te le dis, avant que le coq ne chante trois fois, tu seras chez toi pour faire ce que tu as à faire. »

Encore un peu, Van In lui aurait promis d'entrer avec lui au paradis la nuit même. Pieux mensonge, car cela faisait plusieurs mois qu'il n'ouvrait plus les portes du jardin céleste.

Valentin Heydens était toujours assis sur une chaise, dans le couloir, le menton sur la poitrine.

« Bonsoir, monsieur. Commissaire Van In, de la cellule spéciale de recherche. »

Heydens resta figé comme une statue de sel, au grand agacement de Van In. Face à un *Moïse* qui refusait de s'animer, Michel-Ange avait pris son marteau et fracassé l'insolent, mais le commissaire ne pouvait pas se permettre d'être aussi expéditif.

« Encore un grand sensible ! » murmura-t-il.

Versavel haussa un sourcil.

« Monsieur n'a pas peur de montrer ses émotions, poursuivit Van In. Disons qu'il a la sensibilité à fleur de peau…

– Il vaut mieux l'avoir là qu'ailleurs.

– Toujours aussi poétique, mon petit Guido ! »

Van In se racla bruyamment la gorge.

« Ohé ! On se réveille ! C'est la police ! »

Il fallut une bonne dizaine de secondes à Valentin Heydens pour émerger de ses pensées.

« Excusez-moi, dit-il enfin. J'étais ailleurs. »

Il avait le regard voilé et des cernes rouges autour des yeux.

« Je suis le commissaire Van In et voici le brigadier Versavel, dit Van In d'un ton morose. Je suppose que c'est vous qui nous avez appelés. »

L'homme hocha la tête.

« Vous êtes le fils de la victime ?

– Oui, commissaire. Que voulez-vous ?

– Je voudrais savoir ce qui s'est passé ce soir, monsieur Heydens. Si ce n'est pas trop vous demander. »

Il ne pourrait pas y mettre un peu plus de formes ? se dit Versavel, qui trouvait que Van In manquait de tact. Il poussa prudemment son chef sur le côté et posa une main sur l'épaule de Valentin Heydens.

« Au nom du commissaire et de moi-même, je vous présente nos plus sincères condoléances, monsieur Heydens », dit-il d'une voix douce.

Heydens hocha de nouveau la tête avant de se remettre à renifler. Van In était sur le point d'intervenir, mais il se ravisa : Versavel le fusillait du regard.

« Les membres de la cellule d'aide aux victimes vont bientôt arriver, monsieur Heydens. En attendant, si vous le voulez bien… » Tout en parlant, Versavel ouvrit la porte d'entrée et fit signe à Bruynooghe : « Robert, tu peux venir ?

– Qu'y a-t-il pour votre service, brigadier ? » demanda l'agent, content de se rendre utile.

Son imposante silhouette s'encadra dans l'embrasure de la porte.

« Apporte une tasse de café à monsieur Heydens. »

Interloqué, Bruynooghe interrogea du regard Versavel et Van In.

« Faut que je fasse du café ?! »

Au cours de sa carrière, il avait vu les choses évoluer, il n'y avait pas à dire. *Ah, ça, elle est loin, l'époque où le maintien de l'ordre était la mission de la police ! Quelle décadence ! Les suspects te traitent de « sale flic », et toi, tu dois leur donner du « monsieur » ?! J'ai fermé ma gueule, comme les collègues, question de gagner ma croûte et de prendre du galon, pareil que Versavel, soit dit en passant, mais faut quand même pas pousser bobonne dans les orties ! Je suis flic, moi ! Pas garçon de café !*

« Avec tout le respect que je vous dois, commissaire… »

Van In regarda Bruynooghe comme il ne l'avait plus fait depuis longtemps.

« Fais-le pour moi, Robert, dit-il en souriant. Les experts de l'Aide aux victimes seront là d'une minute à l'autre. Promis juré, dès leur arrivée, on se débrouillera sans toi. » Il avait prononcé le mot « experts » avec une emphase qu'il avait soulignée d'un clin d'œil. « Appelle ta femme et dis-lui que tu seras rentré d'ici une petite demi-heure. »

Bruynooghe hésita avant de saluer au garde-à-vous, comme au bon vieux temps.

« À vos ordres, commissaire ! »

De tous les officiers, Van In était le plus humain. Un gars fait d'une seule pièce qui savait parler à ses hommes.

« Merci, Robert. Je vais profiter de ce que le brigadier prend si bien soin de la victime pour aller jeter un œil sur le lieu du drame », ajouta-t-il d'une voix sarcastique.

Imitant Bruynooghe, Versavel se mit au garde-à-vous en souriant.

« Je dois saluer aussi, commissaire ?

– Non, mon petit Guido. Une révérence suffira. »

Trois portes s'ouvraient sur le couloir. L'une d'elles donnait sur le salon où, au dire de l'inspecteur Delodder, le corps avait été découvert. Van In n'avait besoin de personne pour partir en reconnaissance.

En pénétrant dans le salon, il pensa qu'à soixante kilomètres de là, passé la mer du Nord, les Anglais appellent cette pièce *drawing-room*, littéralement la pièce où l'on dessine. Partout gisaient des croquis, des esquisses et tout un fatras de fusains, de crayons et de plumes. Une grande feuille de papier fait main était même punaisée sur un antique chevalet. Après avoir refermé la porte, Van In regarda autour de lui. Il fut d'emblée frappé par les dimensions de la pièce – six mètres de large pour cinq de haut – et par la tribune. La corde qui pendait encore à la balustrade parlait d'elle-même. Tout indiquait un suicide.

Les ambulanciers avaient tranché la corde et étendu Marcus Heydens sur le sofa. Le médecin urgentiste avait probablement tenté de le ranimer, car il avait la chemise déboutonnée et la bouche entrouverte. La télévision diffusait une série B américaine en anglais, sans sous-titres.

Van In fit trois pas dans la direction du chevalet posé devant la fenêtre donnant au nord, là où la lumière est par essence la plus belle. À quoi distingue-t-on le véritable artiste de l'amateur ? L'un se contente de reproduire la réalité, quand l'autre donne forme à un concept. Le dessin qui trônait sur le chevalet ne répondait à aucune de ces deux définitions. Il représentait une sorte de temple à colonnes surmonté d'un fronton triangulaire d'où un soleil levant posait son œil divin sur le spectateur. L'édifice était encore coiffé d'une coupole et flanqué de trois tours qui, de loin, ressemblaient à des minarets. En se rapprochant, Van In constata qu'elles arboraient des traits occidentaux évoquant le gothique tardif. Deux gardes se tenaient de part et d'autre de l'entrée du temple. Ils portaient l'épée au poing, l'une fixant le ciel, l'autre, la terre. Cet étrange dessin était très différent des paysages et des marines dispersés dans la pièce. Pourtant, il portait la même signature : un M aux courbes élégantes intimement mêlé aux deux traits verticaux et à la barre horizontale d'un H énergique. Van In recopia une version brouillonne de ce monogramme dans son calepin et prit quelques notes. Malgré la présence du mort, il était sensible au charme discret qui émanait de la pièce, peut-être parce qu'il nourrissait depuis plusieurs années le secret espoir de se mettre un jour à la peinture et au dessin. L'éclat ciré des meubles antiques, le haut plafond, la tribune d'allure médiévale et les relents de cigare, tout lui donnait plus que jamais l'envie de la mise à la retraite, ce moment qu'il attendait depuis déjà vingt-cinq ans. À l'heure où l'automne endort toute velléité de croissance et accompagne chaque être vers une mort feutrée, il trouverait enfin le repos, il en était sûr.

Après avoir enfilé des gants, il entreprit d'examiner le tabouret qui se trouvait sous la tribune. Une étiquette jaunie était collée sous l'assise : « Thonet ». Étrange. Thonet était un ébéniste autrichien du XIXe siècle qui avait produit des meubles à grande échelle et à des prix abordables, comme Ford allait le faire dans l'automobile un peu plus tard. Ce petit tabouret Thonet jurait avec le buffet hollandais du dix-septième, le coffre gothique et la commode chippendale, qui auraient tous les trois eu leur place dans un musée. Van In remit le tabouret sur ses pieds pour examiner le nœud coulant. *Étrange... On dirait que Heydens a d'abord replié les jambes avant de faire tomber le tabouret. Bizarre quand même qu'un type qui veuille attenter à ses jours pense à une telle mise en scène...*

« Les gars de l'Aide aux victimes viennent d'arriver », dit Versavel, entré dans le salon sur la pointe des pieds.

Lorsqu'il aperçut la lueur mélancolique dans les yeux de son ami, il sourit.

« Je ne voulais pas saper ton autorité, dit-il pour se dédouaner. Mais il me semblait que Valentin Heydens avait besoin de toute urgence d'une assistance psychologique.

– Je ne t'en veux pas, Guido. Tu me connais. »

Van In tourna le dos au chevalet et à ses projets de retraite.

« Le légiste est arrivé ? »

À ce moment, ils entendirent des bruits dans le couloir.

« Comment l'avez-vous deviné, docteur ? disait la voix de Klaas Vermeulen, du labo technique. Van In n'est pas une lumière, mais il y a pire ! »

« Je te préviens, c'est Dupon », glissa Versavel.

Van In se dépêcha d'allumer une cigarette, pour le simple plaisir de faire enrager le légiste qui, contrairement à la plupart de ses collègues, était farouchement antitabac. Mais il avait d'autres raisons de ne pas le saquer. Ce type arrogant qui ne tolérait pas la contradiction avait un jour affirmé dans un entretien à un grand journal que la science était l'épine dorsale de la police. Klaas Vermeulen ne valait pas mieux, lui qui passait ses loisirs à distribuer des cartes de visite sur lesquelles il s'était bombardé « Expert de la police scientifique », et en caractères gras, qui plus est !

« Messieurs, bonsoir ! » dit Van In, radieux, en soufflant sa fumée dans la direction de Dupon.

Le légiste fit la gueule, mais s'abstint de tout commentaire. Il était au-dessus de ça. Il s'ensuivit un silence pénible qui n'annonçait rien de bon. Les assistants de Vermeulen, deux gars dégingandés en tenue d'astronaute bon marché, se mirent au travail sans perdre une seconde, terrorisés à l'idée qu'on leur bousille des indices.

« Je propose d'attendre que ces messieurs de la police judiciaire aient terminé leur travail. Qui sait ? Ils pourraient découvrir quelque chose ! » laissa tomber Van In, non sans une pointe de cynisme. Il prit Versavel par le bras et l'attira dans le couloir après avoir encore tiré sur sa cigarette comme un forcené. « À dans une petite heure, messieurs ! »

« Je trouve le café de Bruynooghe délicieux ! » dit Van In.

Lui et Versavel s'étaient retirés dans la cuisine. Ils n'avaient pas grand-chose d'autre à faire que de boire le jus de chaussette de l'agent, car Valentin Heydens avait sombré dans les bras de Morphée. Toujours prompt à mettre des bâtons dans les roues au commissaire, le docteur Dupon avait administré un calmant au fils du suicidé et renvoyé chez eux les bénévoles de l'Aide aux victimes.

« Il t'a dit quelque chose ?

– Qui ?

– Le Beau au bois dormant. »

Versavel but une gorgée de café en fermant les yeux.

« J'ai parlé cinq minutes avec lui, pas plus. Qu'est-ce que tu veux savoir ?

– La vérité, Guido.

– La vérité, la vérité ! Comme tu y vas ! »

Van In alluma une cigarette et suivit la fumée des yeux. Si Versavel fuyait son regard, c'est qu'il y avait un détail qui clochait.

« Je le saurai de toute façon, Guido… »

Versavel poussa un soupir. Il était aussi difficile de cacher quelque chose à Van In que de traverser la Grand-Place avec un éléphant en laisse.

« Possible.

– Qu'est-ce qu'il t'a raconté ?

– Ça peut attendre demain, Pieter.

– Je veux le savoir maintenant, Guido. »

Versavel poussa un nouveau soupir.

« Valentin Heydens affirme avoir passé la soirée avec Hannelore », dit-il en regardant Van In droit dans les yeux.

Heydens lui avait aussi confié qu'il connaissait Hannelore depuis près de vingt ans, qu'ils avaient eu une relation tumultueuse et qu'il avait voulu renouer avec elle, mais il tint sagement cette information pour lui. Van In se mit à grogner comme un pitbull enrhumé. Le geste équivoque qu'avait fait Hannelore à son retour prenait subitement une nouvelle signification.

« Le salaud ! s'écria Van In en jetant sa cigarette à moitié consumée dans son café.

– Je ne sais pas si c'est vrai, Pieter.

– Tu ne sais pas si c'est vrai ! Tu es aveugle ?!

– Non. »

Versavel avait vu de ses propres yeux l'état dans lequel Hannelore était rentrée. Il comprenait la colère de Van In. La jalousie est une bête qui ne connaît ni les tempérances de la raison ni la douceur de la compassion. Et il savait qu'à la place de Van In, il aurait réagi exactement de la même manière.

« Nous écouterons ce qu'il a à nous dire demain matin, dit-il.

– Non ! Je veux en avoir le cœur net ! Je vais réveiller ce trou-du-cul !

– Ce n'est pas possible, Pieter. Il n'y a pas meurtre. Valentin Heydens n'est pas un suspect.

– Je m'en contrefiche ! Je veux savoir ce qui s'est passé ! Réveille-le ! »

Versavel avait déjà évité à Van In quelques belles conneries.

« Réfléchis, Pieter. Même si c'était un meurtre, il ne pourrait pas être soupçonné. Il a un alibi en…

– En quoi ? »

Le docteur Dupon entra dans la cuisine, la lippe carnassière, *quaerens quem devoret*, autrement dit avide de se mettre n'importe quoi sous la dent et de déchiqueter la première proie venue.

Versavel réagit au quart de tour, prêt à tout pour distraire Van In, car il sentait que la moindre provocation allait dégénérer, ce qui ne pouvait qu'avoir des conséquences catastrophiques.

« En béton armé de trois mètres d'épaisseur. Ça doit vous connaître, l'épaisseur, vous qui avez un humour aussi épais qu'un préservatif d'avant-guerre !

– Amusant, monsieur Versavel. Je n'en attendais pas moins de vous. »

Né en 1939, Dupon était le benjamin d'une famille de huit enfants. Ses parents, des fonctionnaires zélés, l'avaient élevé dans la stricte observance de la règle catholique. Et dans le mythe qu'une formation universitaire était le seul ascenseur social qui lui permettrait de forcer le respect de la populace, laquelle n'était bien sûr composée que de fous, d'ivrognes, de fainéants et de pédés.

« Si les gens de votre acabit avaient utilisé cet accessoire avec davantage de discernement, les hôpitaux pourraient s'occuper des vrais malades, brigadier ! »

Œil pour œil, dent pour dent. Dupon avait assimilé les meilleures pages de la Bible au berceau. Van In retint son souffle. Versavel ne se laissa pas démonter.

« Si les gens de mon acabit ne l'avaient jamais utilisé, tout le monde serait mort à l'heure qu'il est, docteur ! »

Dupon resta à quia.

« Une tasse de café, docteur ? Si vous avez le temps, bien sûr…, dit Van In en essayant, une fois n'est pas coutume, d'éteindre l'incendie que Versavel avait allumé.

– Non, merci. En fait, je venais simplement vous dire que j'avais bouclé mon enquête.

– Déjà ?! » s'exclama Van In en consultant sa montre.

Le légiste n'était resté dans le salon qu'un petit quart d'heure.

« Oui.

– Et… ?

– Et quoi, commissaire ?

– Puisque vous avez bouclé votre enquête, auriez-vous l'obligeance et l'amabilité de me communiquer vos conclusions ? »

Dupon bomba le torse et esquissa un sourire.

« Je suis justement venu jusqu'ici, commissaire, pour vous informer que je consignerai mes conclusions dans un rapport et que vous recevrez celui-ci par les voies habituelles dès demain. »

Le triomphe est une sensation à ranger dans la catégorie des plaisirs fugaces, un succédané que les sots confondent trop souvent avec le bonheur – mais Dupon l'ignorait. Très satisfait de sa petite personne, il tourna le dos à Van In et à Versavel et quitta la cuisine comme un don Juan à la petite semaine qui vient de mettre sa belle-mère dans sa poche.

« Inutile d'en attendre davantage de Vermeulen et de ses sbires, dit Versavel lorsque le légiste eut franchi la porte. Ils ont sans doute consacré tout leur quart d'heure à mettre leur petit numéro au point. »

Van In ne répondit pas. Il pensait aux heures qu'Hannelore avait passées avec Valentin Heydens. Son sang bouillonnait dans ses veines.

La porte s'ouvrit à la volée.

« Une certaine Diana Heydens souhaite vous parler, commissaire, dit Bruynooghe après avoir toussoté comme un maître de cérémonie dans les grandes occasions. C'est rapport à la mort de Marcus Heydens, crut-il bon d'ajouter.

– Je croyais que tu étais rentré chez toi, Robert ! dit Van In sans lever la tête.

– Elle dit que c'est urgent, commissaire.

– Urgent ! Elle vient toucher l'héritage ?! »

Bruynooghe se tut. Il aurait dû préciser que Diana Heydens se trouvait juste derrière lui, mais Van In ne lui en avait pas laissé le temps. Une seconde pénible s'écoula.

« Je n'ai pas besoin de son argent, monsieur le commissaire ! »

Van In leva la tête. Une femme habillée avec distinction se tenait dans l'embrasure de la porte. De loin, elle n'était pas trop moche, mais c'est aussi ce qu'on dit des gens qui roulent en BMW. *Bon chic, bon genre**.

« Excusez-nous, madame, dit Versavel. Mais...

– Mon frère m'a téléphoné. Puis-je lui parler ?

– Votre frère ? demanda Van In. Vous êtes la sœur de Valentin Heydens ?

– Vous en douteriez, commissaire ? »

Elle avança dans la lumière. Sa robe coûteuse était tendue sur un ventre énorme qui présentait une incurvation impressionnante à hauteur du nombril. Elle n'avait pratiquement pas de seins, comme si son ventre avait aspiré toutes ses autres rondeurs. Par respect pour son état, Van In éteignit pour la deuxième fois en quelques minutes sa cigarette dans son café. Il se promit de veiller à ne pas en faire une habitude avant d'étudier le visage de la nouvelle venue et de chercher à comprendre quel caractère dissimulait cette épaisse couche de maquillage. En tout cas, Diana Heydens n'inspirait pas la sympathie. *On dirait une nonne qui s'est envoyée en l'air avec un curé dans un moment d'égarement !*

« Vous habitez dans cette maison ?

– Une sœur doit-elle vivre chez son frère ? »

À partir de ces deux seules répliques, Raymond Chandler aurait pondu un bon polar.

« Ce n'était qu'une question, madame. »

Diana Heydens avança encore un peu.

« Épargnez-moi votre grossièreté, commissaire. À votre place, je surveillerais mon langage. »

Van In détestait les gens qui ne jugent pas une question à son contenu, mais au ton sur lequel elle est posée. Il oublia les scrupules que lui avait initialement inspirés l'état de la jeune femme.

« Pouvez-vous prouver que vous êtes la sœur de Valentin Heydens ?

– Vous voulez une preuve ?! »

Diana Heydens se mit à trembler. Versavel se tenait sur ses gardes. Si Van In continuait comme ça, elle accoucherait dans la cuisine, et ce ne serait que le début des emmerdes, d'autant plus qu'il faudrait sans doute rappeler Dupon.

« Marcus Heydens est mort dans des circonstances suspectes, madame. Dans l'intérêt de l'enquête, nous sommes tenus de vérifier l'identité de toute personne liée de près ou de loin avec le défunt, dit Versavel sur un ton rassurant. Je comprends que certains ne trouvent pas cela très agréable, mais…

– Je ne suis pas n'importe qui, monsieur l'agent. Je suis la fille de Marcus Heydens. Rien ne m'oblige en aucune manière à vous montrer mes papiers. C'est incroyable, ça ! J'ai la clé de cette maison, non ?! »

Van In réprima un fou rire. Dans un mois, Versavel serait promu inspecteur. Lui servir du « monsieur l'agent », c'était aussi respectueux que de dire « monsieur le curé » à un évêque.

« N'en veuillez pas au brigadier, madame Heydens Nous faisons le maximum pour collecter toutes les informations utiles à l'identification et à l'arrestation du coupable. »

Van In disait n'importe quoi, puisqu'il n'était pas plus question de coupable dans cette enquête que d'Américaine dans un homard à l'armoricaine. En volant au secours de Versavel, il s'était contenté de ressortir une phrase standard entendue en formation continue à l'école de police et destinée à calmer les « clients » un peu trop agressifs. La réaction de la fille Heydens n'en fut que plus singulière :

« Mon père était riche, commissaire. Il avait certainement beaucoup d'ennemis », dit-elle subitement avant de laisser son regard errer sur le plan de travail comme si elle se trouvait projetée dans une autre dimension.

« C'était donc une question d'argent ?

– Une question d'argent ?

– Vous pensez que votre père a été tué parce qu'on en voulait à son argent ? »

Elle tourna la tête. La fixité de son regard surprit Van In.

« Vous venez de dire que votre père avait beaucoup d'ennemis », dit-il, faussement amical.

Diana Heydens posa sur lui ses yeux écarquillés. Pendant de longues secondes.

« Vous allez bien, madame Heydens ? demanda Versavel en se dirigeant vers elle.

– Ne me touchez pas ! » cria-t-elle en battant l'air de ses mains.

Versavel évita un coup de justesse.

« Mais qu'est-ce que vous insinuez, imbéciles ?! Vous pensez que j'ai fait tuer mon père pour m'approprier son fric ?! »

Van In fit un pas de côté.

« Nous n'insinuons rien du tout, madame. C'est vous qui avez parlé d'héritage, pas nous ! »

Face à ce mensonge, la jeune femme explosa :

« J'appelle mon avocat ! hurla-t-elle. Et je vous préviens, ce n'est pas n'importe qui ! dit-elle en leur jetant un nom à la figure.

– C'est votre droit, madame », répondit Van In sèchement.

Maître Persyn n'était en effet pas le premier venu. L'année précédente, il avait réussi à faire condamner un enquêteur pour brutalités policières. Le gars n'avait jamais remonté la pente. Il avait finalement échoué dans une institution psychiatrique.

« Il serait peut-être plus raisonnable de reporter notre conversation, madame. Dans l'intérêt de l'enquête, encore une fois. »

Van In se rétractait. On aurait même presque dit qu'il s'excusait. Il y avait des soirs comme ça où il n'avait pas de chance avec les femmes. Pendant qu'Hannelore cuvait son vin dans leur chambre à coucher, il se faisait menacer sur son lieu de travail par une hystérique enceinte jusqu'aux yeux. Heureusement, Hannelore aurait recouvré toute sa beauté et toute son intelligence dès le lendemain, ce qu'on ne pouvait certainement pas envisager avec la fille Heydens.

« Je téléphone à maître Persyn ! hurla-t-elle.

– *T'as bien raison, Diane**, dit Klaas Vermeulen en entrant dans la cuisine.

– *Oh ! Nicolas ! Comme ça me fait plaisir de te voir ! Je ne savais pas que**… »

Van In regarda Versavel et leva les yeux au ciel.

« Ils me donnent soif ! » marmonna-t-il entre ses dents.

Diana Heydens et Klaas Vermeulen quittèrent la cuisine bras dessus bras dessous. Avant que Van In n'ait pu reprendre ses esprits, la porte s'ouvrit une quatrième fois sans crier gare. Le procureur Beekman fit son entrée l'air hagard, comme s'il venait de courir un semi-marathon. Après les politesses d'usage, il se laissa tomber sur une chaise et se servit une tasse de café.

« Le parquet reprend l'affaire, Pieter ! »

Il s'octroya une gorgée de café avant de se lancer dans ses explications.

« Bordel ! Si j'avais su que Marcus Heydens était conseiller auprès de la Cour de cassation ! » se lamenta Van In en butant sur les mots.

Beekman les avait renvoyés trois quarts d'heure plus tôt en donnant l'ordre aux techniciens de la police judiciaire de mettre les scellés chez Heydens. Une unité spéciale de la PJ irait faire des relevés le lendemain matin, « pour qu'aucun indice ne se perde », avait dit Beekman avec aplomb. Il était manifeste qu'il avait été mis sous pression.

« Tu vois à quel point nous sommes indispensables ! Quand un pauvre type se tranche les veines, c'est nous qu'on appelle, dit Van In, mais quand c'est un connard de la haute qui meurt dans des conditions à peine suspectes, alors là ! Ces messieurs du parquet se coupent en quatre ! »

Versavel se sentait un tantinet vexé, lui aussi, mais il choisit de ne pas répondre. Il y eut un silence.

La fatigue commençait à se faire sentir. Ce n'était quand même pas une excuse pour boire une Duvel sans mousse. Van In fit danser la belle dans son verre tant et si bien qu'elle retrouva son beau tutu blanc.

« Frank sait que nous sommes ici ?

– Non, répondit Versavel, mais ce serait con de le réveiller pour si peu.

– OK, Guido. Une petite dernière pour la route ? »

Van In n'eut même pas besoin de lever la main. Johan accourait déjà pour les servir, et il avait ses raisons.

« C'est pour la maison, dit-il d'une voix lugubre.

– C'est quand même pas si grave, s'exclama Van In, stupéfait. Ainsi va la vie ! Il y a toujours eu des salopes et il y en aura toujours, tout comme il y aura toujours des trous-du-cul ! Je m'en fous ! Je ne veux plus entendre parler de ces deux-là !

– C'est triste, répondit Johan. Je trouvais vraiment que c'était une fille bien.

– Une fille bien ? Tu connais cette harpie ? »

Les malentendus font le sel des bonnes sitcoms, et cette scène s'enfonçait de plus en plus résolument dans cette direction. Comprenant trop tard qu'il avait gaffé, Johan essaya de rattraper la sauce :

« Désolé, Pieter, j'ai… »

Versavel vint à la rescousse :

« Hannelore a passé la soirée ici avec Heydens. Johan pensait que tu… »

Les orages sont le résultat de l'entrée en contact d'une masse d'air chaud et d'une masse d'air froid. Van In plongea son nez dans la mousse de sa Duvel glacée, but une gorgée et éclata d'un rire tonitruant.

« J'apporte une portion de fromage ? » demanda Johan, éberlué.

« Ouvre la porte ! » demanda Van In en tendant la clé à Versavel.

Il leva le nez. Les nuages qui s'amoncelaient au-dessus de l'impasse du Poisson-Gras annonçaient de la pluie.

« Et merde ! » dit-il lorsqu'il sentit la première goutte s'écraser sur son crâne.

Il était fatigué, bourré et furax, et pas forcément dans cet ordre.

« Je vais te border comme un bébé ! » dit Versavel.

Il installa le commissaire dans le canapé du salon avant de monter l'escalier sur la pointe des pieds. Lorsqu'il ouvrit la porte de la chambre, il entendit tout de suite la respiration de Frank. Son compagnon dormait comme un ange à côté d'Hannelore. Elle avait passé un bras autour de sa taille dans une scène qui évoquait – de loin – le *Décaméron* de Boccace. Versavel ne put s'empêcher de sourire. En tout cas, il ne s'était rien passé entre ces deux-là. Il en était sûr.

3

Il pleuvait encore comme vache qui pisse lorsque, après leur nuit mouvementée, Versavel et Frank quittèrent les pavés luisants de l'impasse du Poisson-Gras sur le coup de sept heures dix. Abruti de fatigue, Frank n'essayait même pas de marcher entre les flaques. Ses chaussures italiennes lui avaient coûté les yeux de la tête, mais elles étaient de toute façon déjà trempées. Et puis, c'était une vieille paire, ce qui atténuait malgré tout sa souffrance.

« Qu'est-ce qu'il a, Van In ? » demanda-t-il soudain, plus pour meubler le silence que pour entamer une réelle conversation.

Ils prirent à droite. Devant l'entrée latérale de l'église Saint-Jacques, trois grenouilles de bénitier venues assister à la première messe attendaient que le sacristain leur ouvre la porte.

« Hannelore a passé la soirée avec son ex... », commença Versavel.

Il n'eut pas l'occasion de donner d'autres explications car une voiture frôla le trottoir et les aspergea des pieds à la tête.

« Merde ! » s'exclama Frank, catastrophé, car, s'il n'avait rien contre l'eau, même sale, il avait horreur de la boue. Ses pompes étaient fichues.

« Hannelore a passé la soirée avec son ex..., répéta Versavel.

– Ce n'est pas ce qu'elle m'a dit », objecta Frank en se penchant pour essuyer ses mocassins.

Versavel attendit patiemment.

« Van In l'a en travers de la gorge.

– Ah ! »

Versavel se rembrunit. Un des paroissiens l'avait reconnu et lui faisait un signe de la main en souriant d'un air jovial. Versavel lui répondit sobrement d'un signe de la tête. *Hypocrites ! Avant l'arrivée du sacristain, vous aurez commencé à déblatérer dans mon dos sans même vous sentir coupables, car votre péché véniel vous sera pardonné à la communion !*

Versavel et Frank marchaient silencieusement vers la place où, la veille, ils avaient garé leur voiture sous un marronnier. Il y avait comme une gêne dans l'air.

« Tu deviens de plus en plus connu à Bruges », dit Frank en riant bêtement.

Quelques mois auparavant, il avait trompé son compagnon, mais ils avaient réussi à recoller les morceaux. Leur relation y avait même gagné en intensité.

« Espérons qu'Hannelore et Pieter s'en sortiront aussi bien que nous, dit-il en serrant la main de Versavel. Je regrette encore ce que j'ai fait. »

Un mot d'amour peut panser les blessures les plus à vif. Versavel voulut embrasser Frank, mais celui-ci détourna la tête au dernier moment.

« À côté d'une église, inspecteur ! N'oubliez pas que vous portez l'uniforme ! »

Versavel fouilla dans sa poche à la recherche des clés de la voiture en soupirant.

« Tu vas quand même me déposer au commissariat ? Ou tu veux que je retire mon uniforme ? »

Frank haussa les épaules avec une mine charmante en marmonnant : « Ne me soumets pas à la tentation ! »

Ils s'embrassèrent dès qu'ils furent assis dans la voiture. Quand Frank le déposa au commissariat, Versavel promit de rentrer le plus tôt possible. Lorsqu'il se pressa dans l'entrée, un flic le toisa d'un air moqueur.

« Si Van In est malade, il doit me l'annoncer lui-même, brigadier ! Et si vous voulez mon avis, cela lui arrive bien trop souvent ces temps-ci ! Son comportement est inqualifiable ! Il jette une ombre sur le blason de mon commissariat, et cette fois, j'ai décidé de ne pas passer l'éponge ! »

Comme toujours quand il s'échauffait, le commissaire en chef De Kee se leva de son fauteuil et alla se poster à la fenêtre.

« Je sais, monsieur le commissaire en chef, mais…

– Mais quoi ?! Il n'est pas malade, c'est ça ? »

Versavel carbura à toute allure. Van In était tout à fait capable de se pointer dans quelques heures, et s'il lui prenait l'envie de chanter une autre chanson à Kétounet…

« Il a plu toute la nuit. Lorsqu'on est rentrés au petit matin, il était trempé et…

– Au petit matin ! s'exclama De Kee. J'ai mes sources ! Vous avez quitté le domicile de Marcus Heydens à une heure et demie ! »

Dire que c'était le procureur Beekman en personne qui les avait chassés de là n'aurait fait que jeter de l'huile sur le feu. Versavel chercha un autre angle de défense.

« L'enquête de voisinage nous a pris pas mal de temps...

– Je ne savais pas que le voisinage du quai de la Coupure s'étendait jusqu'au parc Astrid ! »

Personne n'aime qu'on lui mette le nez dans son caca. Versavel se tut, à la plus grande satisfaction du commissaire en chef, qui admira sa prestance et son sourire vengeur dans le reflet de la vitre.

« Pourquoi ne dites-vous pas qu'en cherchant à vous abriter de la pluie, vous êtes entrés dans le premier troquet ouvert ? Vous vous souvenez tout de même du nom de ce café, brigadier ? »

De Kee fit volte-face, se redressa de toute sa hauteur et leva le menton. Un matador n'aurait pas éprouvé davantage de plaisir au moment de la mise à mort du taureau.

« Je peux seulement vous dire que Van In ne se sent pas bien, répondit Versavel. Le reste est une affaire entre lui et vous. »

Que pouvait-il dire d'autre ? De Kee l'avait dans le collimateur. Nier l'évidence n'avait aucun sens. D'ailleurs, le taulier avait raison : Van In se fichait du monde. De Kee avait fermé les yeux jusque-là sur les escapades de son subalterne parce que celui-ci obtenait des résultats, mais la tolérance est un puits qui peut se tarir à tout moment.

« Vous n'avez rien à craindre, ajouta De Kee, subitement doucereux. Lorsque vous serez nommé inspecteur – et sachez que j'ai soutenu votre promotion au plus haut niveau –, je ne doute pas que vous vous acquitterez de votre tâche au mieux. Et... qui sait ? Vous grimperez peut-être plus haut que vous ne le pensiez... Vous savez que l'inspecteur en chef Claeys prend sa retraite dans deux mois ? »

Versavel eut l'impression qu'on dégoupillait une grenade dans son estomac. Une douleur sourde remonta le long de son œsophage. Il ne put se retenir une seconde de plus.

« On ne m'achète pas, monsieur le commissaire en chef ! »

De Kee ne fut pas impressionné outre mesure. En digne disciple de Machiavel, il savait que la trahison est un feu qui couve longtemps sous la cendre avant de lancer ses flammes vers le ciel et que la résistance d'une armure se calcule à sa première fêlure.

« À partir d'aujourd'hui, vous opérerez en tandem avec le commissaire adjoint Vanneste, dit De Kee. En attendant que Van In reprenne suffisamment de poil de la bête pour se remettre au travail.

– C'est tout, monsieur le commissaire en chef ?

– C'est tout, inspecteur. Vous pouvez disposer. »

De Kee tourna le dos à son subordonné. Machiavel pouvait être satisfait. La position de Van In s'affaiblissait. Vanneste allait se démener comme un diable dans un bénitier, et cette lutte entamerait les forces de la partie adverse. De Kee s'assit à son bureau et composa le numéro de Vanneste. C'était un secret de polichinelle : Van In pouvait très bien lui succéder au poste de commissaire en chef. Et s'il y avait une chose que De Kee voulait éviter à tout prix, c'était bien celle-là.

« Je comprends qu'en tant que juge d'instruction, tu sois tenue de prendre au sérieux une menace de mort, mais ne me dis pas que dans l'intérêt de l'enquête tu vas...

– Je connais Valentin Heydens depuis l'époque de mes études, Pierrot. On a bu quelques verres de vin ensemble hier soir. Et alors ? »

Assise à la table de la cuisine, Hannelore alluma nerveusement une cigarette et vida sa cinquième tasse de café. Elle consulta l'horloge murale. Onze heures dix.

« Valentin avait peur qu'on tue son père, répéta-t-elle pour la énième fois. Nous savons maintenant que ses craintes étaient fondées. Son père est mort. Tu as pu le constater par toi-même.

– Ce type s'est suicidé, Hanne ! À mon avis, les lettres n'étaient qu'un moyen pour ce mec de te… »

Hannelore balaya la table d'une main nerveuse.

« Tu ne crois tout de même pas que je me suis envoyée en l'air avec lui ?! »

Van In ne répondit pas. Lorsque Versavel l'avait installé dans le canapé, aux petites heures, son sang contenait suffisamment d'alcool pour écarter dix mormons de leur mission pendant une semaine. Et pourtant, il n'avait pas réussi à fermer l'œil. Après une demi-heure de lutte contre lui-même, il s'était traîné dans la cuisine. Il avait fait du café avant de monter réveiller Hannelore. Cela le rendait fou d'imaginer qu'elle avait joui dans les bras d'un autre.

« Tu étais bourrée, Hanne.

– Je n'ai pas couché avec lui, Pieter ! Combien de fois faudra-t-il que je te le dise ?! »

Hannelore n'avait pas pu s'empêcher de crier. Que voulait-il lui entendre dire ? Qu'il s'en était fallu d'un cheveu ? Qu'elle avait failli accepter de boire un dernier verre chez lui ? Qu'elle s'était demandé comment elle réagirait s'il lui faisait des avances plus pressantes ?

Van In se servit un double whisky. Ses mains ne tremblaient pas, mais il ne faut jamais se fier aux apparences.

Les pinces glacées qui tenaillaient son cœur ralentissaient chacun de ses mouvements et anesthésiaient son envie de frapper un bon coup. Même si Hannelore lui avait rendu compte de sa soirée avec Valentin Heydens d'une voix neutre et même si elle avait insisté sur les motivations purement professionnelles qui l'avaient persuadée d'aller à ce rendez-vous, il n'avait pas manqué de remarquer combien ses yeux brillaient chaque fois qu'elle avait prononcé son nom. Il avala une gorgée de whisky. Ses lèvres remuèrent toutes seules, comme si quelqu'un d'autre parlait à sa place.

« Tu n'es qu'une salope ! » dit-il d'une voix blanche.

Ce fut le moment que choisirent Simon et Sarah pour se mettre à pleurer. Hannelore jeta un regard amer à Van In. Comme il restait immobile, les yeux dans le vague, elle se leva et monta dans la chambre des jumeaux. À chaque marche, elle repensait aux beaux moments qu'ils avaient passés ensemble. Il y a une fin à tout. Sa décision était prise. D'abord, elle conduirait les enfants chez ses parents, puis… puis… Elle regarda autour d'elle. Quand tout serait réglé, elle louerait un appart et elle commencerait une nouvelle vie. Sans Van In.

Comme Versavel l'avait prédit, Van In arriva au commissariat en fin de matinée, mal rasé, affublé d'une chemise froissée et le regard flou.

« Je croyais que tu resterais au pieu toute la journée, dit-il d'un air qu'il voulut détaché.

– Fais pas chier, Guido.

– Tu veux du café ?

– Non.

– Quelque chose de plus fort ? »

Van In se laissa tomber sur sa chaise, mit ses mains sur sa nuque et étendit les jambes.

« Oui. »

Versavel ouvrit l'armoire à archives où il rangeait leurs provisions.

« File-moi ce qu'on a de plus fort dans la maison, Guido ! »

Versavel se retourna. Il y avait deux bouteilles de genièvre. Elles titraient quarante degrés toutes les deux.

« Du vieux ou du jeune ?

– De l'eau, Guido. Ça, c'est fort ! La preuve, ça porte les rafiots les plus mal fichus ! »

Versavel rinça un verre sous le robinet sans faire de commentaire.

« De Kee était furax ce matin, finit-il par lâcher.

– Pfff !

– Cette fois-ci, c'est grave, Pieter. Il a envoyé Vanneste chez Valentin Heydens pour prendre sa déposition.

– Ce trou-du-cul de Vanneste ?! »

Van In vida son verre d'un trait.

« Il fallait s'y attendre.

– S'attendre à quoi ? »

Versavel s'assit. Ce ne serait pas facile de lui faire comprendre que De Kee était en train de lui préparer un très vilain tour.

« Aux échecs, un cavalier peut rendre de meilleurs services au roi que la reine, Pieter. »

Van In posa son verre sur le bureau d'un geste sec.

« Tu ne serais pas bourré, par hasard, Guido ?

– Non, mais je me sentirais mieux si je l'étais. »

Le commissaire adjoint Vanneste prit congé de Valentin Heydens d'une solide poignée de main avant de s'installer au volant de sa voiture, un sourire satisfait aux lèvres. Sa matinée avait été excellente. Il avait soigneusement rangé dans sa mallette la plus belle déposition de sa carrière : le compte rendu détaillé des heures que Valentin Heydens avait passées la veille au soir en compagnie du juge d'instruction Hannelore Martens. Il avait mis un point d'honneur à tout noter dans les moindres détails.

Peu avant dix-sept heures, le rapport du docteur Dupon sortit du fax posé sur le rebord de la fenêtre, à côté de la cafetière. Versavel le tendit à Van In et attendit impatiemment sa réaction.

« Qu'est-ce qu'il dit ? »

Van In fit le geste de chasser une mouche. Les lettres minuscules dansaient devant ses yeux. Il lui fallut un moment avant de distinguer les quelques éléments importants noyés dans le jargon de fonctionnaire.

« "Aucune trace de violences. Mort par pendaison. Heure du décès : 20 heures. Les résultats de l'analyse ADN suivront."

– Pourquoi Dupon a-t-il demandé une analyse ADN ? Ce n'est pas un suicide ?

– L'enquête le montrera. »

Van In repensa à la réaction violente de Diana Heydens lorsqu'il avait incidemment prononcé le mot « coupable ». Et si l'affaire n'était pas aussi simple qu'il y paraissait ? Et si Hannelore avait malgré tout raison et que les lettres de menace que Valentin Heydens lui avait montrées n'étaient pas des faux ?

« Ce ne serait pas la première fois qu'on maquillerait un meurtre en suicide. »

Van In laissa tomber le fax dans la corbeille à papier et se frotta les yeux. Il avait du mal à se concentrer. Quand Hannelore l'avait quitté, quelques années plus tôt, il s'était entièrement investi dans son travail, mais là, il avait perdu la foi. L'affaire Marcus Heydens ne l'intéressait pas, point barre. Une question unique occupait tout son espace de cerveau disponible : pourquoi, mais pourquoi avait-il traité sa compagne de salope ?!

« Hannelore a raison, Guido.

– Ouais, ça ne m'étonnerait pas. »

Versavel s'assit à côté de Van In. Il se sentait soulagé, car tout était un peu de sa faute. Il aurait dû tenir sa langue, la veille. Qu'est-ce qui lui avait pris de dire à Van In qu'Hannelore avait passé la soirée avec Heydens ?!

« Te fais pas de bile, Pieter. Hannelore est juge d'instruction. Des tas de gens s'adressent à elle pour déposer une plainte, c'est normal. »

Van In en était encore à rassembler ses idées lorsqu'on frappa à la porte.

« Je vais voir ? »

Comme Pieter demeurait silencieux, Versavel se leva et entrouvrit la porte.

« Un certain Henri Broos souhaite parler au commissaire Van In, dit un agent. Au sujet du meurtre de Marcus Heydens.

– Nous n'avons pas le temps ! le rembarra Versavel. Dis-lui de s'adresser à l'officier de garde !

– Mais c'est l'officier de garde qui m'a demandé de vous l'envoyer ! Qu'est-ce que j'en fais ?

– Un instant ! »

Versavel referma la porte et appela l'officier de garde. La communication ne dura pas plus de dix secondes.

« Qu'est-ce qui se passe ? demanda Van In.

– Henri Broos veut te parler, répondit Versavel.

– Broos ? Le notaire ?! »

Versavel acquiesça. Le notaire Broos était une légende vivante. La plupart des Brugeois savaient qu'il avait fait fortune en lotissant le quartier du Stockvelde, une terre agricole qui s'était comme par miracle métamorphosée du jour au lendemain en terrain à bâtir.

« *À la bonne heure* !* s'exclama Van In. Les flics sont les gardiens de la démocratie ! Riches ou pauvres, nous accueillons tout le monde à bras ouverts ! »

Henri Jean Albert Théodore Broos avait un petit quelque chose d'Hercule Poirot, sans doute en raison de son costume trois-pièces et de sa raie impeccable. Il ne lui manquait que la moustache.

« Bonjour, commissaire.

– Bonjour, maître. Je vous en prie, asseyez-vous ! Puis-je vous offrir à boire ? Un verre d'eau, peut-être ? »

Versavel se retourna, par mesure de précaution. Il leur arrivait de plus en plus souvent, à lui et à Van In, d'éclater de rire en présence d'un étranger. Il était plus sage d'éviter tout contact oculaire avec Pieter. Broos avait coutume d'être traité avec égard, parce qu'il était le rejeton d'une grande famille de Bruges, mais aussi parce qu'il comptait sur l'appui d'amis puissants et qu'il était à la tête d'une fortune évaluée à un milliard de francs.

« *Merci**, commissaire. »

D'un geste routinier, il pinça les jambes de son pantalon et les releva de quelques centimètres avant de s'asseoir.

« Si vous voulez, je peux préparer du café, proposa Versavel.

– Non merci, mon ami. Jamais de café si tard dans la journée », répondit le notaire en dialecte.

À Bruges, nombreux étaient les intellectuels d'un certain âge qui truffaient leur néerlandais de mots français avec les interlocuteurs qu'ils jugeaient de leur niveau, mais qui s'abaissaient à communiquer avec le peuple dans un brugeois épais comme une soupe à l'oignon.

« Une ô de source pour monsieur le neautaire », dit Van In en se mettant au diapason.

Versavel s'éclipsa sans rien dire. Il ne lui restait plus qu'à aller remplir un verre au robinet de la cuisine.

« Si j'ai bien compris, vous vouliez me parler du meurtre de Marcus Heydens, dit Van In dès que Versavel eut refermé la porte derrière lui.

« *En effet**. Marcus était un grand ami, un très grand ami ! *Enfin**... Au sens normal du terme, entendons-nous bien ! »

Van In se saisit d'un formulaire de procès-verbal et entreprit de prendre note de la déposition du notaire pour donner un tour officiel à l'entretien. Si Broos ne révélait rien d'important, ce qui était le plus probable, le p.-v. échouerait au sommet d'une pile d'un mètre de haut où il serait définitivement oublié.

« On se connaissait depuis l'enfance, Marcus et moi. *Une profonde amitié**, commissaire. Nous sommes restés inséparables jusqu'à ce que... »

La mine de Broos s'allongea comme s'il contemplait les ruines d'Ypres.

« Jusqu'à ce que vous deveniez des ennemis ? »

Broos secoua la tête.

« *C'est une histoire bien triste, commissaire**. Marcus était un étudiant brillant jusqu'au jour où il a, comment dire, été pris de... *chatouillis dans le ventre**... »

Voilà qu'il se remet à parler comme un Hollandais ! se dit Van In que ces emprunts incessants au français exaspéraient. *Il peut pas causer flamand comme tout le monde ?*

Versavel entra dans la pièce une bouteille de Contrex à la main. Il l'avait trouvée dans la cuisine, sous l'évier, vide, et l'avait remplie d'eau du robinet. *Eau de source cuvée Flic**.

« Il avait des problèmes digestifs ? demanda Van In, pour tester le sens de l'humour du notaire, qui devait être proche de zéro, comme chez tous ceux de sa profession.

– *Allez**, commissaire ! Vous avez été jeune vous aussi ! *Vous voyez ce que je veux dire* !* »

Van In pensa avec nostalgie à l'époque où une douche froide n'aurait pas tempéré ses propres ardeurs.

« Votre verre d'eau, maître ! » dit Versavel en brandissant la bouteille et en dévissant le bouchon qu'il avait récupéré dans la poubelle cinq minutes plus tôt.

Broos but avidement une gorgée d'eau. Il sourit à Versavel et le remercia poliment. Van In tenta de reprendre le fil de l'entretien :

« Revenons à nos moutons si vous le voulez bien. Vous disiez donc que… »

Broos l'interrompit d'une petite toux sèche en coulant un regard vers Versavel. C'était clair. Il n'avait aucune envie de s'épancher devant la populace. Le brigadier comprit au quart de tour.

« J'ai promis à Frank de rentrer tôt ce soir, commissaire. Si vous m'y autorisez, je vais vous laisser.

– Vas-y, Guido, pas de problème. À demain ! »

Broos se tourna à demi sur son siège et approuva d'un petit signe de tête. *Il faut savoir imposer le respect,* se dit-il. *Comme mon père me l'a inculqué.*

« Bonsoir, mon ami.

– *Au réservoir, maître** », répondit Versavel en adressant un clin d'œil à Van In.

Le commissaire tourna la tête vers la fenêtre. Le ciel gris le rendait dépressif. Il dut se forcer pour répondre à Guido par un sourire.

Dans l'escalier, Versavel croisa le commissaire adjoint Vanneste.

« Ça roule, Raoul ? »

Si une étudiante en lettres s'avisait un jour de consacrer sa thèse au langage fleuri qui s'épanouit dans les commissariats de police, elle constaterait sans doute rapidement que la finesse des allusions scatologiques le dispute le plus souvent au lyrisme des métaphores sexuelles. Cela n'empêcha pas Versavel de considérer que ce « Ça roule, Raoul ? » n'était pas véritablement un enrichissement de la langue.

« *Parturiunt montes, nascetur ridiculus mus,* répondit-il avec un brin d'arrogance.

– Pardon ? »

Vanneste avait décroché son diplôme d'études secondaires techniques (option menuiserie) à une époque où le secteur de la construction battait de l'aile. Son père lui avait conseillé de postuler à la gendarmerie, laquelle n'avait malheureusement pas retenu sa candidature.

« La montagne va accoucher d'une souris, Vanneste.

– Elle est de nouveau enceinte ?

– Qui ça ?

– Ben... La femme d'Albert, répondit Vanneste en pensant à un collègue affublé d'une épouse aux lignes aussi délicates qu'une barrique.

– Vanneste, l'important, ce n'est pas la montagne, mais la souris », lâcha le brigadier en levant la main en guise de salut.

Il dévala la dernière volée d'escaliers. *Ah ! Un bon steak et une double portion de frites avec une bonne plotche de mayonnaise maison !*

« Il y a de cela très longtemps, Marcus Heydens a eu, disons, une aventure avec… hum… une jeune fille », reprit maître Broos.

Van In entreprit de dessiner des boucles autour du P majuscule de son formulaire.

« Une certaine Leona Vidts. Après l'avoir engrossée, il l'a abandonnée. Elle a eu un fils, Valentin.

– Quel est le lien avec la mort de Marcus Heydens ?

– Je l'ignore, commissaire. Si je suis ici, c'est pour vous parler de mon épouse.

– Votre épouse, maître ?

– La mère de Valentin. »

Dans les années soixante, une fille-mère avait peu de chances de décrocher la timbale. Comment celle-là a-t-elle fait pour harponner un notaire ? se demanda Van In.

« J'ai toujours aimé Leona, répondit Broos à sa question tacite. Mais du vivant de mes parents, il m'était impossible de l'épouser. Vous comprenez, commissaire ?

– Bien sûr, dit Van In en griffonnant des enluminures autour du V.

– Ils sont morts dans un accident d'avion. J'avais vingt-huit ans. Ce coup de pouce du destin m'a permis d'hériter de toute leur fortune et d'épouser qui je voulais. »

Van In eut comme l'impression que le notaire était reconnaissant au pilote qui avait fait le grand saut avec son avion et tous ses passagers.

« Vous deviez beaucoup l'aimer, commenta-t-il.

– Je l'aime toujours, commissaire. »

Le notaire eut soudain l'air très fragile. Sa lèvre inférieure tremblait, et il essayait en vain de prendre une contenance en joignant les mains.

« Mais Leona… »

Van In déposa sa pointe Bic et regarda le notaire droit dans les yeux. Si quelqu'un s'y connaissait en chagrins d'amour, c'était bien lui.

« Votre épouse entretenait-elle des relations avec Marcus Heydens ?

– Oui. Vous auriez de toute façon fini par le découvrir, poursuivit le notaire d'une voix éraillée. J'ai préféré venir spontanément, commissaire, pour vous demander de faire preuve de discrétion. Vous allez succéder à De Kee, tout le monde le sait. La nomination d'un commissaire en chef est toujours un tantinet politique. Vous n'êtes certainement pas sans savoir que j'ai voix au chapitre… »

Nous voilà enfin au cœur du sujet ! Qu'est-ce que tu crois, mon gaillard ?! Que tu vas m'acheter avec des miettes ? Incroyable ! Ce n'est pas parce que tu es haut placé que tu as tous les droits ! Et à quoi rime cette démarche puisque Marcus Heydens s'est suicidé ?!

« Où vous trouviez-vous hier à vingt heures, maître ?

– À la loge, répondit le notaire sans hésiter.

– Vous êtes franc-maçon ?

– Oui. »

Un franc-maçon qui annonce son appartenance à une loge avec une telle facilité, c'était presque aussi louche qu'un supporter d'Anderlecht qui affirmerait devant la caméra après seulement deux petites pils que le club de Bruges avait mérité sa victoire.

« Dans ce cas, je me verrai tenu de demander à vos frères de loge de confirmer votre alibi.

– Seulement si c'est vraiment nécessaire, commissaire. »

Van In but une gorgée d'*eau de source**. La loge brugeoise baignait dans une aura de mystère. La plupart de ses concitoyens ignoraient jusqu'au fait qu'elle avait son siège rue des Bouchers, juste en face du quai des Ménétriers.

« Valentin avait-il un mobile pour tuer son père ? »

La question prit le notaire au dépourvu. Il leva les yeux au ciel, ce que les comportementalistes analysent généralement comme le signe qu'il s'apprêtait à faire une entorse à la vérité.

« Je pense que cette pièce serait trop petite pour contenir toutes les personnes qui avaient une dent contre Marcus Heydens.

– Expliquez-vous, maître. À qui pensez-vous ?

– À Diana Delanghe, par exemple.

– Diana Delanghe ou Diana Heydens ?

– Cette fille s'appelle Delanghe ! répondit Broos, agacé.

– Vous en êtes certain ? »

Le notaire se pinça les ailes du nez, un autre signe trahissant un mensonge, selon les comportementalistes.

« Après son aventure avec Marcus, Leona a travaillé comme serveuse dans un café. Elle y a rencontré Wilfried Delanghe, un bon à rien qu'elle a épousé un an plus tard, Dieu seul sait pourquoi.

– Peut-être parce que vos parents n'avaient pas encore eu leur fameux accident… »

Il y eut un silence. Broos se cramponnait aux accoudoirs de sa chaise.

« J'ai donné cinq millions à Delanghe pour qu'il divorce de Leona. Et je n'ai jamais lésiné sur l'argent pour que sa fille fréquente les meilleures écoles privées !

– J'en suis convaincu ! » répondit Van In.

Malheureusement pour toi, le retour sur investissement ne m'a pas l'air extraordinaire !

Le commissaire adjoint Vanneste ouvrit la porte du 204 à la volée, arborant un sourire d'homme politique en campagne électorale.

« Bonsoir, messieurs ! »

Lorsqu'il reconnut le notaire, Vanneste se fendit même d'une petite courbette.

« Maître ! »

Van In n'avait pas envie de rire.

« Je vous saurais gré de vous donner la peine de frapper avant d'entrer dans mon bureau, Vanneste !

– De frapper ? Pourquoi ? C'est mon bureau aussi !

– Ah oui ? »

Van In se leva et alla se planter au milieu de la pièce, jambes écartées, dans l'espoir d'en imposer comme le colosse de Rhodes.

« Ouvrez vos écoutilles, Vanpeste ! Jusqu'à preuve du contraire, je suis ici chez moi ! Alors vous me ferez le plaisir de vous annoncer !

– Tout passe, mon cher Van In ! Tout passe ! Le commissaire en chef vient de me confier une enquête judiciaire, ce qui signifie que votre bureau est désormais aussi le mien. Alors, vos petits états d'âme, vous pouvez les ranger au placard ! »

L'heure n'était plus aux duels. Van In ne pouvait affronter Vanneste qu'en joutes oratoires.

« De Kee n'est pas là pour exaucer tous vos caprices, Vanpeste ! Si vous n'avez pas déguerpi dans cinq secondes, je vous poursuis dans les couloirs à coups de crécerelle au cul !

– Messieurs, messieurs ! Un peu de respect, s'il vous plaît ! s'exclama le notaire en levant les bras au ciel.

– Vous, on ne vous a pas sonné ! » s'exclama Van In, prêt à exploser.

On l'avait un peu trop fait mousser, et cela n'avait rien à voir avec sa consommation de Duvel. Il restait obsédé par l'image d'Hannelore qui se tordait de plaisir dans le lit d'un autre et qui lui réservait des câlineries dont lui, Van In, avait toujours rêvé.

« Je propose de reporter la suite de notre petite conversation à plus tard, commissaire, dit Broos en lui tendant sa carte. Appelez-moi à ce numéro ! Je vous souhaite le bonsoir ! »

Et le notaire lissa les pans de son manteau avant de disparaître dans la nuit comme un voleur.

« Qu'est-ce qu'il venait faire ici ? » demanda Vanneste comme si de rien n'était.

Van In eut un rire nerveux.

« Il vient de m'annoncer que j'ai hérité d'un puits de pétrole au Texas. Je suis riche, Vanneste ! »

Un mensonge improbable, surtout s'il parle d'argent, vaut mille subterfuges. Vanneste resta un moment interloqué.

« Ne nous disputons pas, Van In. Et si on mettait les choses à plat en s'envoyant une petite Duvel ? C'est moi qui régale ! »

Van In marcha jusqu'à la porte, éteignit et referma derrière lui en disant :

« Restez ici, Vanpeste ! Il reste encore un peu d'eau de source ! »

Il était neuf heures moins le quart lorsque Van In s'engouffra dans la rue Saint-Jacques. Sa légère euphorie, il la devait à trois Duvel bues coup sur coup. Elles lui avaient fait plus de bien que la Contrex du notaire. Il se souvenait de la mise en garde de son paternel : « Méfie-toi de l'eau du robinet ! Cette bande de capitalistes finira par nous empoisonner ! »

Il s'arrêta à l'ombre d'une façade pour allumer une clope.

« *Smoking is bad for your health !*

– *Yeah !* »

Ignorant ce couple de touristes américains qui rentraient à leur hôtel, Van In haussa les épaules et poursuivit son chemin. Il entra dans la rue du Marécage plongé dans ses pensées. *Ces deux-là ignorent que l'espérance de vie est moins élevée à New York qu'à Athènes, la ville qui compte le plus de fumeurs au monde. La planète court à sa perte à cause de l'ignorance des gens ! Jusqu'aux scientifiques, qui énoncent des demi-vérités ! Personne ne réfléchit plus loin que le bout de son nez ! Sinon, les gens qui ont un soupçon de jugeote se souviendraient que les vieux schnocks d'aujourd'hui ont grandi à une époque où il était sain de se bourrer la gueule, de baiser et de fumer à qui mieux mieux ! Alors qu'on ne vienne pas me dire qu'il faut que je bouffe des céréales complètes et des carottes râpées si je veux faire de vieux os !*

Au milieu de l'impasse du Poisson-Gras, un son familier accéléra les battements de son cœur. Entendait-il réellement les pleurs d'un enfant ou était-ce son imagination qui lui jouait des tours ? Il courut jusque chez lui, glissa la clé dans la serrure et ouvrit la porte. Hannelore descendait justement l'escalier. Elle portait Simon dans ses bras.

« Enfin ! Te voilà ! dit-elle.

– Euh… Je pensais que…

– … que tu ne me verrais plus jamais. »

Hannelore assit Simon et lui caressa les cheveux. Il s'arrêta de pleurer.

« Tout est de ma faute, dit Van In. Je n'aurais jamais dû te traiter de…

– Chut ! dit Hannelore en posant son joli index sur sa bouche. Je ne veux plus jamais entendre ce mot ! »

Lorsque, dans la journée, Van In avait quitté la maison en claquant toutes les portes, elle avait fait l'inventaire des années qu'ils avaient partagées, jouant tour à tour le rôle du procureur, de l'avocat de la défense, du juge et du jury populaire. Le verdict avait été dur, mais juste. Hannelore Martens avait tenté de séduire un homme avec préméditation. Même si, juridiquement parlant, il ne pouvait être question d'adultère, le juge avait néanmoins estimé qu'elle était coupable et l'avait condamnée à la perpétuité. Oui, sa peine serait de vivre à perpétuité avec l'homme qu'elle avait voulu tromper.

« Je voudrais conclure un accord à l'amiable, Pieter, dit-elle en déposant Simon dans ses bras. Si tu parviens à endormir ton fils en le berçant comme tu sais si bien le faire, je te présenterai mes excuses à ma façon. »

Elle fit glisser les épaules de sa robe de chambre et se dirigea vers le salon en se déhanchant ostensiblement. Simon regarda son père, lui sourit, ferma les yeux et fit semblant de dormir. Papa et maman allaient jouer, mais avant ça, il voulait qu'on s'occupe un peu de lui.

Le procureur Beekman se versa un double cognac avant de regarder fixement les flammes dans l'âtre. Il se sentait coupable. Pourquoi avait-il accepté de transférer l'enquête sur la mort suspecte du conseiller Heydens à la police judiciaire ? Henri Broos lui avait téléphoné pour lui décrire le combat de coqs auquel il avait assisté entre Van In et Vanneste. Le notaire lui avait amicalement demandé de prendre des sanctions à l'égard de *cet abruti de la police communale**. Beekman estimait qu'en accédant à la requête du Grand Maître, il avait entaché son intégrité, mais il ne pouvait plus faire marche arrière. Le jour où il avait ceint son tablier, il avait promis assistance à ses frères et juré de défendre les intérêts de la loge. Depuis, il avait fait une carrière prodigieuse. Il était le plus jeune procureur de Flandre. Il était logique qu'on lui présente l'addition un jour ou l'autre.

Beekman but une gorgée de cognac et alluma une cigarette. Il avait sous les yeux le document confidentiel qu'un coursier lui avait remis en main propre une heure auparavant. Les gars du labo avaient détecté des traces de colle sur la lèvre supérieure de Marcus Heydens, provenant vraisemblablement d'un ruban adhésif. Ils avaient également trouvé des fibres de couleur blanche incongrues sur le pull de Heydens. Et si c'était un meurtre ?

4

Un rayon de soleil profita d'une déchirure dans le voile qui recouvrait Bruges pour éclairer fugacement sa silhouette. Les tours grises se métamorphosèrent en balises d'un blanc étincelant sur lequel trancha le rouge rutilant des tuiles anciennes. La ville qui avait fait de son atmosphère si particulière sa meilleure carte de visite prit la pose pour les photographes.

Insensible à la beauté de l'instant, Van In marchait d'un bon pas. Il ne remarqua rien non plus lorsque les nuages se resserrèrent et emprisonnèrent Bruges sous leur couvercle. Le bonheur transfigure tout. Il fait oublier le passé et relègue l'avenir au rang de détail insignifiant. Van In était heureux car Hannelore avait passé la soirée de la veille à lui prouver qu'elle était toute à lui. Un homme pouvait-il en désirer davantage ? Elle ne lui avait accordé aucun repos. Lorsqu'il avait failli s'endormir, après leurs premiers ébats, elle avait su le titiller du pouce et de l'index et lui offrir des gâteries qu'il n'avait jamais appelées de ses vœux que dans ses fantasmes les plus débridés. Ensuite, ils avaient bavardé comme les deux jeunes dieux intouchables qu'ils étaient redevenus dans les bras l'un de l'autre. Vers deux heures du matin, lorsqu'ils s'étaient tout dit et davantage, Hannelore lui avait montré les lettres de menace que Valentin lui avait confiées, en attirant son attention sur les citations bibliques qui les ponctuaient. Malgré le passage des ans, Van In les avait identifiées sans peine. La première était tirée de la parabole du semeur, qu'il était difficile de ne pas comprendre à double sens après ce qui les avait occupés si consciencieusement : « D'autres reçoivent la semence dans la bonne terre ; ce sont ceux qui entendent la parole, la reçoivent, et portent du fruit, trente, soixante, et cent pour un. » La deuxième citation était tirée d'une autre parabole, celle du bon grain et de l'ivraie : « Laissez croître ensemble l'un et l'autre jusqu'à la moisson, et, à l'époque de la moisson, je dirai aux moissonneurs : “Arrachez d'abord l'ivraie, et liez-la en gerbes pour la brûler, mais amassez le blé dans mon grenier.” » Le sens de tout cela était un peu trop crypté au goût de Van In. Il s'intéressa davantage aux trois points disposés en triangle qu'Hannelore interprétait comme un symbole maçonnique. Il rit in petto. Lorsqu'il était môme, sa mère invoquait les francs-maçons, comme d'autres l'ogre ou le père Fouettard : « Attention, mon gamin ! Ils enlèvent les enfants, les rôtissent au four et les dévorent ! Gare à toi s'ils viennent te chercher ! » Aujourd'hui, les parents qui tiendraient un tel langage seraient dûment chapitrés et invités à consulter un psychologue, n'en déplaise aux frères Grimm.

Van In entreprit de lire les lettres à voix haute :

Marcus,

Qui s'intéresse à ton sort ? Qui versera une larme lorsque la Camarde viendra te chercher à l'improviste ? Car tel est le salaire que tu mérites : la mort !

N'oublie jamais que j'ai le pouvoir de te donner les derniers sacrements. Tu ne brûleras pas. Tu pourriras en enfer ! Tu sais pourquoi, Marcus ? Parce que je suis le roi des vers qui lentement te dévoreront !

Marcus,
Tout porc sait combien de temps il lui reste à vivre. Mais tu ne mérites même pas d'avoir la gorge tranchée. Quand ton sang coulera, ce sera l'heure des réjouissances ! Crève, Marcus ! Alléluia !

Marcus,
Tu mourras de trouille avant que ta tête ne touche le billot. Et l'image hallucinante de ta mort te poursuivra jusque dans l'éternité !

Marcus,
Personne ne t'accompagnera le jour du…

Toutes les lettres étaient écrites dans ce style ampoulé et terminées par les mêmes trois points accompagnés d'une citation tantôt tirée de la Bible, tantôt d'une source inconnue de Van In. La thèse du meurtre gagnait du terrain. Il était temps de chercher le mobile. Pour ce qui était des suspects, Van In ne se faisait pas de bile : il en avait à revendre. Il laissa les lettres glisser sur le sol et se blottit en cuiller tout contre Hannelore. Ils se firent quelques derniers câlins avant de sombrer dans le sommeil, épuisés.

Levé dès potron-minet, Van In traversait le Zand à la hâte. S'il y avait bien un souvenir qu'il voulait emporter dans l'au-delà, c'était celui-là.

Pour la première fois depuis plusieurs mois, Henri Broos passait la nuit chez Leona. Admirer son corps et le caresser : il n'était désormais plus capable d'en faire davantage. Compte tenu des circonstances, ce n'était déjà pas trop mal.

Quant à elle, elle s'était toujours donné un mal fou pour lui faire croire qu'elle prenait son pied avec lui. Parfaite jusqu'au bout des ongles, elle montait au septième ciel dans ses bras sans lui laisser soupçonner qu'elle avait besoin de s'inventer un ascenseur.

« Je pense que tu devrais en parler à la police, dit-il.

– Oui, sans doute. »

Elle fit glisser son index jusqu'en haut de la colonne vertébrale du notaire et traça des lettres dans le gras de son épaule, inscrivant fugacement dans sa chair un nom que Broos ne connaissait que trop bien, car Leona lui avait fait des confidences : il n'allait pas oublier de sitôt l'identité du meurtrier de Marcus Heydens. Évidemment, il se pouvait qu'elle lui ait menti, ne fût-ce que pour lui permettre de mourir en toute sérénité (le nom qui lui brûlait l'épaule était celui de quelqu'un qu'il haïssait cordialement).

« Mais ce n'est pas possible, Henri. Comprends-moi ! »

Broos se retourna sur le dos.

« Ils ne peuvent plus rien me faire, *ma chérie**. Mais s'ils apprennent que tu étais au courant de tout, tu seras accusée de complicité de meurtre. Tu risques une lourde peine de prison. Tu ferais mieux de parler à la police tant qu'il en est encore temps. »

Leona posa sa tête sur la poitrine du notaire et écouta les battements irréguliers de son cœur. Elle hériterait bientôt d'une grande partie de sa fortune. Il le lui avait promis.

« Si tu n'avertis pas la police, je le ferai, reprit Broos. Je ne veux pas que tu ailles en prison ! »

Son rythme cardiaque s'accéléra. Il se mit à tousser. Leona sauta à bas du lit pour aller lui chercher un verre d'eau. Elle déposa un cachet sous sa langue et lui fit boire quelques gorgées en lui soutenant la tête.

« Viens vite te recoucher près de moi, dit-il lorsque la crise fut passée. Tu vas attraper froid ! » Il frissonna au contact du corps frais de Leona. « J'appellerai le commissaire Van In dès demain matin », reprit-il, résolu.

Leona reposa sa tête sur la poitrine de Broos. Lorsque son cœur battit de nouveau normalement, elle écrivit son propre nom sur son épaule.

« Qui dit que je suis seulement complice de la mort de Marcus ? »

Long silence. Lorsque le notaire se mit à sangloter en silence, Leona se blottit contre lui et lui caressa la joue du dos de la main.

« Ne te fais pas de souci, Henri ! Personne ne pourra jamais prouver qui a fait le coup ! Crois-moi sur parole !

– C'est toi ? demanda-t-il, perdu.

– Je ne te dirai rien, chuchota-t-elle. C'est peut-être quelqu'un que tu ne connais même pas ! »

Lorsque les premières gouttes de pluie s'écrasèrent sur les pavés, Van In piqua un petit sprint. La chance lui sourit, une fois n'est pas coutume, car l'averse n'éclata réellement qu'au moment où il franchit la porte du commissariat. Il appela l'ascenseur en fredonnant les *Carmina burana.*

Au 204, Versavel frappait comme un forcené sur le clavier de son ordinateur. Il leva le nez à l'entrée de Van

In avant de se replonger imperturbablement dans sa tâche.

« Tout baigne, Guido ? dit Van In en allant se verser une tasse de café près du rebord de la fenêtre.

– Qu'est-ce que tu veux savoir ?

– Tout ! »

Versavel abandonna ses exercices de dactylo.

« J'ai commencé par Leona Vidts, la jeune fille engrossée par Marcus Heydens et qui a épousé Wilfried Delanghe.

– … Et ce cher Henri Broos.

– Toutes les infos sont plus ou moins exactes, confirma Versavel en hochant la tête.

– Plus ou moins ? Comment ça, plus ou moins ?

– Il y a un petit problème en ce qui concerne Valentin Heydens, expliqua Versavel en reculant son fauteuil et en ôtant ses lunettes. À sa naissance, le 15 décembre 1964, il s'appelait Valentin Vidts. »

Versavel enfonça quelques touches et tourna son écran vers Van In. Le document qui s'affichait en pleine page attestait que Marcus Heydens n'avait demandé la paternité légitime de Valentin Vidts que quatre ans auparavant.

« Bizarre, bizarre ! commenta Van In.

– Je te montre le reste ? »

Versavel enfonça d'autres touches.

« Leona Vidts, née le 14 juillet 1939 à Ostende. Épouse Wilfried Delanghe en 1965. Un enfant : Diana. Divorcée en 1971. Épouse en secondes noces Henri Broos en 1972. Deux enfants : Joris et Virginie. Adresse actuelle : quai de la Poterie 25. »

Van In se gratta le nez. Broos ne lui avait pas dit que lui et sa femme vivaient séparés.

« J'ai comme l'impression d'avoir atterri en plein drame antique ! » soupira-t-il.

Versavel opina du bonnet. Il était bien placé pour savoir que Van In avait en horreur tout ce qui ressemblait de près ou de loin à une affaire de famille.

« Il faut bien commencer quelque part, Pieter. Tu proposes qu'on s'attaque d'abord à Valentin, à Diana, à Delanghe ou au notaire ?

– À la mère, Guido !

– Leona Vidts…

– Oui. »

Versavel ne posa aucune question. Van In marchait à l'intuition, et cela lui avait jusqu'à présent plutôt bien réussi.

« On y va quand ?

– Tout de suite ! Sinon, ça servirait à quoi que je me sois arraché si tôt à la douceur de mes pénates ? »

Loin de se douter que Van In avait eu une nuit torride, Versavel se fit cependant la réflexion que le commissaire avait quelque chose de guilleret et de pétillant dans le regard.

« J'avertis Vanneste de l'évolution de l'enquête, ou tu préfères laisser le commissaire adjoint pédaler dans la choucroute ?

– Cela ne me semblerait pas très charitable, brigadier. Laissons-lui au moins un petit mot ! »

Joignant le geste à la parole, Van In écrivit de sa plus belle écriture sur une feuille :

Cher Vanpeste,

Nous ne sommes pas là. Si vous souhaitez nous laisser un message, parlez après le bip sonore et puis poubelle ! Bip !

« Ça va certainement le faire rire, dit Versavel d'une voix égale.

– Si monsieur veut de l'action, il faudra qu'il se lève un peu plus tôt ! »

Versavel sourit. Le matin même, Van In lui avait téléphoné sur le coup de six heures et quart pour lui demander de se pointer au bureau avec trente minutes d'avance. C'était un truc éculé qui leur avait permis de semer plus d'un emmerdeur, car les manches du genre de Vanneste étaient davantage mus par le souci de la ponctualité que par la volonté de voir aboutir une affaire.

« Allez, ouste ! Il est temps de décamper !

– Tu crois que madame Vidts sera déjà présentable à cette heure matinale ?

– Ai-je dit qu'on allait se mettre à bosser tout de suite ? »

Versavel avait compris.

« Un petit café sur la Grand-Place ?

– Avec des couques aux raisins ! J'ai la dalle ! »

« Aurais-tu appris des choses sur notre conseiller auprès de la Cour de cassation ? » demanda Van In entre deux bouchées.

Versavel prit le temps de touiller dans son cappuccino avant de répondre.

« J'ai téléphoné à deux ou trois personnes de confiance, dit-il. Marcus Heydens traînait une réputation de libertin.

– Un libertin ! À la Cour de cassation ?! »

Un des contacts de Versavel travaillait à la Sûreté de l'État et avait jeté un œil au dossier du conseiller.

« Sa réputation sulfureuse ne l'a pas empêché de faire une carrière fulgurante. »

Si Marcus Heydens avait mis sept ans à faire son droit, il avait rattrapé le temps perdu en obtenant sa nomination au poste de substitut du procureur du roi dès son vingt-huitième anniversaire. Cinq ans plus tard, il était promu avocat général à la cour d'appel de Gand. Il avait à peine quarante-cinq ans lorsqu'un honneur encore plus grand lui était échu : conseiller à la Cour de cassation !

« À croire que s'envoyer en l'air, ça aide à grimper les échelons », lâcha Van In, qui n'était pas à une trivialité près.

Versavel trempa ses lèvres dans son cappuccino.

« Il s'est calmé depuis quelques années.

– Des soucis avec sa prostate ?

– Non, Pieter. D'après mon contact, le conseiller n'a plus été vu dans aucun bordel depuis quatre ans.

– Une conversion miraculeuse ?

– On peut dire ça comme ça. Il est entré dans la franc-maçonnerie. »

Van In éclata de rire.

« Ces gens-là ne croient pas en Dieu, Guido ! Alors, pour les miracles… ! »

Le brigadier laissa planer son regard serein sur la Grand-Place. En vieillissant, il ressentait de plus en plus le besoin de croire en quelque chose. Le tour de Van In viendrait aussi.

« Les francs-maçons croient au grand Architecte de l'univers », dit-il.

Van In faillit avaler sa couque de travers. Était-ce un hasard si toutes les lettres de menace qui avaient été envoyées à Heydens portaient un timbre représentant Horta, l'un des plus grands architectes belges ?

« Allez, en route, mauvaise troupe ! On a du pain sur la planche ! »

Calme et paisible, le quai de la Poterie était probablement l'un des endroits les plus idylliques du centre de Bruges. Le piéton qui s'attardait le long du canal marchait l'amble avec une cohorte de souvenirs. Des parfums délicieux flottaient dans l'air, surtout en automne, quand les arbres se défaisaient de leur parure et que les pavés se recouvraient d'un épais tapis de feuilles en putréfaction. Les petits vieux qui habitaient le quartier avaient un autre avis sur l'état des trottoirs, mais quels hommes politiques se souciaient d'éviter une fracture de la hanche à ces électeurs en fin de course ?

« On aurait peut-être dû s'annoncer », dit Versavel en rangeant la Golf le long d'un platane à la calvitie précoce.

Van In haussa les épaules avec nonchalance et remonta le col de sa veste pour se protéger de la pluie.

« Si madame Vidts n'est pas chez elle, nous irons boire une Duvel au Vlissinghe. C'est tout près ! »

Avec ses prouesses nocturnes devant l'âtre, Van In s'était prouvé à lui-même que sa consommation de houblon n'altérait en rien ses performances. Pas question de se faire faire une vasectomie comme Bruynooghe pour reprendre du poil de la bête !

« Je crois qu'elle est chez elle, dit Versavel.

– Qu'est-ce qui te fait dire ça ?

– La télé est allumée. Tu ne vois pas l'éclat qui brille dans la fenêtre ?

– Tu sais, moi, la téloche, je n'ai jamais trouvé ça très brillant.

– C'est parce que tu n'es pas un flic comme les autres.

– C'est un compliment ? »

Ils traversèrent la rue. L'immeuble où vivait Leona Vidts n'était pas franchement le plus beau du quartier. Tout le rez-de-chaussée était occupé par une porte et une énorme vitrine. La façade en crépi sale détonnait en regard des maisons voisines, restaurées avec soin. Le propriétaire du numéro 25 était un petit indépendant qui avait investi tout son argent noir dans l'immobilier, et le qu'en-dira-t-on était le cadet de ses soucis. Tant que ses locataires payaient leur loyer… Van In sonna.

Un chien se mit à aboyer derrière la porte.

« Caniche ou chihuahua ?

– Chihuahua, décréta Versavel.

– Ça promet. »

Van In détestait les petits chiens, en particulier les roquets dont s'énamouraient les vieilles dames adipeuses. Lorsque la porte s'ouvrit, il fut bien obligé de ravaler ses préjugés. Leona Vidts était une femme mince, encore très belle pour son âge. Quant au chien, il n'y en avait pas un, mais deux. Des yorkshires. Un blanc et un noir.

« Bonjour, messieurs. »

Leona portait un ample kimono, manifestement authentique. Elle leur offrit son plus charmant sourire.

« Je suis le commissaire Van In, et voici le brigadier Versavel. Nous pouvons vous parler, madame ?

– Bien sûr ! »

Leona recula d'un pas et demanda gentiment aux chiens de ne pas ennuyer les invités. Le petit noir fit la sourde oreille et s'attaqua illico au pantalon de Versavel.

« Arrête ! » dit Leona d'une voix sévère.

Le chien obéit illico pour s'éloigner en remuant la queue.

« Je vais les enfermer dans la chambre ! » dit-elle.

Versavel lissa son pantalon. S'il y avait une chose avec laquelle il ne plaisantait pas, c'était l'aspect de son uniforme. Quelles que soient les circonstances, il mettait un point d'honneur à avoir une tenue irréprochable.

« Frank ne va pas te rembarrer pour un pli à ton futal ! souffla Van In. Ça va peut-être même l'exciter ! »

Guido frotta son pantalon pour en essuyer la bave de chien. Quand Van In faisait une allusion scabreuse, cela voulait en général dire qu'il avait fait la bête à deux dos la veille.

« Les chiens, au moins, on peut les mettre sous clé, répondit-il, laconique. Pas comme toi. »

Leona Vidts réapparut avant que Van In n'ait pu rendre la monnaie de sa pièce au brigadier. À chacun de ses pas, le tissu de son kimono bruissait comme une roselière au vent.

« Entrez donc, messieurs ! »

Il aurait été difficile de deviner que la façade délabrée de l'immeuble cachait un salon du meilleur goût. Un canapé qui avait récemment fait la une d'une grande revue de mode trônait au milieu de la pièce aménagée avec sobriété. Face à lui, un buffet en merisier tranchait sur un mur blanc, tandis qu'un kilim couleur sable habillait chaudement un parquet étincelant. Décoraient la pièce quelques toiles au style reconnaissable entre tous : celui de Marcus Heydens.

« Que puis-je vous offrir ? Une tasse de café ? Un alcool ? »

Van In hésita. Des médecins américains étaient récemment parvenus à la conclusion que la consommation d'un ou deux whiskys par jour diminuait les risques de maladies cardiovasculaires. Certains scientifiques prétendaient a contrario que chaque verre d'alcool tuait cent mille cellules cérébrales. On ne savait plus à quel saint se vouer !

« Vous prendrez bien un verre ! Ça ne vous fera pas de mal, commissaire ! » dit Leona Vidts, le sortant de sa valse-hésitation.

Elle plissa les yeux et eut un rire qui semblait dire qu'elle avait l'habitude de recevoir des policiers et qu'elle savait qu'un vrai flic refuse rarement un remontant, quelle que soit l'heure.

« Un whisky, commissaire ? J'ai du Black & White. Allez, laissez-vous tenter !

– D'accord, mais un tout petit, alors ! répondit Van In.

– Et pour vous, brigadier ?

– Je me contenterai d'un verre d'eau, madame », dit-il en adressant un sourire narquois à Van In.

« Je devrais être contente que vous refusiez le test ADN », dit Diana Delanghe en se redressant de toute sa hauteur et en posant ses mains sur ses hanches dans un geste de défi.

La victoire était proche. Si tout se passait comme prévu, elle ne devrait plus attendre que quelques semaines avant d'avoir suffisamment d'argent à sa disposition pour mener une vie normale et offrir une éducation digne de ce nom à son bébé.

« Je ne vois aucune raison pour laquelle nous devrions faire un test ADN, dit Virginie Broos. Notre père est Henri Broos. L'héritage de Marcus Heydens ne nous concerne pas.

– Vous accepteriez de signer ça noir sur blanc ? »

Diana n'avait pas perdu de temps. Elle avait fait rédiger par son avocat un texte dans lequel le signataire renonçait à prétendre à la fortune que Marcus Heydens laissait derrière lui.

Joris Broos palpa la table du salon et s'empara du paquet de cigarettes à tâtons. Ses mains tremblaient.

« Je voudrais quand même..., commença l'aveugle.

– Ne t'en fais pas, Joris ! » dit Virginie en prenant un briquet.

Elle alluma une cigarette et la glissa entre les doigts de son frère.

« Nous refusons d'être mêlés à tes combines, Diana. Et de toute façon, nous n'avons pas besoin du fric du vieux. Maintenant, je serais contente que tu débarrasses le plancher. On en a jusque-là de tes histoires !

– Je vous laisserai tranquilles quand vous aurez renoncé à l'héritage.

– Je ne signe rien ! » rétorqua Virginie.

La respiration de Diana s'accéléra. Malgré elle, elle écarquilla les yeux et serra les poings.

« Salope ! Si tu ne signes pas, je te jure que je t'arracherai les yeux ! Pétasse ! Moule pourrie ! Crevette mal décortiquée… ! »

Virginie n'eut pas l'air impressionnée outre mesure par la tirade de sa demi-sœur. Elle attendit que Diana soit à cours d'insultes avant de marcher jusqu'au téléphone et de décrocher le combiné.

« Si tu ne dégages pas immédiatement, j'appelle les flics, dit-elle calmement. Comme la dernière fois. »

Deux ans auparavant, une fausse couche avait plongé Diana dans une profonde dépression. Au début, Virginie avait tenté de la consoler, mais Diana s'était montrée de plus en plus agressive. Un jour qu'elle en était venue aux mains, Virginie avait appelé la police à la rescousse. Depuis, il suffisait de brandir cette menace pour que Diana se calme aussitôt.

« Les flics, les flics ! Tu crois qu'ils me font peur ?! Je leur dirai ce qui se passe ici, à ces trous-du-cul ! Je leur dirai que tu n'arrêtes pas de m'insulter et que tu refuses de m'aider, pouffiasse ! »

Virginie enfonça une touche.

« Branleuse ! Fiente de mouche mal baisée ! Pouliche hystérique en rut ! »

Virginie enfonça une deuxième touche et porta le combiné à son oreille.

« Allô, la police ? Ici Virginie Broos. Vous pouvez envoyer quelqu'un chez moi tout de suite, s'il vous plaît ? Voici l'adresse… À bientôt, merci ! » Elle raccrocha. « Ils seront là dans cinq minutes, Diana. Alors, tu prends tes cliques et tes claques et tu fous le camp d'ici ! »

Lorsque Joris entendit la porte d'entrée se refermer, il respira enfin. La manœuvre avait réussi, une fois de plus.

« Oui, j'ai quatre enfants, commissaire », dit Leona Vidts.

Elle ôta ses pantoufles, s'assit sur le canapé et croisa les jambes. Le kimono ne laissait voir que ses chevilles, qu'elle avait graciles, et ses pieds joliment soignés. Aucune callosité, aucune veine saillante… Pour une femme de son âge, elle était particulièrement bien conservée.

Van In sirotait son whisky en essayant d'imaginer à quoi elle pouvait bien ressembler à trente ans et en réfléchissant à ce qu'il allait dire. Il choisit de se montrer direct.

« Valentin est votre fils aîné ?

– Oui, dit-elle avec une certaine fierté. C'est mon plus grand.

– Qui est son père ? Marcus Heydens ?

– Oui.

– Il l'a reconnu ?

– Oui, mais plus tard.

– Quand, exactement ?

– Il y a quatre ans.

– Vous étiez d'accord ? »

Leona Vidts fronça les sourcils et secoua la tête.

« Quand Marcus m'a dit qu'il voulait reconnaître Valentin, j'en ai pleuré de joie toute la nuit ! »

Van In but une gorgée de Black & White. Leona Vidts dégageait un charme fait de franchise et de combativité qui n'était pas pour lui déplaire. Tout en elle irradiait ce mélange plutôt rare, jusqu'à son regard, ses mouvements, sa façon de se tenir droite dans le canapé et de croiser les jambes. En même temps, elle avait l'assurance du prédateur qui sait qu'il pourra se rendre maître de n'importe quelle proie et qu'il ne souffrira jamais de la faim.

« Ce n'est pas venu un peu tard ? Heydens vous a quand même laissée tomber à un moment où vous aviez vraiment besoin de lui, non ? »

De nombreuses femmes auraient répondu à cette question en laissant parler leurs émotions, mais pas Leona Vidts.

« J'ai vécu avec Marcus une relation passionnée comme peu de femmes peuvent en rêver, commissaire. Les souvenirs de notre bonheur à deux m'ont aidée à tenir bon dans les moments difficiles. »

Van In ne savait plus très bien quoi ajouter. La veille, il avait lui-même expérimenté l'extraordinaire puissance de l'amour. C'était en effet un baume sur le cœur en prévision des jours sans.

« Marcus Heydens vous a-t-il aidée financièrement ? » demanda-t-il après une brève hésitation.

Leona Vidts ne se laissa pas décontenancer.

« Marcus m'a toujours soutenue contre vents et marées, commissaire. Il était le roc auquel je me suis accrochée.

– Même quand, plus tard, vous avez épousé... » Van In consulta son carnet. « ... Wilfried Delanghe ? »

Leona Vidts redressa la tête. Malgré son menton en pointe et sa mâchoire décidée, cela ne lui donna pas l'air arrogant.

« Mon premier mariage a été calamiteux.

– Delanghe vous maltraitait ? »

Leona Vidts éclata de rire. Une lueur joyeuse brilla dans ses yeux.

« Non, commissaire, non ! Wilfried est un brave homme, un peu trop brave, même, si vous voulez mon avis. Il avait… disons… des principes. »

En quelques mots, elle expliqua la raison de son divorce.

« C'était un homme qui se voulait plus catholique que le pape, conclut-elle avec un petit sourire moqueur. Si vous voyez ce que je veux dire. »

Van In hocha la tête. Évidemment, qu'il comprenait. Diana n'était donc pas la fille de Wilfried Delanghe. Pourquoi le notaire Broos ne lui en avait-il rien dit ?

« Allez-vous hériter de Marcus Heydens ?

– Il y a de fortes chances, commissaire », dit-elle en se disant qu'elles ne devaient pas courir les rues, les femmes qui, comme elle, pourraient échanger leur appartement contre une villa cossue à la mer ou un voyage autour du monde à la mort de leur amant.

« Je suppose que vous allez me demander où je me trouvais le soir où Marcus s'est suicidé ? »

Elle prononça cette question sans ironie, sur un ton presque neutre, comme si elle voulait se montrer utile.

« En effet, dit Van In.

– J'ai passé la soirée à regarder la télévision. Il y avait *Mort à Venise*, avec Dirk Bogarde. »

Versavel ne put réprimer un sourire. C'était un de ses films préférés. Lui et Frank ne l'auraient raté sous aucun prétexte. Heureusement, Delodder l'avait appelé après le générique de fin.

« C'est Valentin qui vous a prévenue ? demanda Van In.

– Non. Il ne m'appelle que quand il a besoin d'argent.

– Comment avez-vous appris la mort de Marcus Heydens, dans ce cas ?

– Par Diana.

– Diana ?!

– Oui, commissaire.

– Ça vous dérange si je fume ? »

Leona Vidts secoua la tête et alla chercher un cendrier dans la cuisine.

Versavel regarda Van In. Ils pensaient tous les deux la même chose. Pourquoi Valentin avait-il téléphoné à sa demi-sœur et pas à sa mère ?

« Diana a toujours été très proche de Valentin, reprit Leona Vidts en revenant. Ils ont même vécu plusieurs années dans le même appartement. Ces deux-là n'ont aucun secret l'un pour l'autre. »

Van In tira sur sa cigarette.

« Et vous ? Vous avez de bons rapports avec votre fille ?

– Moi oui. Mais… »

L'ex de Marcus Heydens posa le cendrier sur la table du salon et se rassit droite comme un I dans le canapé, les jambes croisées.

« Elle est souvent à côté de ses pompes. Elle souffre du délire de persécution. Valentin est le seul avec qui elle est restée en contact. Elle ne veut plus m'entendre. »

Van In hocha la tête et but une nouvelle gorgée de whisky. Chaque nouvelle information rendait cette histoire plus complexe.

« Dans ce cas, pourquoi vous a-t-elle téléphoné pour vous apprendre la mort de Marcus Heydens ?

– Bah ! Quelle importance, commissaire ?!

– Voulez-vous répondre à ma question, madame Broos ?

– Vidts, commissaire. Je porte le nom de Vidts. »

Versavel, qui ne l'avait pas quittée des yeux une seconde depuis le début de l'entretien, perçut enfin une once d'émotion dans sa voix. Apparemment, elle cherchait à dissimuler quelque chose.

« Bien, madame Vidts. Je vais formuler ma question autrement.

– Ne vous fatiguez pas, commissaire. Je vous ai dit que Diana était malade. Tous les psychiatres sont d'accord là-dessus.

– Elle est folle ? demanda Van In en s'inquiétant subitement du sort de l'enfant qu'elle attendait.

– Ce n'est plus un mot qu'on emploie beaucoup, commissaire. Elle est psychotique. Elle est persuadée que j'ai négligé son éducation et elle saisit la moindre occasion pour le faire savoir. Elle sait que j'ai toujours aimé Marcus. C'est pour ça qu'elle m'a téléphoné. Pour me faire mal. Elle espérait que je me mette à pleurer. »

Un long silence s'installa dans la pièce. *Les femmes fortes ne craquent pas*, pensa Van In.

« C'est regrettable, madame Vidts.

– Vous pouvez m'appeler Leona si vous voulez. »

Elle éclata de rire.

« Vous vous demandez sans doute pourquoi je ne verse pas de larmes sur la mort de mon amant, commissaire ? »

Van In éprouva une gêne imperceptible.

« Ce ne sont pas mes affaires, madame. Mon boulot, c'est de retrouver le meurtrier. Le reste…

– Ça vous laisse indifférent ? Je ne le crois pas. Vous savez pourquoi ? »

Van In secoua la tête. Il essaya de masquer ses sentiments, mais il ne put empêcher Leona Vidts de lire dans ses pensées.

« Parce que vous êtes comme Marcus : un homme de la trempe d'Orphée. Vous aussi, vous aimez d'un amour plus fort que la mort ! »

Van In ne put s'empêcher d'être ébranlé.

« Si je ne m'abuse, c'est Orphée qui essaie d'arracher son amoureuse, Eurydice, du royaume des morts, pas l'inverse », dit Versavel froidement.

Il était intervenu parce qu'il avait l'impression que Van In perdait le contrôle de la conversation. Leona Vidts refusa de se laisser faire la leçon.

« Cette histoire est née à une époque où les femmes étaient considérées comme des êtres de seconde catégorie, brigadier. Pourquoi ne pourrais-je pas jouer le rôle d'Orphée ? Pourquoi ne pourrais-je pas essayer de libérer Marcus des griffes de la mort ? Je sais qu'il m'attend ! »

Ma parole ! Il lui manque une case ! se dit Versavel.

Mais Van In pensait-il comme lui ? Rien n'était moins sûr, car il resta longtemps à écouter Leona Vidts sans rien dire, comme frappé par la foudre.

« Je ne peux pas te confier l'affaire Heydens, Hannelore, dit le procureur Beekman.

– Pourquoi ?! Valentin n'est pas suspect, que je sache. Le rapport du docteur Dupon est formel. Marcus Heydens est mort à vingt heures, et j'étais avec Valentin à ce moment-là. »

Beekman hocha la tête. L'ardeur avec laquelle Hannelore défendait son ex-petit ami ne lui plaisait qu'à moitié.

« J'ai appelé Dupon. Il est en effet formel sur l'heure de la mort. »

Le légiste lui avait tout expliqué dans les moindres détails. La température d'un cadavre descend de un degré par heure. En théorie, à condition que la température ambiante soit plus ou moins normale, cela permettait de déterminer l'heure de la mort, en tout cas si on intervenait assez rapidement. Avec 22 degrés de température ambiante dans le salon et 32,4 degrés de température rectale, le cas de Marcus Heydens ne présentait aucune anomalie. Aucun légiste ne viendrait contredire les conclusions de Dupon. C'était aussi évident qu'un et un font deux.

« Ce n'est pas une question de déontologie, Hannelore. Je ne peux pas te confier l'affaire Heydens parce qu'il n'y a pas d'affaire Heydens. Marcus Heydens s'est suicidé. Ce sont les conclusions de l'enquête.

– Quelle enquête ? »

Beekman se gratta l'oreille gauche.

« L'enquête que j'ai ordonnée, Hannelore. Je te ferai parvenir les conclusions dans le courant de la journée. »

Hannelore dévisagea son supérieur. Il ne détourna pas le regard, mais elle sentit qu'il n'était pas tout à fait au clair avec sa conscience.

« Van In est convaincu que Heydens a été tué, dit-elle.

– Il peut le prouver ?

– Bien sûr ! Tu le connais ! Il va trouver qui a écrit ces lettres de menace.

– Quelles lettres de menace ?

– Je t'en enverrai une copie dès demain, Jozef. »

Hannelore se leva et se dirigea vers la porte. Elle portait une minijupe, mais Beekman ne la suivit pas du regard. Elle le sentit.

« J'ai l'impression que tu t'es ennuyé comme un rat mort », dit Van In lorsqu'ils furent enfin arrivés au Vlissinghe après plus de deux heures d'entretien chez Leona Vidts. Il caressa la panse dodue de son verre de Duvel. « Qu'est-ce que tu penses de cette femme ?

– Tu veux vraiment le savoir ?

– Tu crois qu'elle est folle.

– Disons… passablement dérangée.

– Ne le sommes-nous pas tous ? »

Van In fit glisser son doigt sur l'arête du verre pour en tirer un son aigu. Leona Vidts avait décrit sa fille comme une déséquilibrée ayant tendance à l'autodestruction et comme une menteuse pathologique. Elle avait également laissé entendre qu'elle entretenait des relations troubles avec son demi-frère. Van In faisait tourner son doigt de plus en plus vite. *Si Marcus Heydens ne s'est pas suicidé, il n'est pas impensable qu'un membre de la famille l'ait éliminé. Valentin a un alibi. Mais ce n'est le cas ni de Diana ni de Leona…*

« C'est pas bientôt fini, ce bruit ! » s'exclama un vieux pépé qui prenait son apéro, comme tous les midis.

Versavel, habitué à taper le carton tous les mardis soir avec Frank au Vlissinghe, sortit son portefeuille et en extirpa un billet de deux cents francs qu'il agita en direction de la jeune fille assise derrière le comptoir.

« Il est temps de changer de crémerie, Pieter ! »

Van In vida son verre d'un trait. Le petit vieux hocha la tête d'un air approbateur en direction de Versavel.

« Tu connais ce débris ? lui demanda Van In lorsqu'ils furent dehors.

– Non, pourquoi ?

– J'ai l'impression que tu as fait une touche, Guido. Il faut te rendre à l'évidence : tu ne rajeunis pas !

– Faut pas non plus me prendre pour un débile ! »

Versavel avait de plus en plus de mal à supporter les vacheries de son supérieur. Cela s'expliquait-il parce que sa promotion risquait de lui passer sous le nez s'il restait loyal à Van In ? Ou craignait-il que Frank lui témoigne un jour de la rancœur parce qu'il continuait à soutenir le commissaire envers et contre tout ?

Un quarante-tonnes se rangea sur le parking de l'autoroute peu après la petite ville de Jabbeke. Le chauffage était coupé dans la cabine, mais le routier transpirait à grosses gouttes. Toutes les deux secondes, il jetait un œil dans son rétro, s'attendant à voir arriver un combi blanc à bande bleue ou orange. Quand il fut enfin certain de ne pas être suivi par les flics, il coupa le moteur, serra le frein à main et mit les essuie-glaces au repos. La pluie eut tôt fait de prendre d'assaut le pare-brise. Ronny dévissa sa bouteille thermos, se servit une tasse de café et alluma une cigarette. Il passa la main sur sa cuisse, effleurant au passage la bosse que dessinaient les billets de banque dans la poche gauche de son jean. *D'ici un quart d'heure, le fric qu'on m'a filé en Italie sera vraiment à moi. Si le contact vient comme prévu et s'il prend livraison de la marchandise. Deux mille dollars, c'est pas mal, même pour un bosseur comme moi assis au volant nonante heures par semaine.* Ronny avait des potes qui, en passant des gars en fraude pendant un an, avaient amassé suffisamment de thune pour s'offrir une BMW, et encore, pas le modèle de base, une série 700, avec les options et les accessoires. *Je donnerais cinq ans de ma vie pour m'offrir ce rêve.*

5

Diana Delanghe, car ainsi se nommait officiellement la fille de Marcus Heydens, occupait un appartement dans la rue des Corroyeurs-Blancs, un quartier triste à quelques pas du quai de la Coupure. N'habitaient là que ceux qui n'avaient rien trouvé de mieux ailleurs. Son immeuble était un taudis qui venait d'être classé par les Monuments et sites pour son pignon à redents. Sourd aux protestations des locataires qui réclamaient des travaux de rénovation à cor et à cri, le propriétaire continuait à augmenter les loyers, en attendant une proposition intéressante de la commune qui ne venait pas, car les touristes n'étaient de toute façon pas assez fous pour se perdre jusque-là.

Van In consulta les étiquettes fixées grossièrement en regard des sonnettes. Celle de Diana attira tout de suite son regard : c'était la seule à être encore d'un blanc immaculé. Et, surtout, le patronyme indiqué était celui de Heydens. *Décidément…*

« On dirait qu'elle vit au deuxième », dit-il à Versavel.

Dans l'immeuble d'en face, un quadra à la bedaine rebondie – un croisement de Robert Bidochon et de

Benoît Poelvoorde première période – celle de *C'est arrivé près de chez vous* – observait les flics de derrière ses rideaux. Lorsqu'ils sonnèrent chez Diana, Benoît Bidochon, alias Gino Vandenheuvel, appela sa femme, laquelle réagit au quart de tour, même si elle était occupée à éplucher ses patates, assise à la table de la cuisine à cause de ses varices.

« Je te l'avais dit, qu'elle était pas droit dans ses bottes, la fille d'en face ! » cria Benoît Bidochon.

La matrone essuya son économe à son tablier. *S'il croit que les flics sont là parce qu'il a envoyé une lettre recommandée au Collège des bourgmestre et échevins l'année passée ! N'ont même pas répondu, ces couillons ! Mais si je lui parle de ça, ce sera encore ma fête ! Depuis qu'il a perdu son boulot, c'est trente-six chandelles tous les jours… Je préfère me faire oublier dans ma cuisine !*

« Qu'on foute ces sales profiteurs à la porte ! s'exclama Benoît Bidochon sans quitter son poste d'observation.

– N'oublie pas d'aller pointer, Gino ! » dit Raymonde en retournant dans sa cuisine.

Deux morceaux de viande sanguinolente attendaient dans une assiette sur le plan de travail. Elle les jeta dans une poêle et les sala généreusement, sourire aux lèvres. *Le pauvre, avec son hypertension… Le docteur a bien dit qu'il devait éviter le sel à tout prix !*

Lorsqu'elle s'engouffra dans la rue des Corroyeurs-Blancs, Diana Delanghe aperçut le véhicule de police garé devant sa porte. *Trop tard pour faire demi-tour ! Merde ! Surtout ne pas attirer leur attention !*

« *Get down !* Baissez-vous ! » hurla-t-elle aux deux passagers assis sur la banquette arrière.

Les mains cramponnées au volant, elle accéléra.

« À mon avis, elle n'est pas chez elle, dit Van In après le troisième coup de sonnette. Tu as vu quelque chose bouger ? »

Versavel n'avait pas quitté le deuxième étage des yeux, car la plupart des gens qui n'ouvrent pas ne résistent pas à la tentation de regarder en douce par la fenêtre.

« Non ! Qu'est-ce qu'on fait ? »

Van In se retourna. À l'instant même, la voiture de Diana passa devant lui.

« On a de la chance. La voilà ! »

Lorsque Versavel fit volte-face à son tour, Diana mit les gaz.

« Et merde ! » s'écria Van In.

Sans saisir l'enjeu de la scène, Versavel suivit la direction indiquée par Van In et vit une Renault Espace bleu ciel disparaître au coin de la rue. Van In courait déjà vers la Golf.

« On demande de l'aide ? demanda Versavel en sautant sur le siège du passager.

– Pas encore ! »

Van In mit le contact, passa en première et se lança à la poursuite de la jeune femme. *Qu'est-ce qui lui prend, à cette nana ?!*

Versavel s'accrocha. Il savait que Van In digérait mal le cocktail stress-colère et préféra rester coi. Pied au plancher, Van In agrippait son volant comme un malade. La Golf laissait derrière elle un sillage de bulles d'eau et dérapait sur les pavés mouillés. Van In n'avait plus conduit depuis plusieurs mois, et ça s'entendait. Il faisait hurler le moteur. Versavel actionna la sirène, histoire de prévenir les piétons et les cyclistes...

Au coin de la rue Traversière, Van In tourna à droite. Pour une fois, il se félicita que la circulation à Bruges fût essentiellement à sens unique. La Renault Espace avait disparu de leur champ de vision, mais Diana ne pouvait fuir qu'en empruntant la rue de la Porte-de-Gand. *Je te tiens, ma belle ! Il va être midi ! Qui c'est qui va être coincée dans les embouteillages, hein ?!*

« Là ! Elle est là ! s'écria Versavel. Si je ne m'abuse, c'est quelqu'un de chez nous qui règle la circulation à la Porte-de-Gand. Je l'appelle ? »

Sans attendre, il établit le contact avec le central. Mais Van In n'était manifestement pas sur la même longueur d'onde, car il passa la marche arrière et braqua à droite. La Golf se mit en travers de la chaussée.

« Qu'est-ce que tu fiches, bon sang ?!

– Pardon ? » demanda l'officier de garde au central.

Van In repassa en première et grimpa sur le trottoir Versavel en laissa tomber son micro.

« Tu ne passeras jamais ! » s'écria-t-il en voyant le trottoir se rétrécir dangereusement.

Sans sourciller, Van In dépassa la file des voitures à l'arrêt, deux roues sur le trottoir, deux roues sur la chaussée. Malgré la sirène, Versavel entendait nettement le *cloc cloc cloc !* des rétroviseurs – de tous les rétroviseurs – qu'ils malmenaient en remontant les véhicules par la droite.

Cela faisait cinq ans que Marc Deneve travaillait jour et nuit à son rêve : un modèle réduit du *Mercator*, le bateau-école de la marine belge amarré au port d'Ostende, pris d'assaut l'été par les touristes. C'était le clou d'une exposition qu'il montait avec des amis et qui allait bientôt ouvrir ses portes.

Il s'accroupit pour faire passer son bateau par la porte de sa maison sans en abîmer les mâts. Après ce dernier obstacle, il n'aurait plus qu'à installer sa petite merveille dans la camionnette de location qui l'attendait sur le trottoir.

Lorsqu'il aperçut le jeune homme portant sa maquette, Van In sauta sur le frein. La Golf dévia et rasa un cabriolet Mercedes sur toute sa longueur dans une pluie d'étincelles avant de s'arrêter à cinquante centimètres de la Ford Transit. Au même instant, la file se remit en branle et la Renault Espace franchit le pont de la Porte-de-Gand.

« Tu sais combien ça coûte, une Mercedes de ce modèle ? » demanda Versavel, goguenard.

Comme frappé par la foudre, Van In restait hébété, les mains sur le volant. Le bruit de tôle froissée avait ramené un vieux souvenir à la surface : maître Matthys qui faisait crisser le tableau avec un ongle pour réveiller sa classe assoupie. Jamais il n'aurait pensé être capable de produire lui-même un bruit si horrible.

« Tête de nœud ! »

Le chauffeur du cabriolet, un dandy trentenaire adepte des cabines de bronzage, ouvrit la portière de Van In à la volée et entreprit de lui passer un savon. Versavel sortit de la Golf, fit le tour de la voiture et tapota l'épaule du gars.

« Heu… On appelle la police ou vous vous en occupez ? »

Pâle comme un t-shirt lavé avec Blanco, Van In n'avait pas bougé. Ils avaient perdu un temps précieux.

L'officier de garde n'avait pas encore reçu le signalement de la Renault Espace que Diana et ses deux passagers s'engouffraient déjà dans le train en partance pour Knokke-Heist.

« *We have to hide in other place* », dit-elle dans un anglais boiteux.

Les deux hommes qui lui faisaient face hochèrent la tête sans piper mot.

« Bonjour, Van În ! »

Le commissaire adjoint Vanneste était entré au 204 sans frapper. Sourire aux lèvres.

« Quand j'ai compris que vous étiez déjà partis bosser ce matin, j'ai déposé une copie de l'audition de Valentin Heydens sur votre bureau, dit-il en indiquant une chemise en plastique. C'est une lecture très intéressante, je vous la conseille ! »

Van In avait lu le document dix minutes auparavant. Il savait ce qu'il contenait. *Si tu crois que je vais monter sur mes grands chevaux, hurluberlu ! Plutôt crever que de te faire ce plaisir !*

« Puisque vous me conseillez mes lectures, je me permettrai d'attirer votre attention sur vos lacunes en expression écrite. Vous serez peut-être surpris d'apprendre que "passionné" s'écrit avec deux "n", Vanneste », dit-il en sortant la liasse de papiers de leur chemise. Sur chaque page, il avait souligné des mots et des passages au feutre rouge. « "Hannelore Martens est mon premier amour, lut-il. Quand je l'ai revue après toutes ces années, elle m'a tellement exité que j'ai eu beaucoup de mal à ne pas lui sauter dessus tout de suite."

– Je ne vois pas où est le problème, répondit Vanneste.

– Qu'en pense le jury ? demanda Van In, faux-jeton.

– "Exciter" : avec un "c" après le "x", lâcha Versavel.

– "Elle m'a roulé un patin…"

– Quelle vulgarité !

– “Embrasser” aurait été plus sobre… Je n’épiloguerai pas, mais je ne vais pas non plus m’abaisser à continuer… », dit Van In en déchirant d’un geste nonchalant les six pages du p.-v.

Le seul élément intéressant pour l’enquête était l’heure à laquelle Valentin Heydens affirmait avoir trouvé le corps de son père. Minuit et deux minutes. Van In avait noté un point d’interrogation à l’encre rouge en regard de cette indication.

« Je veux une nouvelle version de ce p.-v. sur mon bureau d’ici ce soir ! Sans une seule faute ! C’est clair, Vanneste ? »

Ravalant sa colère, le commissaire adjoint rassembla les morceaux de papier et quitta le théâtre des opérations la tête haute. Il avait perdu une bataille, certes, mais pas la guerre. Il prit la direction du troisième étage, histoire de faire son rapport au commissaire en chef De Kee.

« Tu l’as bien… »

Versavel n’acheva pas sa phrase. Il n’avait pas envie de prononcer un des dix mots les plus courants de la flicaille.

« Je te parie une Duvel que Vanpeste s’est précipité chez Kétounet pour se faire consoler !

– Je me demande qui des deux va y trouver le plus de plaisir.

– Kétounet, bien sûr ! Ça fait des mois qu’il n’a plus eu personne à qui dire des mots doux ! »

Ils s’esclaffèrent.

« C’est bien beau, mais ça ne fait pas beaucoup avancer l’enquête », lança Versavel après un moment.

Marcus Heydens a-t-il été assassiné, oui ou non ? Pieter a des arguments en faveur de cette thèse, mais ils sont maigres :

la réaction étrange de Diana Heydens, les lettres de menace que lui a montrées Hannelore, et la précision avec laquelle le beau Valentin a noté l'heure de la découverte du corps de son père... Rien de très concluant. Quant à l'audition de Leona Vidts... La seule chose qu'elle nous ait apprise, c'est que la mère et la fille sont aussi siphonnées l'une que l'autre. Jusqu'à preuve du contraire, l'excentricité ne constitue pas un délit...

« C'est peut-être Marcus Heydens lui-même qui a écrit ces lettres de menace..., risqua-t-il.

– Pourquoi aurait-il fait une chose pareille ?

– Une question d'assurance ?

– Unc question d'assurance ?! »

Versavel avait discuté de l'affaire avec Frank au petit-déj. C'est son ami qui avait eu cette idée.

« La plupart des polices d'assurance prévoient une clause selon laquelle la compagnie n'a rien à débourser en cas de suicide de l'assuré. Figure-toi que certains n'hésitent pas à se faire dégommer par un tueur à gages pour que leurs héritiers puissent toucher la prime d'assurance !

– Dans ce cas, il ne se serait pas pendu. Les choses auraient été plus claires dès le départ.

– Parce que tu crois qu'un conseiller auprès de la Cour de cassation cultive la clarté ? »

Van In se mit à pianoter sur son bureau. *Marcus Heydens a adopté son fils il y a quatre ans. Il en a ainsi fait son héritier. Pourquoi Diana Delanghe, qui affirme être sa fille, a-t-elle dit que le vieux était plein aux as ? Parce qu'elle est au courant de cette clause de la police d'assurance et qu'elle veut laisser entendre qu'il a été assassiné ?*

« Mais Marcus Heydens avait-il contracté une assurance vie ?

– Aucune idée ! » répondit Versavel.

Van In poussa un profond soupir.

« Tu me vérifies ça ? »

Versavel sourit.

« Si, comme tu le penses, Heydens a été tué, ça ne sera pas facile à prouver, Pieter.

– Je n'ai jamais eu peur de la difficulté. Les meurtriers laissent toujours des traces. S'il y en a, Vermeulen les trouvera, dit-il en composant le numéro de Beekman. Jozef a peut-être du nouveau. »

« Ceci est le répondeur automatique du procureur Jozef Beekman. Je suis absent pour l'instant. N'hésitez pas à… »

Van In raccrocha rageusement.

« Les magistrats ne sont jamais là quand on a besoin d'eux ! »

Il étendit les jambes et fit craquer ses doigts. En plus de l'élément que Versavel venait de soulever, les questions se pressaient au portillon. Qu'est-ce qui avait bien pu pousser le notaire Broos à venir le trouver ? Pourquoi Diana Heydens avait-elle pris la poudre d'escampette ? Et, surtout, était-ce vraiment un hasard si Valentin Heydens avait dragué Hannelore le soir même où son père s'était suicidé ? Dans sa longue carrière de flic, Van In avait dû enquêter sur bien des meurtres bizarroïdes. Chaque fois, il s'était laissé guider par son intuition quand il s'était trouvé à court de pistes concrètes.

« Je ne vois pas pourquoi je changerais quoi que ce soit à ma méthode », marmonna-t-il.

La sonnerie du téléphone l'arracha au fil de ses pensées. Il se redressa, mais Versavel fut plus rapide.

« Je décroche ? »

Van In hocha la tête et se replongea dans sa méditation.

« Le commissaire Van In n'est pas là, monsieur le commissaire en chef, dit Versavel. Non, je ne sais pas quand il rentrera. Une plainte ? Qui ça ? Ah bon ?! Monsieur Vanneuville ?! »

Vanneuville était le fils d'un entrepreneur influent qui, comme par hasard, présidait le Rotary Club, dont De Kee était membre.

Versavel hocha la tête en adressant un clin d'œil à Van In.

« Bien sûr, que je me souviens de ce petit incident, monsieur le commissaire en chef. Une Mercedes vert foncé. Un modèle récent, si je ne m'abuse. »

Van In alluma une cigarette en soupirant. Si Vanneuville avait porté plainte, c'était le début des emmerdements. Plaider innocent et reporter la faute sur ses collègues américains qui, eux, pouvaient escalader impunément les trottoirs quand ils poursuivaient un criminel ne servirait à rien.

« Je le lui dirai, soyez sans crainte, monsieur le commissaire en chef ! Bonne journée, monsieur le commissaire en chef ! »

Versavel raccrocha.

« Vanneuville réclame un demi-million pour les rayures que tu as faites à sa tire.

– Un demi-million pour trois éraflures ?!

– Et quelques bosses…, précisa Versavel en triturant nerveusement sa moustache. De Kee était hors de lui. Je pense qu'il ne m'a pas cru. À mon avis, il arrive ! »

Van In écrasa sa cigarette. La perspective d'une confrontation avec De Kee était aussi réconfortante qu'une rage de dents.

« Dans ce cas, je me barre. Dis-lui que je suis en filature. »

Van In prit sa veste au portemanteau.

« Et retrouve-moi la caisse de cette Diana !

– Seulement la caisse ? »

Van In hésita. Après le coup de la Mercedes, il valait mieux éviter une nouvelle bévue.

« Demande au parquet de lancer un avis de recherche.

– À vos ordres, commissaire !

– Salut, Guido. À demain. »

Après tout, c'est aussi bien comme ça. Hannelore a congé aujourd'hui. Elle sera contente de me voir rentrer plus tôt ! se dit Van In en se hâtant vers la sortie.

Leona Vidts déposa son énorme sac de courses sur la table de la cuisine et ouvrit le frigidaire. *Vide ! Ah non, il reste un œuf. C'est bien Wilfried !* Elle remplit le frigo et rangea les provisions non périssables dans le placard au-dessus de l'évier. Elle répétait ce rituel tous les mois, bien que Wilfried lui ait un jour expliqué qu'il distribuait tout aux pauvres après chacune de ses visites. Au moins, il ne lui avait jamais interdit l'entrée chez lui. « Tu es toujours la bienvenue, même en mon absence. Aux yeux de Dieu, tu restes ma femme », lui disait-il lorsqu'ils se rencontraient. Ensuite, de l'extrémité du pouce, il dessinait une croix sur son front pour la bénir et priait à voix haute. Heureusement, Leona connaissait ses habitudes et s'arrangeait pour ne pas le croiser et ne pas se soumettre à ce rituel plus de quelques fois par an.

C'est un grand classique du vaudeville : la scène où l'époux cocu qui ne se doute de rien rentre un peu plus tôt que prévu à la maison…

Lorsque Van In découvrit Valentin Heydens assis à côté d'Hannelore à la table de la cuisine de leur maison de l'impasse du Poisson-Gras, il faillit faire une attaque d'apoplexie.

« Qu'est-ce que ce connard fiche ici ?

– Laisse-moi t'expliquer ! dit Hannelore posément.

– Il n'y a rien à expliquer ! » hurla Van In.

Dans sa gorge, le sang battait aussi furieusement qu'un percussionniste japonais sur son *kodo.* La coupe était pleine. L'œil fou, Van In ouvrit le tiroir supérieur de la commode, en sortit son arme de service et mit Valentin en joue. Le tribunal lui donnerait les circonstances atténuantes, il en était sûr.

« L'heure de ta dernière prière est venue ! Fini de jouer au joli cœur ! »

Hannelore ne savait pas si elle devait prendre la menace au sérieux. Son compagnon avait-il perdu la tête ?

« Ne fais pas ça, Pieter ! Ce n'est pas ce que tu crois ! »

Dans un vrai vaudeville, Van In aurait sans doute répondu : « Elles disent toutes ça ! », mais ce n'était pas du théâtre, c'était la vraie vie, et il était hors de lui. Hannelore s'en rendit compte quand elle le vit poser le doigt sur la détente.

« Je comprends que tu sois jaloux, Pieter ! s'écria-t-elle en entrant dans sa ligne de tir. Mais tu ne résoudras rien en tuant quelqu'un ! Tu le sais très bien. Valentin est venu ici pour te parler.

– Pour me parler ?!

– Oui ! »

Hannelore continua à avancer, posa une main sur l'arme de Pieter et baissa le canon.

« Fais attention, bougonna Pieter. C'est dangereux, ces joujoux-là.

– Pas quand la sécurité n'a pas été retirée », dit-elle en souriant.

Valentin Heydens avait profité de ces quelques instants d'hésitation pour chercher refuge derrière un gros yucca dont le tronc, malgré sa taille non négligeable, ne présentait pas un diamètre de plus de dix centimètres.

« J'étais venu vous présenter mes excuses pour avant-hier, commissaire, dit-il depuis sa cachette dérisoire.

– En quel honneur ? Puisqu'il ne s'est soi-disant rien passé entre vous !

– Bien sûr qu'il ne s'est rien passé ! Mais je voulais m'excuser de m'être comporté comme un âne. »

Van In ne put s'empêcher de sourire. Par association d'idées, il repensa à la petite vieille chez qui il venait manger des crêpes, gamin, dans cette même maison de l'impasse du Poisson-Gras qu'il avait longuement rêvé d'acheter avant de s'en donner les moyens (qu'en réalité il n'avait jamais vraiment eus). « Un baudet qui fait à s'mode, avait coutume de dire la vieille, c'est le mitan de s'nourriture. »

« Un baudet, monsieur Heydens. Ça vous va mieux. Un gros baudet ! »

Il posa son pistolet sur le plan de travail. L'arme n'était pas chargée, mais le tombeur de ces dames n'avait pas besoin de le savoir. Il lui avait donné une petite leçon qu'il n'était pas près d'oublier, c'était le principal. Les coups de mailloche ne résonnaient plus qu'en sourdine sur le *kodo.*

« Comme vous voulez, dit Valentin Heydens, penaud. Un gros baudet. »

Ils se regardèrent tous les trois avant d'éclater de rire.

« J'ai essayé de t'appeler il y a cinq minutes, expliqua Hannelore. Valentin voulait te rassurer. Quand Versavel m'a dit que tu avais amoché une Mercedes de trois millions et que tu rentrais à la maison, je me suis dit… »

Elle ne put continuer, prise par un nouveau fou rire. Valentin sortit un paquet de cigarettes de sa poche et le présenta à Van In, qui se servit en le remerciant.

Un coup d'œil suffit à Pieter pour se rendre compte que le cendrier posé sur la table de la cuisine ne contenait que deux mégots, tous les deux de la marque d'Hannelore. Cela le tranquillisa tout à fait. Valentin Heydens avait les extrémités des doigts jaunies, ce qui indiquait qu'il fumait comme une cheminée. Hannelore n'avait pas menti. Le don Juan venait d'arriver.

« J'accepte vos excuses, Heydens, dit-il en s'asseyant.

– Je prépare du café ? demanda Hannelore.

– Vous buvez du café, Heydens ?

– Seulement s'il le faut vraiment, commissaire.

– Une Duvel, alors ? »

Hannelore ouvrit la porte du frigidaire en souriant. *Deux hommes, deux Duvel. Même si elle avait dit « oui » pour de bon à Valentin quelques années plus tôt, elle n'aurait pas échappé à son destin.*

« Je dois être honnête avec vous, reprit Valentin après sa première gorgée de bière. Je suis aussi venu pour autre chose. Je pense que mon père…

– … ne s'est pas suicidé, compléta Van In.

– Valentin trouve que nous devrions prendre ces lettres de menace au sérieux, compléta Hannelore en se rasseyant.

– Mon père était un homme heureux. Il n'avait aucune raison de se suicider. Je crois que…

– Vous soupçonnez Henri Broos ? »

J'imagine mal pourquoi le notaire aurait signé les lettres de menace d'un indice franc-maçon si évident, mais il ne faut négliger aucune piste. Broos a tout de même épousé la femme que Marcus Heydens avait engrossée. Quand il est venu dans mon bureau, de son propre chef, par-dessus le marché, il m'a même dit qu'il l'aimait toujours. Mais la jolie Leona Vidts a prétendu qu'elle était toujours restée fidèle à Heydens… Quel sac de nœuds !

« Non, répondit Valentin Heydens. Je pense que c'est Wilfried Delanghe qui a tué mon père.

– Cette hypothèse me paraît logique, en effet, commenta Hannelore.

– Delanghe voulait faire d'une pierre deux coups. Les lettres de menace, c'était pour orienter la police dans la direction des francs-maçons, et donc de Broos.

– En tout cas, il a un mobile », constata Van In.

Delanghe avait dû la trouver mauvaise quand Broos lui avait proposé cinq millions en guise de dédommagement s'il acceptait de divorcer d'avec Leona. Peut-être avait-il même déjà compris à l'époque que Diana n'était pas sa fille, ce qui rendait la pilule encore plus amère. Tout semblait indiquer cette piste : mais si Delanghe avait tué Heydens, pourquoi avait-il maquillé ce meurtre en suicide ?

Ils continuèrent à discuter toute la soirée, jusqu'à épuisement du stock de Duvel. La cuisine était bleue de fumée de cigarette. Valentin Heydens était devenu de plus en plus sympathique à Van In, qui se demandait si c'était à cause des bières qu'ils avaient bues ensemble ou parce qu'il était soulagé d'avoir la certitude qu'Hannelore ne l'avait pas trompé.

« Compte tenu des circonstances, je pense qu'il serait préférable que tout le monde aille se coucher, maintenant, dit-il vers onze heures du soir.

– Tout le monde ! C'est une proposition, Pieter ? » demanda Valentin.

S'il s'était permis cette vanne quelques heures auparavant, Van In lui aurait flanqué son poing dans la figure.

« Pas forcément dans la même chambre, répondit-il en riant. Tu peux pieuter dans le canapé du salon. »

Valentin se leva et tituba vers Hannelore.

« Si c'est comme ça, je préfère rentrer chez moi, dit-il en butant sur les mots. À condition que tu m'embrasses !

– On se fait la bise ? »

Hannelore consulta Van In du regard.

« Tant que ce n'est pas un patin ! » s'exclama celui-ci.

Cette remarque ne rassura pas tout à fait Hannelore. Elle regarda longuement son homme pour s'assurer qu'il n'en prendrait pas ombrage avant de s'exécuter de bon cœur.

« J'appelle un taxi ? demanda-t-elle.

– Non, pas la peine ! »

Van In raccompagna son rival jusqu'à la porte. Hannelore les regarda s'éloigner en s'accrochant l'un à l'autre dans le couloir. L'homme qui l'avait dépucelée en tenait une fameuse, et elle avait mal pour lui.

« Je prépare du café ? » proposa-t-elle lorsque Van In la rejoignit dans la cuisine.

Il hocha la tête et se rassit à table.

« Il me reste une question à poser », dit-il tout à trac.

Hannelore plaça le filtre dans la cafetière et se retourna.

« Avant-hier, quand vous..., est-ce que Valentin est resté avec toi toute la soirée ?

– Pourquoi tu me demandes ça ?

– Comme ça. »

Hannelore alluma le percolateur.

« Oui, dit-elle d'une voix décidée.

– Toute la soirée ?

– Il est sorti un moment pour téléphoner, mais cela n'a pas duré plus de trente secondes.

– Quelle heure était-il à peu près ? »

Hannelore regarda Van In d'un air étonné.

« C'est important ? »

Van In se renversa dans sa chaise. L'alibi de Valentin Heydens ne lui plaisait qu'à moitié. Il avait quelque chose de trop parfait.

« Réfléchis, Hanne. Quelle heure était-il ?
– Environ huit heures. Ou plus tard, je ne sais plus.
– Mais pas avant ?
– Non, je ne crois pas. »

Hannelore s'assit à côté de Pieter et passa un bras autour de ses épaules.

« Quand tu auras fini ton café, on ira se coucher, d'accord ? » dit-elle d'une voix mutine.

Van In aurait préféré continuer à gamberger. Mais quand Hannelore disparut dans la salle de bains en se déhanchant, il comprit sans ambiguïté ce qu'elle avait derrière la tête. Et il ne voulait rater ça sous aucun prétexte.

Wilfried Delanghe fourra son chapelet dans une sacoche en cuir maculée et dessina un signe de croix dans le vide. Il en avait fini pour aujourd'hui. Il avait passé la soirée à prier debout devant une clinique réputée pratiquer des avortements. Il avait les lèvres sèches et mal au dos, mais il avait rempli sa mission. Seule la prière pouvait mettre un terme aux pratiques impies auxquelles s'adonnaient de prétendus médecins dans ce temple de la mort. *Dieu saura séparer le bon grain de l'ivraie ! Les meurtriers et les époux adultères n'échapperont pas à leur châtiment !*

Il fit une dernière prière à la mémoire de Marcus Heydens avant de reprendre le chemin de la rue de la Vigne. Chez lui, il absorberait un frugal repas et, comme tous les soirs, il se coucherait après avoir passé autour de sa verge un anneau dont la circonférence interne était garnie de petits ergots. *Je ne succomberai pas à la tentation.*

6

Depuis que certains hommes politiques ont admis en public que le sentiment d'insécurité exprimé par les citoyens correspond à une réalité, la police et la gendarmerie font de leur mieux pour donner l'impression qu'elles veillent au grain.

Toujours prêt à essuyer les plâtres, le commissaire en chef De Kee avait commandé une étude de rentabilité à la lecture de laquelle il avait tiré cette conclusion audacieuse : la présence d'uniformes dans la rue s'avère bel et bien dissuasive aux endroits de grande fréquentation. Il ordonna dès lors la création d'un peloton spécial, qu'il baptisa « équipe Cerbère », en référence au chien à trois têtes des Enfers, bien qu'elle fût composée de quatre agents (mais la mythologie grecque n'était pas son fort). La mission de cette équipe consistait à se rendre à intervalles réguliers sur des lieux « à forte fréquentation et/ou à forte fréquentation potentielle », selon les termes mêmes d'un ordre de mission confidentiel signé de la diligente main du commissaire en chef.

Ce matin-là, l'agent Bruynooghe avait été chargé de remplacer au pied levé un collègue malade, au sein, justement, de ladite équipe Cerbère. Il ne s'en plaignit nullement, car le « peloton Caniche », comme on l'appelait dans les couloirs du commissariat, avait la réputation d'être relativement libre de ses mouvements. Bruynooghe avait l'intention d'en profiter pour déguster une bonne pinte à droite et à gauche : il fallait bien procéder à de menues observations sur le terrain pour déterminer les « lieux à forte fréquentation potentielle ». Il bénéficierait d'une paix royale, à condition de se rendre régulièrement à quelques endroits stratégiques, comme la gare, qu'il visitait toutes les heures avec une ponctualité qui aurait rendu vert de jalousie plus d'un chef de train.

« Tiens ! s'exclama Bruynooghe, assis sur le siège du passager, au moment où le combi entamait à une allure d'escargot sa traversée de l'esplanade située devant la gare. Vise un peu cette bagnole ! dit-il à son collègue en montrant une voiture stationnée sur la voie déposeminute. Si je ne me trompe pas, elle est recherchée. »

Son collègue, un bon bougre sorti récemment du fin fond de son Limbourg natal pour épouser une Brugeoise, encoda le numéro de la plaque d'immatriculation dans l'ordinateur de bord.

« Bingo ! » dit-il vingt secondes plus tard.

Bruynooghe lui répondit dans un brugeois incompréhensible. L'autre haussa les épaules, se demandant toujours comment le grand poète Guido Gezelle avait pu écrire son œuvre dans un tel sabir.

« Bruynooghe a repéré la Renault Espace de Diana Delanghe, dit Versavel lorsque Van In entra au 204 avec sa demi-heure de retard habituelle.

– Où ça ?

– À la gare.
– À la gare ?!
– Oui, à la gare. Il demande des instructions.
– Qui ?
– Eh bien, Bruynooghe ! »
Van In se laissa tomber dans son fauteuil et se massa le front. Le matin, au petit-déj, quand il avait voulu allumer une cigarette et qu'il s'était rendu compte que son stock était épuisé, Hannelore lui avait donné un paquet qu'elle avait tiré de son sac à main.
« Tu m'entends, oui ou merde ?! Qu'est-ce que je lui dis ?! »
Versavel grossier, c'était tellement rare que Van In reprit automatiquement ses esprits.
« Envoie-lui Vanpeste et appelle Vermeulen.
– Vermeulen ?
– Pour qu'il aille à la pêche aux indices, Guido. Essayons de nous montrer un tout petit peu pros sur cette affaire…
– Et nous, on fait quoi ?
– On fait marcher notre ciboulot ! À propos, tu as vérifié si Marcus Heydens avait contracté une assurance vie ?
– D'après le notaire Broos, il n'en avait pas. »
Versavel composa le numéro du central et demanda à l'officier de garde de prendre contact avec Vermeulen et Vanneste, après quoi il se planta devant le bureau de Van In.
« Y a-t-il encore quelque chose pour votre service, commissaire ? »
Quand il avait quelque chose en travers de la gorge, le brigadier prenait volontiers ce ton faussement officiel. En général, cela suffisait pour que son supérieur lui demande ce qui n'allait pas. Il en fut pour ses frais. Van

In était resté en pensée à la table du petit-déj. Le paquet de cigarettes qu'Hannelore lui avait tendu n'était pas de sa marque habituelle. Elle lui avait expliqué qu'il venait d'un café sur la Grand-Place, où elle avait bu un Coca pour se remettre les idées en place en fin de soirée.

« Il y a un trou dans l'emploi du temps de Valentin Heydens, dit-il d'une voix blanche.

– Ah ? »

Le visage fermé, Versavel se rassit à son bureau. Sa loyauté à l'égard de Van In avait pris du plomb dans l'aile. La manière dont le commissaire avait reporté sur lui sa frustration lorsqu'il avait soupçonné Hannelore de le tromper avec Heydens lui avait tapé sur les nerfs, et cette impression ne s'estompait pas. Et puis, il y avait Frank, qui craignait que la promotion prochaine de son ami ne soit mise en péril par le soutien inconditionnel qu'il apportait à Van In. Bref, il en avait marre de jouer les souffre-douleur.

« Je trouve que tu exagères, finit-il par lâcher.

– Comment ça ? Qu'est-ce que tu me racontes encore ? Ça fait des années que j'arrive en retard ! De toute façon, ce ne sont pas tes oignons ! »

Versavel sentit la bile remonter le long de son œsophage.

« Tu sais ce que tu es, Van In ? »

Sa voix avait tremblé malgré lui, et il sentit que le rouge lui montait aux joues. Il bondit de sa chaise et se planta au milieu de la pièce.

« Tu es un connard de première !

– Guido ! »

Versavel ne se laissa pas intimider.

« Et un m'as-tu-vu présomptueux ! » ajouta-t-il, furax.

Ce n'était pas la première fois que Van In s'entendait dire ça, et il s'en était toujours contrefiché. Mais si

Guido s'y mettait ! Profondément ébranlé, il se leva et marcha jusqu'à Versavel pour tenter de le calmer :

« On ne va pas s'engueuler, Guido ! Pas après toutes ces années ! »

Les agents qui travaillaient dans les bureaux voisins étaient sortis dans le couloir pour observer la scène derrière la vitre intérieure.

« Du sang ! Du sang ! » dit l'un d'eux d'une voix étouffée, mais suffisamment haut pour que Van In l'entende.

Van In ouvrit grand la porte du 204. Alors qu'ils s'attendaient tous à se faire engueuler comme du poisson pourri, le commissaire leur ordonna d'entrer et de se mettre au garde-à-vous. Ils s'exécutèrent d'un pas hésitant.

« Devant tous les hommes ici présents, je te présente mes excuses pour mon comportement de ces derniers jours, Guido », dit-il d'une voix atone.

Il s'ensuivit un silence pareil à celui qui règne au sommet de l'Himalaya par un jour sans vent. Cette déclaration devant témoins fit forte impression sur Versavel. Il voulut s'excuser, mais Van In lui coupa la parole :

« Je suis l'ardoise, tu es l'éponge », dit-il aussi emphatique qu'énigmatique.

Versavel opina du bonnet en esquissant un geste que les agents, toujours au garde-à-vous, ne surent comment interpréter. *Ces deux-là sont complètement barjots,* pensa l'un d'eux. Une réflexion profonde qui résumait sans aucun doute l'impression générale.

Contrairement à ce que leur adresse laissait supposer, la plupart des habitants de la rue du Pot-à-la-Crème, étroite ruelle entre la rue des Bouchers et l'avenue de la

Toison-d'Or, vivaient chichement. C'étaient des petites gens qui avaient travaillé dur toute leur vie pour se payer leur propriété maigrichonne.

Alice Deboodt avait du respect pour le peuple, et plus encore pour Wilfried Delanghe. La veille, ils s'étaient encore retrouvés devant la clinique pour une de leurs séances de prière habituelles contre l'avortement. Aussi s'étonnait-elle qu'il ne la reçoive pas ce matin-là comme convenu. Le brave homme n'avait pas pour habitude de lui poser un lapin. Il avait peut-être eu du mal à se réveiller ? Elle enfonça de nouveau le bouton de la sonnette.

« Il n'a pas bougé de chez lui, savez-vous, madame ! s'exclama une voisine venue prendre le frais sur le pas de sa porte.

– Il ne lui est rien arrivé, tout de même ?

– Que voulez-vous qu'il lui arrive ?! Un homme comme ça, réglé comme du papier à musique ! D'habitude, il va chercher sa gazette sur le coup de sept heures et demie !

– Je le sais bien !

– Mais il n'est pas sorti ce matin. Alors vous avez peut-être bien raison...

– Jésus, Marie, Joseph ! » s'exclama Alice en se signant.

Elle savait que Wilfried était cardiaque. Deux ans auparavant, il avait subi un pontage qui lui avait sauvé la vie. Il lui avait confié qu'il considérait sa guérison comme un miracle. En tout cas, il y voyait une grâce qui lui permettait de poursuivre sa tâche au service du Seigneur. Dans un moment d'égarement, il avait ouvert sa chemise pour lui montrer sa cicatrice. Elle n'avait été prise d'aucun sentiment de concupiscence. Cette absence de désir, c'était pour elle la preuve qu'elle était liée à lui par quelque chose de plus fort, de plus intense, de plus beau que les relations terrestres.

« Il faut appeler la police et les secours, s'exclama-t-elle. Il a peut-être eu un infarctus ! »

« Je suis vraiment un m'as-tu-vu présomptueux ?!

– Parfois, oui. »

L'orage passé, Van In et Versavel avaient retrouvé leurs rôles respectifs. Le brigadier préparait le café pendant que le commissaire fumait sa sèche en gambergeant. La nouvelle du coup de gueule de Versavel s'était répandue comme une traînée de poudre dans les couloirs du commissariat. De Kee avait été le seul à ne pas en être informé : d'après ce qu'il avait confié à Vanneste, il assistait à une réunion de la plus haute importance à Bruxelles.

« Avant de rentrer, Hannelore s'est acheté des clopes dans un café de la Grand-Place, expliqua Van In après avoir répété à Versavel qu'il y avait quelque chose qui le chiffonnait dans le témoignage de Valentin. Ils n'avaient pas sa marque habituelle ; elle a dû en prendre une autre. »

De son écriture hachée, Van In nota quelques chiffres.

« Delodder a reçu l'appel de Valentin à minuit quatre. Hannelore est rentrée chez nous à minuit huit. La Nuit Pétrifiée, le café où ils ont pris leur dernier verre, se trouve à une dizaine de minutes de l'impasse du Poisson-Gras et à trois minutes du quai de la Coupure. Or Valentin prétend avoir découvert le corps de son père à minuit deux. Tu me suis ? »

Il s'interrompit pour faire un rapide calcul.

« Si Valentin dit vrai, il a quitté La Nuit Pétrifiée juste avant minuit. Hannelore a mis une petite dizaine de minutes pour rentrer après s'être acheté ses sèches et avoir avalé un dernier Coca toute seule.

– Ça n'a pas dû lui prendre énormément de temps, mais c'est vrai qu'il y a forcément un trou », concéda Versavel.

Avec un sourire triomphant, Van In palpa la poche de son jean et en sortit un paquet de Marlboro. Il y manquait trois cigarettes.

« Hannelore a fumé deux clopes au café. Elle me l'a certifié ce matin. Un fumeur moyen a en général besoin de huit minutes pour arriver au bout de sa sèche. Le calcul est simple : ça fait seize minutes. »

Versavel fit à son tour quelques additions. Même en comptant serré, il manquait un quart d'heure dans l'emploi du temps de Valentin Heydens.

« Je me demande ce que notre gaillard a bien pu fiche pendant ce temps, dit Van In.

– Il n'est peut-être pas rentré chez lui tout de suite.

– J'ai téléphoné au service 100 ce matin. Ils ont reçu son appel à minuit trois. »

Même s'il suivait parfaitement le raisonnement de Van In, Versavel secoua la tête.

« Hannelore ne sait plus quand elle a quitté La Nuit Pétrifiée ?

– Elle était beurrée comme un Petit Lu, rappelle-toi ! »

À cet instant précis, le téléphone sonna.

« Si c'est De Kee, je ne suis pas là ! » dit Van In en se plantant devant l'armoire à archives.

La pluie crépitait sur la fenêtre et dessinait de longues traînées sur le verre sale. Versavel décrocha.

« Nous arrivons tout de suite, madame ! » dit-il quand il entendit le nom prononcé par son interlocutrice.

À l'arrivée de Van In et Versavel, la moitié des habitants de la rue du Pot-à-la-Crème se pressaient sur le trottoir. Alice Deboodt égrenait son chapelet et récitait des *Ave Maria* à un rythme qui aurait scotché Thérèse d'Avila. Versavel s'arrêta devant la maison de Wilfried Delanghe pour laisser descendre Van In avant d'aller ranger la Golf contre une façade pour ne pas bloquer le trafic.

« Qu'est-ce qui se passe, ma petite dame ? »

La voisine se lança dans un long monologue sur les habitudes de « monsieur Wilfried », louant sa ponctualité et sa droiture, dans un ouest-flandrien fleuri.

« Je suis certaine qu'il n'est pas sorti. C'est pour ça que je suis inquiète, voyez-vous ! Il a fait un *infractus* l'année passée, et…

– Un instant, ma petite dame ! »

Van In voulait demander à Versavel d'appeler une ambulance, mais le brigadier repartait déjà vers la Golf de sa propre initiative. Van In envoya un grand coup de pied dans la porte d'entrée.

« Aïe ! Merde !

– Vous vous êtes fait mal, monsieur l'agent ? »

Van In se mit à sautiller sur un pied en tenant l'autre à deux mains.

« Vous n'auriez pas un marteau, par hasard ? » demanda-t-il.

Au lieu de frapper avec son talon, il avait heurté la porte avec sa semelle, ce qui lui avait fait le même effet que s'il était retombé sur la plante des pieds d'une hauteur de deux mètres.

« Il appartenait à mon défunt mari, dit la voisine en lui tendant l'outil demandé pendant qu'il se massait le pied.

– Alors, c'est certainement un bon ! »

Van In recula d'un pas pour briser la vitre de la porte. Il passa la main par le trou béant, tourna la clé dans la serrure et ouvrit. Il avançait déjà dans les débris de verre quand Versavel le rejoignit.

« L'ambulance arrive ! »

Van In hocha la tête. Wilfried Delanghe n'avait pas réagi au bruit de verre brisé. Soit il n'était pas chez lui, soit il lui était arrivé quelque chose.

« Commençons par explorer la salle à manger... »

La maison de Wilfried Delanghe se distinguait de celle de Marcus Heydens par sa grande simplicité. Le couloir était percé de deux portes sur la gauche. La première donnait sur la « pièce de devant » et la seconde sur la salle à manger, laquelle était attenante à une petite cuisine.

Van In entra dans la salle à manger.

Un homme gisait sur le dos, une pile de livres sur la poitrine. Sa bouche avait été bâillonnée au ruban de déménageur.

« Par ici ! » appela Van In.

Il balaya les premiers livres d'un revers de la main et envoya valdinguer les autres un à un dans toute la pièce. Versavel se mit au travail avec davantage de méthode – question de tempérament. Et puis, il avait les yeux en face des trous, lui, et il avait tout de suite vu que l'homme avait rendu l'âme depuis un bon bout de temps. Quand le corps fut dégagé, le brigadier souleva la plaque d'aggloméré qui avait servi de socle à la pile de bouquins. Ce n'est qu'alors que les deux flics comprirent pourquoi le malheureux ne s'était pas libéré de sa charge : on lui avait passé une camisole de force. Van In posa son index et son majeur sur la carotide de la victime.

« Il est mort, Guido. »

Versavel hocha la tête et prit un livre au hasard.

« *De civitate Dei* de saint Augustin. Un bon catho peut-il rêver mort plus pieuse que celle-là ? »

Van In haussa les épaules avant de passer les autres livres en revue. Tous, sans exception, étaient des œuvres d'inspiration religieuse. Il y avait même une bible qui pesait dans les cinq kilos.

« J'ai toujours dit que ce genre de lectures étaient dangereuses, Guido ! »

Il se retourna et fit quelques pas dans la « belle pièce ». La bibliothèque avait presque été vidée de son contenu, hormis quelques minces opuscules. Le meurtrier avait choisi les volumes les plus épais. Versavel rejoignit Van In.

« En tout cas, c'est bien le premier meurtre littéraire que nous ayons à élucider ! » dit-il tandis que la sirène d'une ambulance retentissait dans le lointain.

À dix-sept heures trente, les gars du labo technique et le médecin légiste avaient terminé leur boulot. Van In fit mettre les scellés et s'offrit une cigarette sur le trottoir.

« Déjà mercredi ! dit-il en soupirant.

– Tu veux que j'appelle ta belle-mère pour lui annoncer que tu arriveras avec un peu de retard ? » ricana Versavel.

Chaque mercredi, Hannelore allait chercher les jumeaux chez sa mère car c'était le jour de congé de Katrien, la nounou, qui s'occupait de ses propres enfants. Depuis que cet arrangement avait été décidé, la soirée du mercredi était généralement sacrifiée sur l'autel de la famille, car la belle-doche insistait pour qu'Hannelore et Van In dînent chez elle.

« Si tu fais ça pour moi, je t'offre à bouffer !

– Comme chaque semaine… »

Ils montèrent dans la Golf, prirent le périphérique jusqu'à la gare et, là, bifurquèrent vers la place de la Digue.

« Ce qui est sûr, à présent, c'est que Marcus Heydens a été assassiné », trancha Van In.

Versavel gara la Golf en infraction, ce qui est à peu près la seule manière de trouver un parking à cet endroit.

« Mmmm… J'ai envie d'un petit coq au vin ! Ça te dit ?

– Des nouvelles de Diana Delanghe ?

– On commence par un porto et on termine par un bon petit dessert…

– Tu veux bien me laisser causer, Guido ?!

– Attends ! On est là pour manger ou tu as l'intention de nous saouler toute la soirée avec Heydens et consorts ?

– Les deux, figure-toi, parce que c'est moi qui régale ! »

Le restaurant Malesherbes, rue de l'Étuve, est l'une des meilleures tables de cuisine française de Bruges à un prix abordable et sans doute la seule de Belgique où il est possible de se procurer un grand cru à moins de mille deux cents francs la bouteille.

« Espérons que nous trouverons encore une table », dit Versavel.

Van In poussa la porte.

« Anneke va nous arranger ça. Elle ne m'a jamais laissé tomber ! »

Ladite Anneke était en cuisine, laquelle se trouvait face à la porte d'entrée, pour que tout un chacun puisse y jeter un œil.

« Il rouspète encore, Guido ?! dit-elle en plaçant deux portions de pâté sur une assiette avant de s'essuyer les mains à son tablier et d'adresser un sourire radieux aux deux compères. J'avais presque oublié qu'on était mercredi ! »

Van In haussa les épaules en faisant la grimace, mais Anneke le connaissait trop bien pour s'en formaliser. Elle les précéda dans un étroit escalier jusqu'au premier étage.

« J'ai reçu deux caisses de saint-julien aujourd'hui, dit-elle pendant que Van In et Versavel s'asseyaient. Je vous en débouche une bouteille ?

– Tu la mettras sur mon compte ! » dit Versavel.

Le miracle eut lieu. Van In sourit.

« Nous partons dans trois heures », dit Diana en anglais à ses hôtes.

Elle égoutta ses pâtes très al dente, les replaça dans la casserole et vida par-dessus une boîte de sauce napolitaine bon marché. Les hommes opinèrent du chef. Après avoir mélangé, elle répartit les spaghettis dans deux assiettes. *Moi, non, vraiment, je n'ai pas faim. Le stress, sans doute. Je ne me sentirai en sécurité que quand j'aurai poussé ces deux boyards dans leur ferry. Ah ! Je pourrai enfin rentrer à Bruges ! Diana, ma fille, tu n'arrêtes pas de cogiter depuis que tu as pris la fuite, hier ! Il est temps que tu te calmes. Comment les keufs ont-ils compris que j'arrondis mes fins de mois en passant ces paumés en Angleterre ? Heureusement que cet appart à Knokke est au nom d'Henri Broos !*

« Vous pouvez tout manger », dit-elle aux deux hommes en souriant, beaucoup moins par sens de l'hospitalité que parce qu'elle venait de recalculer combien cette opération allait lui rapporter.

« C'est bon ? » demanda-t-elle encore.

L'un des hommes jeta un regard furtif à son compagnon et ferma à demi les yeux.

« *Yes* », répondit-il, avant d'ajouter quelque chose dans sa propre langue que Diana ne comprit pas, mais qui n'était sans doute pas très charitable.

« Hosannah ! Quel fumet ! » s'exclama Versavel en s'attaquant à la carcasse de son coq au vin.

Van In était déjà plus que rassasié. Il dégusta une lampée du saint-julien offert par Versavel. C'était un vin complexe avec un nez de framboise qui laissait des traces de galet en bouche.

« Delanghe et Heydens ont tous les deux fait un môme à Leona Vidts », dit-il entre deux gorgées.

C'est le b.a.-ba : dans l'élucidation d'un meurtre, la recherche du mobile est souvent plus importante que l'interprétation des indices matériels car, contrairement à ceux-ci, le mobile se retourne toujours contre le meurtrier.

« Est-ce à dire que tu vas fouiller dans leur passé ? demanda Versavel en sauçant avec un morceau de pain pour faire durer le plaisir.

– Et comment !

– Tu proposes de commencer par qui ?

– Heydens.

– Père ou fils ?

– Fils.

– Tu ne te laisserais pas aveugler par... ?!

– Non, Guido. C'est déjà de l'histoire ancienne, ça... J'admets que cette soirée avec Hannelore m'a fait soupçonner le fils Heydens. Paradoxalement, j'en ai négligé plusieurs éléments qui auraient dû me mettre la puce à l'oreille... »

Heureusement, je me suis ressaisi. Au début, je considérais les lettres de menace comme de la roupie de sansonnet, mais je suis bien décidé à les réexaminer sérieusement...

« Alors, ça vous plaît ? demanda Anneke en se faufilant entre les tables pour tendre la carte des desserts à Van In. Il me reste de la mousse au chocolat... »

Van In se serait damné pour une vraie mousse, et elle le savait parfaitement.

« À moins que vous n'ayez envie d'autre chose, bien sûr.

– Qui sait ? dit Van In en s'emparant de la carte et en la parcourant des yeux. Je prendrais peut-être bien une coupe royale. Il y a du chocolat ? »

En fait, il faisait marcher Anneke. Il connaissait la carte par cœur. Elle aurait pu le deviner, car il n'avait pas chaussé ses bésicles. Sans elles, il était incapable de lire autre chose que l'en-tête de la carte : « *Restaurant Malesherbes – Nagerechten-Desserts* ».

Subitement, il se raidit.

« Un pépin ? demanda Versavel.

– Malesherbes !!! "Laissez croître le bon grain et l'ivraie ensemble jusqu'à la moisson !"

– Qu'est-ce qu'il nous chante ?! » dit Anneke.

Elle regarda Versavel d'un air entendu. Ce n'était pas la première fois que Van In battait la campagne.

« La parabole du bon grain et de l'ivraie ! Ça explique tout !

– Deux mousses au chocolat, dit Versavel. Une double pour le boss, il en a bien besoin ! »

Dans les romans de Charles Dickens, les notaires et les avocats habitent des immeubles inconfortables balayés par les courants d'air, envahis par la mérule et squattés par les rongeurs. Soit Henri Broos était très pingre, soit il n'avait jamais ouvert un Dickens de sa vie, sans quoi il aurait fait en sorte que sa maison de la rue Saint-Georges ne ressemble pas à ce cliché.

« Je me demande pourquoi papa nous a demandé de venir le voir de toute urgence, dit Joris à sa sœur.

– Nous n'allons pas tarder à le savoir », répondit-elle.

Elle aida son frère à s'extirper de la voiture et porta la main à sa bouche dans un geste machinal qu'elle avait depuis l'opération, pour cacher sa cicatrice.

« Viens ! Papa nous attend ! »

Elle prit Joris par le bras et le guida sans trop d'efforts de l'autre côté de la rue. Lorsqu'il se heurta à un poteau qu'elle ne lui avait pas indiqué, elle s'impatienta :

« Fais donc attention ! Tu vas tomber si tu continues !

– Ne t'en fais pas pour moi, frangine. Si je tombe, je me relèverai. »

Broos avait vu ses enfants arriver. Il se précipita pour leur ouvrir la porte d'entrée.

« Venez ! Venez ! »

Ils se firent la bise.

« Vous avez dîné ? Et si je demandais à Émile de vous préparer un petit quelque chose ?

– J'ai envie d'une pizza, dit Joris. Une quatre-saisons. »

Virginie fit non de la tête. Quatre cent cinquante balles pour une boule de pâte, une poignée de fromage, un chouïa de sauce tomate et quelques rondelles de salami, c'était franchement jeter l'argent par les fenêtres.

« Demande à Émile de préparer quelques tartines au jambon, dit-elle. Bouffer, c'est bouffer. »

Joris fit un pas de côté.

« Je veux de la pizza ! » dit-il.

Broos intima à Virginie de se taire et assura à Joris qu'Émile irait lui chercher ce qu'il voudrait.

« Pas besoin ! On peut se faire livrer, papa ! commenta Joris.

– Tu veux une pizza aussi, ma chérie ?

– Non, merci. Je n'ai pas faim. »

Elle ne sait vraiment pas profiter des plaisirs de la vie ! se dit Joris. *À part le jeudi soir, quand elle se masturbe sous la douche en poussant de petits cris… Charmant pour moi qui entends tout depuis ma chambre ! Elle devrait se rendre compte qu'elle ne vit plus toute seule !*

Ils entrèrent dans la salle à manger. Depuis que Leona Vidts s'était installée quai de la Poterie, quatre ans auparavant, personne n'avait jamais pris la peine d'aérer la pièce.

« Tu voulais nous parler sans tarder, papa ? » dit Virginie en s'asseyant, tandis que Joris allait se poster devant la fenêtre parce que l'odeur de renfermé le rendait malade.

« *Oui, c'est très urgent* !* dit Broos, résistant à l'envie de se servir un petit remontant.

– Il n'est rien arrivé à maman ?

– Non, ma fille. Elle va très bien. J'aurais dû vous parler de tout ça depuis bien longtemps. »

Broos hésitait. Lorsque Leona lui avait avoué, quatre ans auparavant, que Virginie et Joris n'étaient pas ses enfants, mais ceux de Marcus Heydens, il avait envisagé le suicide pour échapper au scandale.

« Cela a un rapport avec Marcus Heydens ? tenta Joris.

– Oui, concéda Broos, surpris. Comment le sais-tu ?

– Diana nous a parlé, dit Virginie. Elle était convaincue que nous étions au courant. Elle voulait nous persuader de faire un test ADN.

– Un test ADN ?!

– Ne t'en fais pas, papa. Nous ne marchons pas dans cette combine. L'héritage de Heydens ne nous intéresse pas. En plus…

– Ce n'est pas une question d'argent, Joris ! dit Broos en interrompant son fils.

– C'est une question de quoi, alors ? » demanda Virginie.

Broos marcha jusqu'au bar pour se servir un calva. Il caressa du regard son coffre-fort où attendait patiemment une lettre que ses enfants ne liraient qu'après sa mort.

« Je vais vous confier un grand secret, dit-il avec emphase. Un secret que vous ne devrez trahir sous aucun prétexte !

– Pourquoi tu veux nous le dire, alors ? J'en ai ma claque, moi, des secrets !

– Ta gueule, Joris ! » intervint Virginie.

Henri Broos s'assit et prit le temps de boire une gorgée de calva. L'alcool lui brûla le gosier.

Les amoureux adorent marcher côte à côte rue de l'Étuve, car elle est si étroite à certains endroits qu'ils doivent avancer collés serrés. Aussi, pour ne pas susciter les ragots, Versavel marchait-il derrière Van In.

« Donc, tu crois que le meurtrier va frapper une troisième fois ? » demanda Versavel.

Après la mousse au chocolat, Van In avait longuement discouru sur le thème du bon grain et de l'ivraie, de la moisson, du feu de l'enfer…

« Le meurtrier s'en prend aux figures paternelles, Guido. À mon avis, le prochain sur la liste, c'est le notaire Broos en personne ! »

7

Après un coup d'œil inquiet au rouleau de papier hygiénique maigrichon accroché à côté de lui dans un porte-PQ rutilant, le bourgmestre Moens calcula mentalement le nombre de feuillets nécessaires pour effacer les traces de sa turista. Il devait ce léger désagrément au dîner flottant dans l'huile d'olive qu'il avait partagé la veille avec un collègue espagnol. C'était la quatrième fois de la journée qu'il devait s'isoler aussi piteusement, et il commençait, façon de parler, à en avoir ras les roupettes. Il exprima sa frustration en jurant en anglais, sans se rendre compte que le mot de quatre lettres qui venait de franchir ses lèvres seyait particulièrement bien à la situation.

Subitement, on frappa à la porte.

« Monsieur le bourgmestre ! »

Moens reconnut la voix de son chef de cabinet.

« Qu'est-ce qu'il y a, Willy ? »

Il avait failli jurer tout haut.

« Veuillez m'excuser de vous déranger, monsieur le bourgmestre, mais… »

Moens lutta contre une crampe intestinale et serra les fesses. Il n'avait pas envie d'ajouter une indignité sonore à son déshonneur olfactif.

« Dites, je vous écoute. »

Si Willy se permettait de venir lui parler au petit coin, l'affaire était grave.

« J'ai le chef du protocole du roi en ligne, monsieur le bourgmestre. Il veut vous parler de toute urgence ! »

En général, Moens laissait son chef de cabinet répondre pour lui, mais le chef du protocole du roi, c'était autre chose.

« Vous pourriez le transférer sur un téléphone sans fil ? »

Dieu soit loué, c'est possible ! Dès qu'il entendit son chef de cabinet partir en courant, le bourgmestre desserra les fesses. Malheureusement, son subalterne ne lui accorda pas un long colloque singulier avec la cuvette. Au bout d'à peine trente secondes, il frappait de nouveau à la porte. Moens se pencha en avant, entrouvrit la porte et saisit le téléphone qu'on lui tendait.

« Allô, bourgmestre Moens à l'appareil. Bonjour, monsieur le chef du protocole. Veuillez m'excuser de vous avoir fait attendre. J'arrive tout juste à mon cabinet ! »

Pendant que Versavel préparait du café, Van In relisait une fois de plus les lettres de menace que Valentin avait confiées à Hannelore. Elles étaient au nombre de douze.

Il souligna les phrases les plus pertinentes et les recopia sur une feuille.

« Votre semence est plus amère que l'absinthe. »

« La mort ne vous libèrera pas. »

« La sentence sera exécutée. »

« J'abattrai le Temple. »

« Votre mort sera le couronnement de mon œuvre. »

« Quand le sol se dérobera sous vos pieds, l'heure de votre mort sera venue. »

« Vous serez banni en enfer. »

« Votre semence coulera pour la dernière fois avant que la lune ne se lève. »

« La mort vient tel un voleur dans la nuit. »

« La femme écrasera la tête du serpent sous son talon. »

« À moi l'heure de la vengeance ! »

Il les avait classées par ordre chronologique en fonction du cachet de la poste figurant sur le timbre.

« Nous aurions peut-être dû nous y intéresser plus tôt », dit-il enfin.

Versavel hocha la tête.

« Cette histoire de Temple renvoie forcément à la franc-maçonnerie, dit-il. Il faudrait peut-être réentendre Broos.

– Explique-toi, Guido. »

Versavel prit le temps de servir le café et s'assit en face de Van In.

« Les origines de la franc-maçonnerie remontent à la construction du temple de Salomon, expliqua-t-il. Selon la légende, Hiram, son architecte, a été assassiné parce qu'il avait refusé de trahir les secrets de son art.

– Les secrets ? Quels secrets ? Construire un temple, ça revient à empiler des briques les unes sur les autres et à les faire tenir avec du ciment, non ? Rien de secret là-dedans !

– Aujourd'hui, peut-être, Pieter, mais tu sais très bien que tous les arts et métiers avaient autrefois leurs secrets. Les maîtres verriers de Venise, par exemple, ont tout fait pour conserver le secret du miroir. Un esprit simple comme le tien comprendra peut-être mieux si je le renvoie au temps de la guerre froide, quand les Américains espionnaient les Russes pour les empêcher de réaliser des avancées technologiques avant eux…

– Oui, bon, d'accord. Mais…

– Tu te demandes quel est le rapport entre les francs-maçons d'aujourd'hui et la construction des temples antiques, c'est ça ? »

Depuis plusieurs années, Versavel travaillait comme bénévole dans une association d'aide aux malades du sida. Il avait déjà accompagné trois patients en phase terminale. L'un d'eux, un professeur de philosophie, lui avait livré le secret de la franc-maçonnerie sur son lit de mort car il estimait qu'avec les moyens simples dont il disposait, le brigadier avait presque accompli le grand œuvre à lui tout seul.

« On peut comparer les francs-maçons actuels à des alchimistes.

– Tu veux dire qu'ils essaient de transformer le plomb en or ? »

Van In alluma une cigarette. Si Versavel se lançait sur ce sujet, ils en avaient pour la nuit.

« Les francs-maçons pensent pouvoir amener la matière à un niveau supérieur par la voie spirituelle.

– Ne me dis pas que tu crois à ces carabistouilles, Guido ! »

Versavel ne répondit pas.

« Le secret des francs-maçons n'a pas été divulgué car il est impossible à partager avec quiconque n'est pas prêt à l'accueillir.

– Puis-je te rappeler, cher illuminé, que nous enquêtons sur un meurtre ? »

Versavel fit oui de la tête. Il n'y avait rien à ajouter. Pour vivre, il faut mourir puis renaître. Il fallait détruire l'ancien temple pour faire place au nouveau. Tel était le secret.

Il alla s'asseoir à son ordinateur, prêt à prendre les instructions de son supérieur.

« Mais qu'est-ce qu'il fiche, Vanpeste ? Ça fait un bout de temps qu'on ne l'a plus vu traîner ses guêtres par ici !

– Tu veux que j'aille aux renseignements ?

– On ne va pas se mettre martel en tête pour si peu, Guido.

– Encore une tasse de café ? »

Une enquête qui piétine est mère de toutes les frustrations. Van In et Versavel n'avaient pas grand-chose d'autre à faire qu'attendre – et espérer un événement inattendu qui leur permettrait de tirer sur un fil, mais les chances leur paraissaient plutôt ténues. Hormis les lettres de menace et quelques présomptions, ils ne disposaient d'aucune piste exploitable.

« Pas question de rester ici à nous tourner les pouces toute la matinée, dit Van In.

– Par le plus grand des hasards, aurais-tu envie d'une Duvel ? »

Van In jeta un coup d'œil à l'horloge murale. Il était neuf heures vingt.

« Si on met les bouts maintenant, on a besoin d'une excuse ! »

Il se leva et prit sa veste au portemanteau.

« Tu envisages d'auditionner quelqu'un ?

– Qui pourrions-nous mettre sur le gril ? »

Un quart d'heure plus tôt, ils étaient passés quai de la Coupure pour interroger Valentin Heydens, mais ils ne l'avaient pas trouvé chez lui, de sorte qu'ils étaient rentrés bredouilles au commissariat.

« On dit que les assassins retournent toujours sur le lieu du crime. Pourquoi n'en ferions-nous pas autant ?

– Rue du Pot-à-la-Crème ?

– Allez ! Rue du Pot-à-la-Crème ! »

De fameuses valises sous les yeux et la bouche crispée, le procureur Beekman avait le regard rivé sur le rapport du labo technique. Les fibres blanches qui avaient été prélevées sur le pull de Marcus Heydens provenaient de la camisole de force dans laquelle on avait retrouvé le corps de Wilfried Delanghe. Quant aux traces de colle détectées sur la lèvre supérieure et le menton du premier, elles concordaient avec celles qu'avait laissées le ruban adhésif de déménageur qui bâillonnait le second. Les gars du labo avaient d'ailleurs retrouvé la marque du ruban, et les fibres blanches levaient définitivement les derniers doutes : Marcus Heydens ne s'était pas suicidé. Il avait été assassiné, et plus que probablement par la personne qui avait étouffé Wilfried Delanghe sous le poids de ses édifiantes lectures.

Beekman composa le numéro d'Hannelore. D'accord pour couvrir ses frères de loge jusqu'à un certain point, mais il ne fallait pas pousser.

« Hannelore, tu peux passer dans mon bureau ?

– Tu me laisses le choix ?

– Je t'attends dans cinq minutes. »

Beekman laissa échapper un profond soupir. Lorsqu'il avait reçu la charge de substitut auprès du procureur du roi, Henri Broos l'avait fait entrer en maçonnerie. « Votre prédécesseur était l'un des nôtres, lui aussi », lui avait-il dit. Beekman avait demandé conseil ici et là. Tous ses collègues lui avaient conseillé de réserver un accueil favorable à cette proposition : « Il y a des invitations qui ne se refusent pas. »

À l'arrivée de Van In et de Versavel rue du Pot-à-la-Crème, une voiture de police stationnait déjà devant la porte de Wilfried Delanghe.

« Bordel ! Le salopard ! pesta Van In.

– Au moins, on sait où il était parti glander », répondit Versavel stoïque.

Il laissa Van In descendre, gara la Golf un peu plus loin et se pressa de rejoindre le commissaire. Il allait y avoir des étincelles, et il ne voulait rater ça sous aucun prétexte.

Vanneste venait de fouiller méthodiquement la chambre de Wilfried Delanghe lorsqu'il entendit du bruit au rez-de-chaussée. Désireux de déloger l'intrus qu'il prenait pour un voisin trop curieux, il dévala l'escalier, prêt à lui donner une bonne leçon.

« Puis-je vous demander ce que vous faites ici, commissaire adjoint Vanneste ? »

Les rôles venaient subitement de s'inverser.

« J'exécute les devoirs d'enquête complémentaires, commissaire, dit Vanneste, essoufflé, en tentant de recouvrer sa dignité.

– Et qui vous en a donné l'ordre ? Le Saint-Esprit ? Le Grand Schtroumpf ?

– En ma qualité d'officier de la police judiciaire, je n'ai aucun compte à vous rendre, Van In. Sans compter que…

– Eh bien, moi, je compte jusqu'à dix, monsieur l'officier de la PJ ! »

Vanneste vint se carrer devant Van In, la main sur la crosse de son pistolet. Une musique d'Ennio Morricone n'aurait absolument pas détonné.

« Allez-y, comptez, Van In ! »

Ne jamais proférer une menace qu'on n'est pas prêt à exécuter ! se fit Versavel in petto. *Van In va se retrouver comme deux ronds de flan... Il va se ridiculiser si Vanneste ne recule pas !*

« C'est Versavel qui va compter jusqu'à dix !

– Moi ?!

– Fais ce que je te demande, Guido, s'il te plaît !

– D'accord. Un... deux... »

Van In s'esquiva dans la cuisine. Il y remplit un seau d'eau, qu'il compléta avec un demi-litre de vinaigre.

Quand il comprit ce que complotait son supérieur, Versavel ralentit.

– ... neuf...

– Et dix ! » dit Van In triomphalement.

Revenu par-derrière, il jeta le seau d'eau sur Vanneste. Celui-ci fit un bond en l'air en glapissant comme un putois. Les yeux irrités par le vinaigre, il courut à l'aveuglette jusqu'à la cuisine, où il plongea sa tête sous le robinet.

« Tu me le paieras, connard ! hurla-t-il.

– Il faut toujours m'écouter, Vanpeste, dit Van In d'une voix monocorde.

– Que se passe-t-il ici ? » demanda la voisine, qui accourait sur les lieux du drame, alertée par les cris d'orfraie de Vanneste

Van In lui adressa son plus beau sourire.

« Un de mes collaborateurs a une petite poussière dans l'œil, madame.

– Une petite poussière ?

– Le grain de poussière proverbial, celui qui grippe la machine. Accident du travail fréquent. Les devoirs de l'enquête…

– Aaaah ! Je comprends ! Vous avez remué toute cette poussière !

– Oui, reprit Van In. Si nous voulons retrouver la personne qui a assassiné monsieur Delanghe, nous devons tout anal… hum… analyser au peigne fin ! »

Sourde à l'humour scatologique du policier, la voisine se montra pleine de sollicitude à l'adresse de Vanneste :

« Il me reste un peignoir de mon malheureux mari dans la garde-robe. Je vais vous le chercher. Vous risquez une pneumonie, comme ça, jeune homme ! Venez avec moi ! » dit-elle en lui prenant le bras.

« Tu ne serais pas allé un peu trop loin ? » demanda Versavel lorsqu'ils furent enfin seuls.

Van In haussa les épaules.

« À ma connaissance, jeter un peu d'eau sur quelqu'un n'a jamais constitué un délit. Un chef n'est respecté que s'il se fait craindre de ses hommes. Il était temps de prendre les choses en main.

– Machiavel !

– Pardon ?

– Ne fais pas l'imbécile, tu as lu *Le Prince* aussi bien que moi.

– Quoi ? Encore un idiot qui écrit des bouquins ? »

Versavel entreprit de fouiller les placards du premier étage. Alors qu'il déplaçait une pile de vieux draps derrière une grosse boîte, ses doigts se refermèrent sur une chemise en carton marbré fermée par des cordons noirs.

« Pieter ! Je crois que j'ai trouvé quelque chose ! » cria-t-il à Van In qui était en train d'étudier la bibliothèque de Delanghe au rez-de-chaussée.

La chemise en carton renfermait non seulement une copie de chacune des lettres de menace qu'avait reçues Marcus Heydens, mais aussi quelques photos non dénuées d'intérêt.

« Voilà qui éclaire tout ! dit Versavel en les tendant à Van In.

– Je t'avais dit que Broos serait la prochaine victime ! » s'exclama Van In.

– Broos n'a plus rien à craindre si c'est Delanghe qui a tué Heydens, dit Versavel.

– Si, Guido ! Si ! Il faut absolument montrer ça à Beekman ! »

« Si je comprends bien, tu me demandes de mentir pour soulager ta conscience, Jozef ?

– C'est un pieux mensonge, Hannelore. Tu comprends que je me trouve le cul entre deux chaises. »

Hannelore croisa les jambes en souriant.

« Laisse les fondements de la justice en dehors de ça, Jozef. »

Le procureur lui montra le rapport du labo technique et lui expliqua pourquoi il n'avait pas mis Van In au parfum.

« Pour te le dire franco, il arrive, je dis bien : il arrive, que des documents qui me soient nommément adressés atterrissent par je ne sais quel miracle sur le bureau d'un juge d'instruction. Ce n'est pas un accroc à la déontologie !

– Non, bien sûr… L'œuvre du Saint-Esprit… »

D'un côté, elle comprenait la position de Beekman. Il ne pouvait pas se permettre d'opposer un « niet » catégorique à une demande de sa loge. Orchestrer une fuite, c'était pour lui la seule solution s'il voulait réintégrer Van In dans l'enquête. D'un autre côté, elle ne supportait pas les entourloupes. La justice était déjà bien trop souvent malmenée. Ce n'était pas le moment de provoquer un nouveau scandale.

« Quand je lui dirai qu'il avait raison, Pieter sera aux anges. Tu sais, il n'a jamais cru à la thèse du suicide.

– Donc, tu acceptes ?

– Ne va pas t'imaginer des choses, Jozef. C'est juste pour faire plaisir à mon homme. »

Van In escalada les marches du palais de justice quatre à quatre, salua un avocat dans le couloir et se dirigea d'un pas énergique vers le bureau du juge d'instruction Martens.

« Madame Martens est en réunion avec le procureur, l'informa un greffier au teint hâlé lorsqu'il entra sans frapper.

– Elle est là depuis longtemps ?

– Une demi-heure.

– Ils bavardent en prenant une tasse de café ? »

Le greffier haussa les sourcils d'un air désapprobateur.

« Ce ne sont pas mes affaires, dit-il.

– Et ce ne sont pas les tiennes non plus ! » dit une voix dans le dos de Van In.

Il fit volte-face. Hannelore se tenait dans l'embrasure de la porte, plus combative – et donc plus belle – que jamais. Sa petite moue autoritaire, surtout, excita Van In.

« Je peux voir Beekman ?

– C'est au sujet de l'affaire Heydens ?

– Oui. Je souhaiterais montrer au procureur de nouveaux éléments de preuve que nous... »

Hannelore fit deux pas en avant pour poser un index sur les lèvres de Van In.

« J'ai envie d'une tasse de café, dit-elle, câline. Tu me raconteras tout ça à la cafétéria ! »

Beekman lui avait fait jurer de ne parler à personne de l'affaire Heydens en public. « La loge étend ses tentacules jusque dans les recoins les plus sombres du Palais », avait-il ajouté.

« Je ne suis là pour personne, Roger », dit-elle à son greffier avant de s'éloigner au bras de Van In.

« Guido est dans les parages ?

– Non, il est rentré taper des p.-v. au commissariat.

– Eh bien, tu vas me faire le plaisir de le rejoindre !

– Je croyais qu'on allait prendre un café ?

– Tu sais ce qui ne va pas chez toi ? Tu penses trop ! » dit-elle en lui pinçant le bras.

Van In mordit dans sa chique. Hannelore attirait les regards, et ça lui plaisait. Un avocat en toge qu'ils croisèrent dans le couloir fit même mine d'avoir oublié quelque chose pour rebrousser chemin et mater ses jambes plus longtemps.

« J'ai envie de rentrer à la maison avec toi », dit-il en traversant la salle des pas perdus.

La dernière fois qu'il avait ressenti un tel feu lui dévorer le bas-ventre, c'était deux ans auparavant, lors d'une promenade le long du canal de Bruges à Damme. Hannelore lui avait fait une proposition des plus inconvenantes et ils avaient plongé dans un champ de maïs.

Elle passa un bras autour de ses épaules.

« C'est exactement ce que je voulais te dire, Pieter.

– Sérieux ?

– Sérieux ! »

À l'ère des ordinateurs à commande vocale, cela tenait du miracle que quelques mots insignifiants puissent mettre en branle une réaction chimique si puissante dans le corps humain. Heureusement, le pantalon de Van In n'était pas trop serré à l'entrejambe.

« Tu préfères le lit ou le canapé ? demanda-t-il dès qu'ils furent rentrés.

– La table de la cuisine ! répondit Hannelore en commençant à préparer du café.

– Qu'est-ce que tu fais ?

– Du café, pardi ! Tu n'as tout de même pas cru que je t'avais proposé de venir ici pour qu'on s'envoie en l'air ?! »

Hannelore était ravie de se voir de nouveau désirée, mais elle se serait damnée plutôt que de le lui montrer.

« Moi ? Où vas-tu chercher ça ?! »

Van In s'assit et alluma une cigarette.

Hannelore s'affaira autour de la machine à café, les yeux brillants.

« Jozef s'est un peu pris les pieds dans le tapis », commença-t-elle.

Lorsqu'elle eut terminé son explication, elle conclut :

« Je ne pouvais pas te raconter tout ça au Palais. Jozef meurt de trouille à l'idée que ses frères de loge apprennent qu'il n'a pas tenu parole. »

Elle tendit enfin le rapport du labo technique à Van In.

« Heydens et Delanghe ont été assassinés par une seule et même personne.

– Alors, Beekman a fini par te confier l'affaire Heydens ? Je pensais que… »

Hannelore fit non de la tête en riant.

« Quand un juge d'instruction entre en possession d'informations liées à des faits criminels, il est tenu d'ouvrir une enquête, quelle que soit la façon dont il en a eu connaissance.

– Ou, plus exactement, de faire procéder à une enquête…

– Cette fois-ci, on va collaborer, Pieter ! »

Travailler avec la femme avec qui on couche, ce n'est pas ce qui est le plus conseillé. On en sort en général doublement lessivé.

« Je peux avoir deux sucres ? »

Hannelore fit glisser ses beaux doigts fins le long de la cage thoracique de Van In et s'arrêta en jouant sur le premier bourrelet, à hauteur du foie.

« Un demi ! dit-elle. Chacun un bout, d'accord ?

– Tu prends quel côté ? »

Hannelore versa un trait de lait dans son café et lécha sa cuiller avec gourmandise.

« Je crois qu'il serait tout à fait indiqué que je m'occupe personnellement d'Henri Broos et de Valentin, dit-elle en souriant. Pendant ce temps-là, tu essaies de retrouver Diana et tu travailles un peu cette brave madame Vidts. Sauf si tu ne me fais pas confiance, bien sûr… »

Van In ne tomba pas dans le panneau.

« Tu penses donc comme moi que nous avons affaire à un drame familial, dit-il gravement.

– Exactement. »

Il but une gorgée de son café et fit la grimace tellement il le trouvait amer.

« Diana Delanghe est enceinte et Leona Vidts est une femme d'âge mûr. Tu triches, Hanne !

– Tel est le privilège du juge d'instruction, mon petit Pieter.

– Oui, mais…

– Combien d'enquêteurs peuvent-ils se vanter de parler librement en présence de leur juge d'instruction ? Ne fais pas la fine bouche, Pierrot !

– Hanne, ils sont beaux, les suspects que tu m'offres sur un plateau ! Deux femmes ! Il y a très peu de chances que…

– Tu ne te crois tout de même pas victime de discrimination, Pieter ? Une femme, même enceinte jusqu'aux yeux, est tout aussi capable de tuer qu'un homme. Avec un pistolet à la main, je te jure qu'on peut faire les choses les plus étranges, y compris forcer quelqu'un à enfiler une camisole de force ou à se percher sur un tabouret ! »

Hannelore prenait son pied. Elle trouvait cette conversation d'autant plus jouissive qu'elle savait que, lorsqu'elle aurait fini de déguster son café, l'homme qu'elle menait ainsi à la baguette lui ferait mille et une cajoleries dans le canapé. La soirée s'annonçait chaude.

8

Luc Verriest, cinquante-deux ans au compteur, ce qui lui valait de s'être hissé au grade de lieutenant de la police fluviale, ouvrit son lit de camp et régla la sonnerie de son réveil. Il s'assit, dénoua ses lacets et ôta ses grolles. Il n'aimait pas les gardes de nuit. Il en ressortait toujours avec les pieds gonflés et une humeur de chien, à quoi s'ajoutaient depuis peu des palpitations. *Psychosomatique !* Verriest avait accepté le diagnostic de son généraliste sans moufter. Après tout, il n'était pas le seul à se sentir angoissé sans raison pendant les heures de service. La fusion annoncée de la police fluviale et de la gendarmerie n'y était sans doute pas étrangère. *Bosser pour les poulets, c'est aussi aberrant que de quitter un banquet de mariage avant le gâteau !* Il allait maintenant au boulot en traînant les pieds. *Ah ! elle est loin, l'époque où la police fluviale s'appelait encore la police maritime !* Il réprima la douleur dans sa poitrine, s'étendit de tout son long, tira la couverture puant le moisi jusqu'à son menton et s'endormit illico.

Dans le hall d'accueil de la compagnie de ferries P&O, autrefois le fleuron du port de Zeebrugge, on travaillait au ralenti. Résignés, les préposés aux guichets attendaient le dernier appel du chef d'embarquement dans les haut-parleurs pour inviter les passagers à se présenter au contrôle des passeports. Un groupe de touristes allemands qui n'étaient plus de première jeunesse se préparaient à monter à bord. Un débarquement à l'envers, en quelque sorte.

« *Passports please !* »

Lucien Debie, simple agent – contrairement à Luc Verriest, il ne disposait pas d'un bureau personnel avec un lit de camp –, parcourut du regard les deux passeports britanniques qu'on lui tendait, vérifia la date de validité et jaugea les deux hommes qui patientaient derrière le comptoir. Ils n'avaient pas franchement le type britannique, mais qui était-il pour se prononcer sur ce critère ? La loi sur le racisme était appliquée avec rigueur. Il l'avait appris à ses dépens quelques semaines auparavant lorsqu'il avait qualifié de « sale nègre » un Black transportant de la blanche. Ce petit lapsus avait failli lui coûter un blâme. Depuis lors, il se tenait à carreau.

« *Have a nice trip.* »

Debie réprima un bâillement et tendit leur passeport aux Angliches basanés.

« *Merci** », dit le premier.

Le deuxième se retourna pour serrer la main d'une femme enceinte. Lucien Debie vit qu'il lui filait une enveloppe en douce. La nana semblait nerveuse. Lorsque l'agent la dévisagea, elle détourna la tête.

Depuis l'unification virtuelle de l'Europe, tous les services de police chargés du contrôle des frontières continentales croulent sous les avis de recherche, la plupart émanant d'Europol et de l'état-major de la gendarmerie à Bruxelles. Personne n'y prête vraiment attention, car les photos sont en général imprimées sur du mauvais papier et les descriptions cultivent le flou artistique. Cependant, la photo que les policiers de Zeebrugge avaient reçue du parquet de Bruges la veille était très nette. Elle avait attiré leur attention car elle montrait une femme sur le point d'accoucher. Sans hésiter une seconde, Lucien Debie entra dans le petit bureau que la police fluviale louait pour une somme modique à la compagnie de ferries, réveilla son collègue assoupi sur une table et appela son supérieur.

Par deux fois, Luc Verriest avait essayé d'éteindre son réveil quand il comprit que la sonnerie qui l'avait arraché aux bras de Morphée venait du téléphone. Il se traîna en chaussettes jusqu'au bureau.

« Allô ! Lieutenant Verriest !

– J'ai repéré une personne signalée, mon lieutenant. »

Sautillant sur un pied, Verriest entreprit de se masser l'autre. Ce qu'il détestait encore plus que d'être réveillé si brutalement, c'était de devoir réenfiler ses grolles.

Une heure plus tard – il était très exactement six heures moins le quart –, Van In referma la porte derrière lui et s'engouffra dans l'impasse du Poisson-Gras. Un petit crachin tombait de nouveau sur la ville. Le commissaire releva le col de sa veste et, perdu dans ses pensées, slaloma entre les flaques en pilotage automatique. La police fluviale avait interrogé Diana Delanghe et les deux hommes qu'elle accompagnait. Quand un rapide examen avait révélé qu'il s'agissait de Kosovars et que leurs passeports britanniques étaient des faux grossiers, le lieutenant Verriest avait alerté le parquet. Le substitut de garde avait tiré Beekman hors de son lit, et celui-ci avait à son tour prévenu Hannelore et Van In. Ils avaient joué à pile ou face pour savoir lequel des deux resterait à la maison. C'est Hannelore qui avait gagné. *Mmmm... Je vais pouvoir encore flemmarder une petite heure sous la couette pendant que Pierrot se coltine le boulot...*

Une Golf blanche surgit du virage de la rue Saint-Jacques.

« Ils sont encore à Zeebrugge ? demanda Van In en s'asseyant à côté de Versavel.

– Non. Le commandant de la brigade portuaire vient d'annoncer qu'ils étaient en route pour Bruges. »

Van In alluma une cigarette et se mit aussitôt à tousser.

« Ça ne s'arrange pas, Pieter ! »

Même s'il faisait déjà douze degrés dehors, il régnait un froid de canard au 204.

« Il va bientôt falloir apporter son bois de chauffage, ici ! pesta Van In lorsque Versavel lui expliqua posément que la chaudière ne se mettait en marche qu'à sept heures.

– Je te sers un verre d'eau, Pieter ?

– Je préférerais une petite jatte », dit Van In.

Toute personne au fait des us et coutumes de la fonction publique sait qu'un liquide transparent apporté dans une tasse qui ne dégage pas un petit nuage de vapeur titre à coup sûr quarante degrés – au moins. Les gendarmes qui avaient amené Diana eurent la sagesse de ne faire aucun commentaire.

Pâle comme la mort, Diana Delanghe se laissa tomber sur la chaise que lui tendait un gendarme en tirant une mine de pietà. Les deux Kosovars restèrent debout. On leur avait passé les bracelets, et Van In ne fut pas tenté de les leur retirer.

« Nous avons demandé un interprète, dit le plus âgé des deux pandores.

– Une tasse de café ? » proposa Versavel en souriant à l'autre, qui était bâti comme un athlète de l'Antiquité grecque et qui avait les oreilles percées.

L'aîné hocha la tête après avoir consulté sa montre. Son service prenait fin une heure et demie plus tard.

« Asseyez-vous, messieurs ! » dit Van In.

Je ne sais pas ce qui me retient de lui chauffer les oreilles, à Versavel ! Interroger un suspect devant la concurrence ! On n'a jamais vu ça ! Pire que de passer sa nuit de noces devant ses beaux-parents !

Van In se racla la gorge et alluma une cigarette.

« En attendant l'interprète, je peux toujours poser quelques questions à madame Delanghe… »

Le plus vieux gendarme opina du bonnet. Il était curieux de voir comment la flicaille allait s'y prendre.

« Madame Delanghe. Puis-je vous dem…

– Mon nom est Heydens !

– Avez-vous une déclaration à faire, madame Heydens ?

– Pourquoi ? Vous me prenez pour une débile ? »

Ce n'était pas la première fois que Van In avait affaire à un client récalcitrant. Le temps était son meilleur allié, il le savait.

« Vous voulez noter que la suspecte ne souhaite pas faire de déclaration, Guido ? »

Versavel remplit les tasses, posa un carré de chocolat dans la soucoupe du bel éphèbe et s'installa devant son ordinateur.

Van In alluma une nouvelle cigarette. La fumée lui irrita la gorge.

« Pourquoi avez-vous pris la fuite avant-hier en nous voyant ?

– Moi ? J'ai pris la fuite ? »

Diana Delanghe éclata de rire en se tenant le ventre à deux mains.

« Rue des Corroyeurs-Blancs, précisa Van In. Vous habitez bien là ?

– C'est un crime ? »

Van In posa sa cigarette. Enceinte ou pas, elle commençait à lui courir sur le haricot.

« Ne profitez pas de votre état, madame. »

Elle sourit comme une vieille pute qui vient de chiper un client à une petite jeune.

« Il faudra vous habituer, commissaire. »

Versavel eut presque de la compassion pour Van In.

« J'ai du mal à croire que votre père vous ait éduquée comme cela », dit celui-ci.

Il venait de toucher une corde sensible. Diana Delanghe s'agrippa aux accoudoirs. De livide, son teint devint spectral.

« Laissez mon père en dehors de ça ! Il est mort ! hurla-t-elle.

– Ils sont morts tous les deux ! » répliqua Van In du tac au tac.

Diana perdit les pédales. Le corps traversé de soubresauts, les yeux révulsés, de l'écume aux lèvres… Versavel bondit de sa chaise et prit la malheureuse dans ses bras pour l'empêcher de tomber. À ce moment-là, quelque chose céda et glissa sous sa robe, comme si elle perdait son ventre. Versavel en eut des sueurs froides. *Seigneur ! Ne me dites pas qu'elle accouche !*

Elle lui échappa des mains.

« Mais aidez-moi, bon sang ! » hurla le brigadier.

Les deux gendarmes réagirent avec professionnalisme. Saisissant Diana par les bras, ils tentèrent de la redresser, ce qui ne fut pas une sinécure car elle se tordait comme une possédée qu'on mène à l'échafaud.

Van In observait la scène depuis son bureau, tétanisé, incapable de se départir de l'idée qu'il assistait à un film d'horreur.

Le ventre de Diana se répandit entre ses jambes, sur le mauvais revêtement.

« Qu'est-ce que c'est que cette histoire ? »

Van In se précipita sur Diana. L'objet qui gisait sur le sol était un énorme coussin en forme de ventre de femme enceinte avec, cerise sur le gâteau, une petite dépression en son sommet pour figurer le nombril. Les liens destinés à attacher l'artifice dans le dos de l'illusionniste pendouillaient misérablement.

« Vous attendiez quoi, madame Heydens ? Une fille ou un garçon ?

– Mon bébé ! hurla-t-elle. Vous avez tué mon bébé ! »

Placé dans des circonstances exceptionnelles, l'être humain déploie une force physique hors du commun. Dans un feulement rauque, Diana Delanghe repoussa les deux gendarmes avec une telle vigueur qu'elle envoya valdinguer l'un d'eux contre le bureau de Versavel, où il se blessa à la tête. Elle profita de la stupeur générale pour tenter de s'enfuir. Versavel ne lui en laissa pas le temps. Il bondit sur elle avec une souplesse qui aurait rendu vert de jalousie plus d'un athlète amateur. Son menton heurta violemment le sol, et ses ongles – l'un d'eux se cassa dans le feu de l'action – griffèrent le bas de la robe de Diana en tentant de trouver une prise. Versavel finit par saisir une des chevilles de la folle furieuse et tint bon même quand celle-ci commença à lui bourrer la figure de coups de pied. Van In et le gendarme sain et sauf vinrent à la rescousse. Prenant appui contre la porte, le commissaire comprima le cou de l'hystérique de son index droit juste au-dessus de sa clavicule gauche. C'était un vieux truc, mais il restait efficace. La jeune femme se tordit de douleur, et le deuxième gendarme en profita pour lui passer les menottes.

« J'appelle un médecin ? demanda Versavel, le visage tuméfié, en suçant son doigt meurtri.

– Pas pour elle, en tout cas ! dit Van In en allant chercher la valise de premiers soins dans une armoire à archives. La place de cette furie est en prison ! Le juge dira si elle est folle, mais en attendant, elle reste ici ! »

Dès qu'il eut soigné Versavel, le commissaire téléphona à Hannelore. C'était à elle de décider du sort de cette hystérique.

Quant aux Kosovars, ils n'avaient pas bronché de toute la scène.

« Bonjour, monsieur le commissaire en chef ! »

De Kee répondit au bourgmestre Moens d'un simple hochement de tête et pénétra dans son bureau d'un pas martial. Il prit place dans le petit salon aménagé près d'une fenêtre donnant sur le jardin, héritage du prédécesseur de Moens.

« Qu'est-ce que je peux vous servir, Roger ? »

Moens était un grand amateur de whisky devant l'Éternel.

« Une tasse de café, ce sera parfait. »

Moens ne laissa pas voir sa déception.

« Eh bien ! Deux cafés, dans ce cas ! » dit-il en souriant. Il s'installa à son bureau et passa sa commande par l'interphone.

« Vous connaissez certainement le notaire Broos, reprit-il.

– Bien entendu.

– Alors vous savez peut-être qu'il souffre d'un cancer… »

Le commissaire confirma. Henri Broos était comme lui membre du Rotary Club local. Trois mois auparavant, il avait invité quelques amis – et De Kee se félicitait d'appartenir à ce cercle distingué – à une fête d'adieu au Crowne Plaza. Après le homard et le champagne de l'entrée était venu un fabuleux ris de veau à la crème. Juste avant le dessert – un sorbet au fruit de la passion –, le notaire s'était levé, un verre de sauternes à la main, et avait fait allusion à sa mort annoncée. Il avait sorti un billet de mille francs de son portefeuille et l'avait offert au serveur. « Charon n'aura rien ! » avait-il dit dans un souffle, faisant référence au passeur qui, dans la mythologie classique, demandait rétribution aux âmes pour les faire passer de l'autre côté du Styx.

« C'est un homme courageux ! commenta De Kee.

– Oui, c'est ce qu'on dit… »

Au-dehors, une soudaine bourrasque secoua la couronne d'un érable séculaire. Des feuilles jaunâtres tourbillonnèrent devant la fenêtre avant d'atterrir sur le sol.

« J'ai reçu un message du Palais, dit Moens ex abrupto. Le roi a émis le souhait de lui rendre une visite d'amitié. »

De Kee se croisa les mains, pas impressionné pour deux sous. Il faisait partie des rares initiés qui savaient qu'Henri Broos était habilité à porter le titre de vicomte, la plus haute distinction décernée par le roi à ses sujets d'origine plébéienne. Le projet de la visite royale l'étonnait d'autant moins que le souverain était connu pour sa charité chrétienne.

« C'est une visite officielle ?

– Non, répondit Moens. Le Palais insiste pour qu'on ne lui donne aucune publicité. »

De Kee réprima un soupir.

« Sécurité minimale, donc.

– Oui. Puis-je vous demander de mobiliser vos hommes les plus fiables, commissaire ?

– Je m'y appliquerai, monsieur le bourgmestre. »

Sur ordre du juge d'instruction Hannelore Martens, Diana Heydens fut transférée à l'unité psychiatrique de l'hôpital Saint-Jean. Van In ne put que s'incliner.

« Je trouve qu'Hannelore a pris la bonne décision, dit Versavel. Cette femme doit se faire soigner d'urgence !

– À notre époque, tout le monde en aurait besoin, Guido. Et ça fait les affaires des toubibs ! »

Si Van In avait une dent contre un corps professionnel, c'était bien les médecins, et plus encore les psychiatres. « La maffia colombienne », comme il les appelait, « des guignols déguisés en blouse blanche qui vendent leur saleté de drogue à un prix scandaleux et qui ont tout intérêt à ce que leurs patients deviennent de plus en plus fous ».

Versavel tamponna sa mâchoire tuméfiée avec un linge humide.

« Tu crois que Diana a tué son père ? » demanda-t-il.

Ils avaient déjà abondamment parlé de l'affaire. Si ce n'était pas Wilfried Delanghe qui avait tué Marcus Heydens, la jeune femme faisait une suspecte parfaite.

Encore plus maintenant qu'on savait qu'elle n'était pas enceinte.

« C'est possible, répondit Van In. Mais dans ce cas, pourquoi ? »

Hannelore avait refusé de placer Diana Delanghe sous mandat d'arrêt, mais Van In l'avait tellement tannée qu'elle avait promis de lui signer un mandat de perquisition pour qu'il puisse fouiller à loisir l'appartement de la rue des Corroyeurs-Blancs. Les Kosovars avaient été conduits dans un centre d'asile car l'interprète convoqué par la gendarmerie ne s'était jamais pointé. La procédure avait duré près de six heures. Il était midi et quart. Comme Hannelore ne pouvait pas autoriser la perquise avant une heure ou deux, Van In proposa d'aller manger un morceau au Malesherbes. Ils l'avaient bien mérité, non ?!

« Salut ! dit Anneke à l'arrivée des deux flics. Qu'est-ce que je vous sers ?

– Un whisky et un Coca.

– Simple ou double ?

– Simple pour lui, double pour moi », dit Van In.

Cela leur fit du bien de rire un peu.

« J'ai du bœuf *Angus* », reprit Anneke.

Ma main à couper que le plus radical des végétariens non seulement accepterait de manger l'angus d'Anneke, mais qu'il y prendrait plaisir, pensa Versavel en se léchant les babines.

« Un saignant et un à point, dit Van In. Le vrai pour moi, la semelle pour cet ignare.

– Ça roule, commissaire ! » dit-elle avant de s'éloigner vers les cuisines.

« Je trouve qu'elle a un beau petit cul, commenta Van In.

– Et tu te permets de nous faire une scène quand tu soupçonnes Hannelore d'aller voir ailleurs ! »

Versavel se tortilla la moustache, heureux que tout soit rentré dans l'ordre.

« Tiens ! Les revoilà ! dit Benoît Bidochon à sa femme lorsque Van In et Versavel entrèrent dans l'immeuble d'en face, accompagnés d'un serrurier. Je te parie qu'ils vont trouver quelque chose de louche !

– Tu veux que je t'apporte une petite bière ? » répondit sa chère et tendre de sa voix la plus mielleuse après avoir enfourné une énorme poignée de chips.

Son feuilleton allait commencer. Elle ne voulait le rater sous aucun prétexte.

L'appartement de Diana Delanghe était un amoncellement de matelas et de draps sales. Il y avait çà et là des reliefs de repas à divers stades de décomposition, le tout marinant dans une forte odeur d'urine. Van In donna un coup de pied dans un morceau de pizza desséchée. Le spectacle était aussi désolant pour la vue qu'incommodant pour les narines.

« On va faire la une des journaux télévisés, ce soir ! dit le commissaire.

– Avec qui en vedette ? Toi ou moi ?

– Les Kosovars ! »

Les passeurs abandonnaient presque toujours les réfugiés kosovars sur le bord de l'autoroute : à eux de se débrouiller pour la suite. La découverte de faux passeports et d'un lieu de transit indiquait une professionnalisation de la filière. N'importe quel rédac-chef de 20 heures aurait vendu son âme pour pouvoir filmer des images de la planque de Bruges.

« Je me demande comment Diana Delanghe a pu se fourrer dans ce guêpier, dit Versavel.

– Le fric, mon pauvre Guido. Le fric ! »

La main sur le nez, Van In traversa la pièce à la hâte pour ouvrir une fenêtre. Pour une fois qu'il disposait d'un mandat de perquisition en bonne et due forme, autant essayer de rendre l'atmosphère respirable et s'incruster un peu…

L'appartement se composait d'une salle à manger, de deux chambres et d'une kitchenette. La crasse avait envahi chaque recoin. Dans la cuisine, de grosses mouches bleues tournaient autour de fruits pourris, tandis que des champignons partaient à l'assaut d'une pile de crêpes. Lorsque Van In fut pris d'un haut-le-cœur, Versavel ferma précipitamment la porte.

« Je n'arrive pas à croire que cette nana vivait ici !

– Tu vois un autre endroit ? »

Dans une chambre, Van In ouvrit une penderie : de vieilles loques, des draps usés jusqu'à la corde, mais aucun vêtement qu'aurait mis une femme comme Diana Delanghe.

« Elle est pourtant domiciliée ici.

– Elle aurait une deuxième adresse ?

– Non.

– Tu en es sûr ?

– Elle n'a rien signalé à l'état civil, en tout cas. »

Faisant fi de la puanteur et des insectes, Van In et Versavel passèrent l'appartement au peigne fin. Le brigadier se força à vider la corbeille à linge sale où, parmi les t-shirts parsemés de coulures de peinture, il découvrit des caleçons raides de sperme séché et des slips doublés de serviettes hygiéniques sanguinolentes.

« Je ne me sens pas bien, dit-il d'une petite voix en se précipitant dans la salle de bains. Tu dois mettre la pression sur Hannelore, cria-t-il en se lavant les mains à grande eau. Nos deux Kosovars ne sont que la pointe visible de l'iceberg ! On a mis la main sur un trafic à grande échelle !

– Je t'en prie, Guido, vas-y ! Tu la connais. Elle va se laisser attendrir par le sort de ces pauvres malheureux ! »

Quand les gens finiront-ils par comprendre que, comme les putes et les junkies, les illégaux alimentent une industrie qui broie davantage les hommes que Saddam Hussein ne malmenait les Kurdes ? pensa Versavel en s'essuyant les mains à son pantalon.

« On se tire d'ici, Pieter ! J'en ai ma claque ! J'ai besoin d'une Duvel ! »

Versavel qui propose de boire une Duvel, c'est aussi incongru que le roi qui admettrait dans son discours de Noël avoir eu une maîtresse ! se dit Van In en sortant de sa poche la clé que lui avait remise le serrurier.

Dans le couloir, ils purent enfin respirer normalement.

« Disons que c'est un cas de force majeure.

– Et si tu appelais Vermeulen, Pieter ? Ça grouille de matériel génétique autant que de vermine, ici ! »

Van In sourit. La vermine, c'était en effet un des mots qu'il associait le plus volontiers à Vermeulen.

Benoît Bidochon avait longuement hésité, mais lorsqu'il comprit qu'en face, les enquêteurs prenaient leur temps, il se décida à enfiler ses godillots. *Si les flics arrêtent une bande importante grâce à moi, j'aurai mon nom dans les journaux ! Ou je passerai à la télé !* Il se hâta de fermer la fenêtre et d'aller à leur rencontre.

Ouf ! Ils sortent ! J'ai bien fait de me grouiller les puces !

« Bonjour, messieurs !

– Bonjour, répondit Van In. Qu'y a-t-il ? »

L'inconnu puait l'oignon et le mauvais genièvre.

« Je voudrais porter plainte, dit Gino avec l'enthousiasme naïf d'un enfant qui croit encore à saint Nicolas. Contre les gens de là-haut. »

Van In hocha la tête. Il les connaissait, ces braves citoyens persuadés que la police a pour mission d'intervenir à la moindre querelle de quartier. C'était les mêmes qui, à chaque élection, réclamaient plus d'uniformes dans la rue – et moins de crottes de chien, tant qu'à faire.

« Je vous conseille d'aller au commissariat, monsieur », dit Van In, qui avait d'autres chats à fouetter.

Diana Delanghe est impliquée jusqu'au cou dans une affaire de traite d'êtres humains. Elle a peut-être même un meurtre sur la conscience. Sa grossesse simulée, c'était simplement pour se donner un air… hum… comment dire… de virginité…

« Je croyais que c'était votre travail ! »

Benoît Bidochon ne se formalisait pas de ce que le Collège des bourgmestre et échevins n'ait pas répondu à sa lettre. Le bourgmestre avait sans doute des tas d'autres choses plus importantes à faire que de répondre à son courrier. Mais il ne pouvait pas supporter le je-m'en-foutisme de ces petits flics. *Je paie des impôts, oui ou merde ?!*

« Non, répondit Van In. Pour déposer plainte, adressez-vous au commissariat. Ou parlez-en à votre agent de quartier. »

Ah ben merde, alors ! Pourquoi j'ai jamais de bol, moi ? C'est comme quand on a tous fait grève pendant six semaines et que j'ai été le seul à être foutu à la porte ! Là, ça commence à bien faire !

« Je sais où elle se cache, votre bonne femme !

– Nous aussi ! » rétorqua Van In.

Il ouvrit la porte de la Golf et se laissa tomber sur le siège du passager. Versavel avait déjà mis le contact, mais il hésita avant de démarrer.

« Un problème ? demanda Van In.

– Tu n'es pas curieux de savoir où Diana Delanghe a créché ces derniers jours ? »

Pour asseoir leur autorité sur les faibles, les puissants ont un truc infaillible : ne jamais admettre leurs erreurs. Van In en avait encore eu confirmation tout récemment lors d'une formation à l'école de police.

« Je ne m'abaisse pas à écouter les ragots colportés par l'idiot du village !

– Eh bien moi, si ! »

Versavel sortit de la Golf et rejoignit le voisin en quelques enjambées.

Van In suivit la scène depuis le rétroviseur.

« Ben voyons ! »

Benoît Bidochon ouvrait sa porte et invitait Versavel à le suivre.

« Vous êtes de la famille de mademoiselle Delanghe ?

– Je suis son père adoptif », dit Henri Broos.

L'infirmier, quarante balais, déjà un début de calvitie et des yeux hallucinés (il donnait l'impression de tester ses médicaments sur lui-même) eut un sourire flou.

« Chambre 251. Je crois qu'elle est gravement malade.

– À ce point-là ? »

L'infirmier ne répondit pas et s'éloigna sans bruit en direction d'une autre chambre.

Qui sait ce qui se trame derrière cette porte ? se demanda Broos en le regardant partir.

« Alors ? Ce brave homme t'a raconté sa vie ? » s'esclaffa Van In lorsque Versavel revint à la voiture trois bons quarts d'heure plus tard.

– Monsieur Vandenheuvel m'a montré ses canaris », répondit Versavel, laconique.

Les yeux rougis, il s'assit au volant et démarra en faisant crier le moteur, ce qui n'était pas vraiment dans ses habitudes.

« Il t'en a fait bouffer un ? »

Silence. Pied au plancher, Versavel s'engouffra rue de la Porte-de-Gand. Il n'y avait plus aucune file – ni plus aucune trace du *Mercator.*

« Un petit oiseau, Guido. »

Versavel restait insensible aux tentatives de Van In de détendre l'atmosphère. Quelque chose lui restait en travers de la gorge, mais ça ne datait pas d'hier.

« Je pensais qu'on allait boire une Duvel, dit Van In lorsqu'ils entrèrent dans le tunnel qui passait sous le *Zand.* Pour L'Estaminet, il faut sortir ici. »

Silence.

Au carrefour de l'avenue du Fer-à-Cheval et de l'avenue de la Libération, Versavel continua tout droit en passant à l'orange.

« Tu nous emmènes à la côte ? »

Van In alluma une cigarette. *Les amitiés les plus profondes peuvent prendre fin à cause d'un conflit ridicule, mais quand même pas pour une histoire de canari !*

« Désolé pour les canaris, Guido. »

Le compteur approchait dangereusement les cent soixante kilomètres à l'heure. Pour ses quatorze ans, Versavel avait reçu deux canaris d'une de ses tantes. Deux mois plus tard, son père leur tordait le cou au motif qu'ils étaient trop bruyants. La mère de Guido avait mis les petits corps sans vie dans la poubelle et lui avait dit que les oiseaux s'étaient envolés, mais Versavel avait compris. Le soir même, il s'était vengé en disant à ses parents qu'il préférait les garçons. Son père ne le lui avait pas pardonné. Six mois plus tard, il quittait le domicile familial.

« Diana Delanghe a un appartement à Knokke, dit enfin Versavel. Vandenheuvel m'a donné l'adresse. »

Il sortit un papier de sa poche de poitrine et le tendit à Van In.

« "Résidence Akhénaton", lut celui-ci. C'est sur la digue ?

– Oui. C'est là qu'elle perche, d'après Vandenheuvel. À l'appartement de la rue des Corroyeurs-Blancs, il n'y a jamais eu que des illégaux. »

Certains appellent Knokke « le Saint-Trop de la mer du Nord ». En été, quand les jeunes snobs paradent au volant de leur Porsche de location sur la place M'as-tu-vu en quête de filles en chemisier transparent, ces salopes qui se mettent à genoux en échange de quelques cocktails au Pimm's (car rien de plus chicos qu'une petite pipe, et ceux qui préfèrent la position du missionnaire sont rembarrés avec mépris vers la populaire Blankenberghe), la comparaison tient la route. L'hiver, par contre, la belle mondaine est un trou mortel, une petite bourgade flamande peuplée de paysans où le filet américain[1] pue la viande avariée et où la plupart des restau-

1. Steak tartare.

rants ne servent plus que des homards rachitiques à des bourges vieillissantes.

L'avenue Lippens était déserte.

« Je croyais qu'elle habitait sur la digue, dit Van In.

– Un peu d'air frais te fera le plus grand bien », répondit Versavel en coupant le contact.

Sur la place Van-Bunnen, ils tournèrent à droite. Ils chassèrent devant eux quelques mouettes hypercholestérolémiques.

« Je ne voulais pas te blesser, Guido. Excuse-moi ! »

Versavel prit une profonde inspiration. Il n'avait jamais raconté l'histoire des canaris à personne, et il n'avait pas l'intention de le faire.

« Tu t'es déjà excusé, Pieter. Je sais que tu ne pensais pas à mal. »

Une voiture décorée aux couleurs de Radio 2 passa à leur hauteur, reconnaissable à son logo représentant un petit oiseau jaune.

9

L'architecte de la résidence Akhénaton avait fait poser au-dessus de l'entrée un bas-relief représentant un grand disque solaire d'où partaient des rayons terminés par une petite flèche. L'immeuble comptait dix étages et autant d'appartements avec vue sur la mer.

Van In pénétra dans le hall et alluma la lumière pour lire les noms en regard des sonnettes.

« Je comprends pourquoi la môme était introuvable ! dit-il en indiquant un morceau de plexiglas encadré d'or. “H. Broos” ! Souviens-toi, le notaire nous a bien dit qu'il n'avait jamais lésiné sur l'argent pour que sa gosse fréquente les meilleures écoles privées ! Il ne faut pas lui en vouloir s'il a omis l'un ou l'autre détail… »

Van In venait de lire un article sur les traumatismes qu'endurent les victimes de sévices sexuels. Il n'était pas rare que des jeunes filles qu'on avait plus ou moins forcées à avorter simulent une grossesse pour combler la perte de leur enfant et étouffer leur tristesse. Voilà qui expliquait peut-être très simplement le coussin que Diana Delanghe dissimulait sous sa robe…

« On prévient la police de Knokke ? » proposa Versavel.

Le mandat que leur avait délivré Hannelore les habilitait à procéder à des devoirs d'enquête en dehors de leur juridiction, mais c'était la moindre des politesses, leur semblait-il, d'avertir les collègues de leur présence. Dans certaines communes, où des hâbleurs du style de Kétounet étaient aux commandes, Versavel n'aurait pas pris la peine de rappeler cet usage à Van In, mais les cartes étaient distribuées différemment à Knokke. Le commissaire en chef était un gars compétent qui n'hésitait pas à filer un coup de pouce aux collègues dans le besoin.

« OK, j'attends ici, dit Van In, qui s'en souvenait.

– À tout de suite », dit Versavel en s'éloignant.

Faisant fi de l'écriteau qui le narguait, Van In alluma une sèche et regarda autour de lui. Les murs étaient ornés de grandes plaques de marbre veiné de gris. Tous les éléments décoratifs en métal étaient plaqués or. *Tout ce clinquant... Diana est-elle un être superficiel pour qui seul compte l'apparence extérieure ? Non, je ne crois pas. Après la scène du coussin, j'aurais plutôt tendance à avoir de la compassion pour cette pauvre fille. Si elle a été victime d'abus sexuels, et j'en ai de plus en plus l'intuition, je suis prêt à lui pardonner bien des choses. Pour le bien de l'enquête, mieux vaut de toute façon me concentrer sur des éléments plus importants. Comment se fait-il, par exemple, que la belle-fille d'un notaire respecté soit impliquée jusqu'au cou dans une affaire de traite d'êtres humains ? Ma main à couper qu'elle ne travaille pas seule. Elle a des complices !*

Oubliant sa résolution d'attendre des renforts, Van In sonna.

« *Oui* ? » dit une voix dans l'interphone après une dizaine de secondes.

Van In fut si surpris qu'il en laissa tomber sa cigarette.

« Je suis un ami de Diana, dit-il en écrasant sa clope sur le marbre immaculé.

– *Vous dites* ?*

– *Je suis un ami de Diane,* traduisit-il en français. *Elle m'a dit de vous contacter en cas de danger*.* »

Van In parlait la langue de Molière avec un accent qui aurait fait froncer les sourcils à Achille Van Acker[1] lui-même. Il sourit en regardant droit dans les yeux la caméra qui ne perdait pas un seul de ses mouvements. Un coup d'œil au miroir de la porte, et il se dit qu'avec sa barbe de trois jours et son imperméable froissé, il pouvait très bien passer pour un réfugié.

« *Montez* !* » dit la voix.

Van In poussa la porte, fit quelques pas dans un couloir gigantesque et pénétra dans un ascenseur aux dimensions impressionnantes. Sur la côte belge, où chaque décimètre carré est compté comme les pattes des crevettes grises, une telle prodigalité dans l'utilisation de l'espace trahissait une réelle opulence.

L'ascenseur s'éleva dans les étages sans heurt ni bruit. Van In en sortit au dixième. Il s'apprêtait à enfoncer le bouton de la sonnette lorsque la porte du penthouse s'ouvrit d'elle-même. Deux individus en surgirent, saisirent Van In au collet et le tirèrent à l'intérieur sans ménagement. Pendant que le premier enfonçait son pis-

1. Homme politique brugeois (1898-1975) membre du Parti ouvrier belge. Autodidacte, il fut Premier ministre à la tête de trois gouvernements de coalitions différentes en 1946 qui, tous, tombèrent sur la question royale – division des Belges quant au « retour » du roi Léopold III à la fin de la Seconde Guerre mondiale, qui aboutit à l'effacement de celui-ci au profit de son fils Baudouin (1951), à la mort duquel Albert, son frère cadet, monta sur le trône sous le nom d'Albert II (1993).

tolet entre les côtes du commissaire, l'autre le fouillait méthodiquement. Van In n'avait pas d'autre arme que son portefeuille.

« *Asseyez-vous** *!* » beugla le premier homme.

C'était une injonction tout à fait rhétorique, car au même instant Van In reçut un coup dans le dos qui l'envoya au tapis. Un canapé qui se trouvait miraculeusement dans sa trajectoire amortit sa chute. Docile, Van In s'assit comme on le lui avait demandé. Il avait au moins vu juste sur un point : Diana Delanghe avait des complices. Il observa les deux malabars. Pour être bronzés comme ça, ils venaient du sud de l'Europe. Ils portaient tous les deux un costard de qualité et une telle quantité de breloques en or qu'ils étaient sans doute actifs dans leur branche depuis un certain temps... *Ben mon colon ! Tu t'es fourré dans un sale pétrin ! Heureusement que Versavel arrive avec la cavalerie !*

« *Je suis de la police,* dit-il avant que le deuxième costard ne trouve sa carte dans son portefeuille. *Je vous conseille de baisser votre arme. Le bâtiment est cerné.**

La réaction ne se fit pas attendre. Au mot « police », le type au pistolet bondit de sa chaise, arme au poing. Van In eut le temps de sentir une douleur fulgurante à hauteur du cou. Une bombe explosa dans sa nuque. Puis, plus rien. Black-out.

Henri Broos attendait patiemment dans le couloir du palais de justice d'être reçu par le juge d'instruction. Il était arrivé un peu en avance, ce qui lui donnait le temps de réfléchir aux derniers points faibles de sa déclaration. Il se considérait comme un honnête homme mais, en sa qualité de juriste, il n'était pas sans savoir que le droit ne rime pas forcément avec la justice et que la meilleure des lois risque toujours de se retourner contre le justiciable. La pensée que Leona puisse aboutir en prison le rendait fou de chagrin et la perspective de sa mort prochaine lui retirait toute illusion de pouvoir l'aider à se sortir de là. Les souvenirs l'assaillaient en pagaille. Comme ils avaient été heureux, ensemble !

« Maître ? »

Hannelore s'approcha vivement du vieil homme et lui secoua l'épaule.

« Maître ? Tout va bien ? »

Il cligna des yeux. Lorsqu'il découvrit Hannelore penchée sur lui, il sourit. *Vous n'êtes pas seulement belle à l'extérieur,* eut-il envie de lui murmurer.

« Excusez-moi, madame le juge d'instruction. J'ai dû m'assoupir. »

Hannelore sentit monter en elle une vague de compassion pour le vieil homme. Elle le prit par le bras et l'aida à se relever. Dans son bureau, elle l'installa dans un fauteuil confortable.

« Si vous ne vous sentez pas bien, nous pouvons toujours reporter notre entretien », dit-elle en préambule.

Henri Broos attendit plusieurs secondes avant de réagir. *Si je dis oui, ça ne changera rien à l'affaire, mais ça me permettra de gagner quelques mois et, sans doute, d'emporter mon secret dans la tombe...*

« C'est très aimable à vous, madame le juge d'instruction. Mais non, puisque je suis là, nous pouvons commencer. »

Hannelore prit place à son bureau. Elle avait deux dossiers devant elle : celui de Marcus Heydens et celui de Wilfried Delanghe. Le lien entre les deux victimes était clair. Les deux hommes avaient eu un enfant avec Leona Vidts, l'épouse légitime d'Henri Broos. Statistiquement, il y avait de fortes chances que leur meurtrier soit un membre de leur famille ou un ami. C'était donc en toute logique qu'elle avait convié Henri Broos à un entretien, dans l'espoir d'en apprendre un peu plus sur les relations familiales complexes qui unissaient ces êtres, mais aussi, elle devait bien l'admettre, pour damer le pion à Van In.

Van In et Hannelore marchaient bras dessus bras dessous sur la digue. Au soleil, la brise était des plus agréables. Soudain, des nuages sombres surgirent à l'horizon, bientôt chassés par une bourrasque.

« Quel vent ! » s'exclama Hannelore.

Elle se dégagea et pirouetta sur elle-même, faisant virevolter sa robe à la Marilyn Monroe. Van In marchait derrière elle. Ne voyait-elle pas le mur d'eau qui fonçait sur eux à toute allure ? Hannelore continuait à tournoyer sur elle-même. Van In hurla, mais le vrombissement des vagues couvrit sa voix. Il se mit à courir. Enfin, il essaya, car les carreaux jaunes de la digue avaient disparu. À chaque pas il s'enfonçait un peu plus dans un marécage. Heureusement, un combi de la police arriva à sa hauteur. Un agent en sortit, dégaina et tira une balle à bout portant dans la tête d'Hannelore. Ce fut ce moment que choisirent les vagues pour s'écraser sur la digue.

« Hannelore ! »

Deux nouveaux coups de feu retentirent.

« Du calme, Pieter ! Du calme ! »

Versavel tamponnait le front du commissaire au moyen d'un linge humide.

« Hannelore ! hurla Van In. Les flics l'ont butée ! »

Au troisième coup de feu, Van In se redressa.

Versavel le prit dans ses bras et, gentiment mais fermement, le repoussa dans le canapé.

« Ce n'est rien, Pieter. Tu es tombé dans les frites.

– Dans les frites ?! »

Versavel hocha la tête.

« Ils t'ont assommé ! dit-il. Heureusement, le concierge n'était pas loin. C'est lui qui nous a fait entrer.

– Qui ça, nous ?

– Quand on s'est rendu compte que tu n'étais plus dans le hall, le commissaire en chef de Knokke a sonné le branle-bas de combat. La moitié de son corps de police nous a prêté main-forte. »

Van In entendit subitement le hurlement lointain des sirènes.

« Où sont-ils passés ?

– Ils ont filé par l'escalier de secours. »

Comprenant que la mort d'Hannelore avait été le produit de son imagination délirante, Van In se remit à respirer plus calmement.

« Je me demande ce que dirait Frank s'il nous voyait comme ça. On doit être jolis, tous les deux ! »

Heureusement en effet qu'il n'y avait pas de photographe de presse dans les parages, car Versavel était assis sur les genoux de Van In.

« Frank n'est pas jaloux comme toi ! » dit Versavel en se relevant précipitamment.

L'arrière de la résidence Akhénaton grouillait de flics. Deux infirmiers transportaient le corps du trafiquant au pistolet sur un brancard. Les jambes écartées, les mains posées sur le toit d'une petite Mercedes à bande bleue, l'autre faisait l'objet d'une fouille en règle. Lorsque le commissaire en chef Duffel repéra Van In, il lui adressa un sourire radieux.

« Félicitations ! Qui aurait cru ça ?! De la traite d'êtres humains à Knokke ! »

Van In se sentit un peu gêné. Il avait mis toute l'opération en péril en la jouant solo. Si quelqu'un méritait des lauriers, c'était Versavel, et lui seul.

« La police a trouvé des photocopies des lettres de menace adressées à Marcus Heydens dans la maison de Wilfried Delanghe, à côté de photos vous montrant vous, vos enfants, Diana, Valentin et Marcus Heydens, commença Hannelore. Apparemment, le meurtrier en veut autant à votre famille qu'à celle de Marcus Heydens. Autrement dit, vous avez un ennemi commun. »

Le notaire Broos avait écouté attentivement la juge d'instruction. Pas une seule fois elle n'avait prononcé le nom de Leona. Il y vit une lueur d'espoir.

« Wilfried Delanghe a un jour surpris Marcus Heydens au lit avec Leona, dit-il.

– Cette thèse serait intéressante si Wilfried Delanghe était encore de ce monde.

– Je ne serais pas aussi formel que vous, madame le juge d'instruction. Malgré le dédommagement considérable que je lui ai versé, Wilfried Delanghe n'a jamais accepté l'idée que j'épouse Leona. À la naissance de notre premier fils, il a complètement disjoncté. Il s'est mis à nous téléphoner jour et nuit, nous menaçant de se suicider si Leona ne retournait pas vivre avec lui. »

Broos raconta tout à Hannelore. Vingt ans auparavant, Wilfried Delanghe s'était tranché les veines. Mais il s'était comporté comme un amateur. À la vue du sang, il était sorti de chez lui, pris de panique, et sa voisine avait aussitôt appelé une ambulance. Aux urgences, il avait fait la connaissance d'Alice Deboodt, une soignante bénévole qui lui avait montré le chemin vers la Lumière. Delanghe s'était converti au Renouveau charismatique.

« … Vous savez, ces gens qui veulent faire pénitence et racheter le salut des pécheurs, comme le Christ…

– … par la prière. Oui, je sais. »

Henri Broos se gratta le menton.

« Pas seulement par la prière, madame le juge d'instruction ! Ils sont aussi adeptes de mortifications, comme les anachorètes le faisaient il y a mille huit cents ans dans le désert égyptien ! Des fous qui restaient vingt ans au sommet d'une colonne, par tous les temps, en se nourrissant des vers qui grouillaient dans leurs plaies ! »

Ça me rappelle l'article que j'ai lu sur les flagellants. Des fanatiques qui se fouettaient jusqu'au sang…, se dit Hannelore. *Mais je n'avais jamais entendu parler de cette histoire d'anachorètes et de leur étrange régime alimentaire ! Cela n'enlève rien à la crédibilité de l'anecdote, bien sûr… L'automutilation est une pratique universelle. Les fakirs, par exemple… Ils n'hésitent pas à se transpercer au moyen d'aiguilles ou à se faire enterrer vivants. Pourquoi ? Pour se faire remarquer ou pour honorer Dieu ? Bof… Je ne vois pas vraiment l'intérêt…*

Broos comprit l'hésitation d'Hannelore a ses battements de cils.

« Wilfried Delanghe faisait partie de ces êtres qui sont prêts aux pires extrémités, madame le juge d'instruction. »

Van In avait montré à Hannelore un anneau garni de petits ergots et lui avait expliqué avec force détails où lui et Versavel l'avaient trouvé et à quoi il servait.

« Certains fanatiques s'entravent eux-mêmes..

– Vous n'êtes tout de même pas en train de suggérer que Wilfried Delanghe s'est lui-même étouffé sous le poids de ses livres ? »

Henri Broos ferma les paupières, porta la main à son front et prit une profonde inspiration. C'était l'instant ou jamais.

« Il s'était engagé sur la voie de la purification, comme il disait. Il était prêt à tous les sacrifices. C'était un homme qui appelait la souffrance de tous ses vœux… »

Henri Broos glissa encore deux ou trois anecdotes au sujet de moines passant des nuits entières assis sur la pointe vive d'un pieu ou s'emmurant dans une cellule à peine plus grande qu'eux.

« Certains s'allongent à même le sol et demandent qu'on pose sur leur poitrine des poids de plus en plus lourds jusqu'à les empêcher de respirer, ou presque.

– Vous exagérez ! » protesta Hannelore.

En percevant la lueur de dégoût qui brillait dans les yeux de la jeune femme si sensible, Broos sut que la partie était gagnée.

« Wilfried Delanghe était un homme qui voulait sans cesse repousser ses limites. Pour s'empêcher de faire basculer les livres dans un moment de faiblesse, il portait une camisole de force et se bâillonnait pour ne pas courir le risque que les voisins entendent ses cris.

– Et il se faisait aider par madame Deboodt ?

– Exact. Elle venait le libérer à la fin de la journée.

– Et pourquoi ne l'a-t-elle pas fait ce jour-là ?

– Je pense qu'elle a paniqué quand elle s'est rendu compte qu'il était mort. Je suppose qu'elle est partie en courant après avoir claqué la porte derrière elle et qu'elle est venue sonner le lendemain matin comme si de rien n'était.

– Vous croyez donc que madame Deboodt détient la clé de cette histoire ?

– J'en suis presque certain, madame le juge d'instruction. Je connais ces gens. Ils n'admettraient jamais face à un inconnu qu'ils se livrent à de telles pratiques.

– Et comment êtes-vous au courant, vous ? »

Le notaire s'y était préparé : il fallait bien que, tôt ou tard, elle pose la question.

« C'est que... Pendant tout un temps, j'ai moi aussi fait partie du groupe de prière de Wilfried Delanghe et d'Alice Deboodt...

– Je pensais que vous étiez franc-maçon ! dit Hannelore, les sourcils froncés.

– L'un n'exclut pas l'autre, madame le juge d'instruction. Je cherche mon chemin... Pourquoi ne pourrais-je pas emprunter plusieurs voies dans ma quête ? »

Hannelore ne le suivait plus. Les francs-maçons n'étaient-ils pas des libres penseurs par définition ?

« C'est une erreur courante, commenta Broos comme s'il lisait dans ses pensées. À la loge, personne ne pose de questions sur vos convictions religieuses. Tout le monde est le bienvenu.

– Tout le monde ?

– Mais oui, tout le monde... »

Hannelore ouvrit le dossier de Wilfried Delanghe et prit quelques notes en regard du nom d'Alice Deboodt. *Pourquoi Van In ne l'a-t-il que vaguement interrogée ?*

« Je vérifierai soigneusement votre déclaration, maître », conclut-elle.

Le commissaire en chef Duffel mit un combi et deux agents à la disposition de Van In pour transférer le lascar indemne à Bruges.

« Je suis curieux de savoir depuis quand ils mènent ce petit trafic », dit-il à Van In lorsque celui-ci monta dans la Golf.

Dans l'appartement de Diana Delanghe, ils avaient trouvé une centaine de cartes d'identité et de passeports étrangers vierges, ainsi que deux liasses de billets de banque, essentiellement des dollars et des marks.

« Dès que j'en saurai plus, je vous enverrai une copie du p.-v. », promit Van In.

Duffel porta deux doigts à son képi.

« Bonne chance, collègue ! »

Pendant tout le trajet de Knokke à Bruges, Van In fredonna une chanson d'Édith Piaf. Versavel en connaissait les paroles, et cela le rendit vaguement mélancolique.

Joris Broos fit tinter le bout de sa canne blanche sur le bord du trottoir. Il connaissait par cœur le chemin entre le quartier ouest de Ghistel, où il habitait, et le quai de la Poterie, mais il restait attentif aux obstacles imprévus. La nouvelle qu'Henri Broos n'était pas son père ne le mettait pas dans tous ses états. *Un paternel, un vrai, vous donne davantage que du fric,* pensait-il. *Il m'a filé un ordinateur à commande vocale et une gouvernante qui me traite comme un enfant gâté. Je n'ai pas trop à me plaindre. L'ordi est génial. Mais la gouvernante, quelle sale bique ! Pourquoi le vieux ne m'a-t-il pas plutôt choisi une jeune fille fleurant la rose et le lilas qui me masserait le dos quand j'ai un petit coup de cafard ?*

Joris n'avait jamais tenu le corps d'une jeune fille dans ses bras, mais il imaginait aisément sa réaction. Jusqu'à présent, il avait dû se contenter du téléphone rose. *Heureusement, le vieux n'a jamais fait la fine bouche au moment de payer les factures.*

Après le pont, il tourna à gauche. *J'espère que maman est à la maison. Avec elle, je peux parler de tout, même de sexe. Elle sait ce qui me manque. Elle comprend ma souffrance. Pour le reste, motus et bouche cousue ! Valentin m'a fait jurer de ne rien dire, et je tiendrai parole. Ah ! Plus que trois fois dormir, et tout sera fini ! Je serai enfin célèbre ! Et les filles se traîneront à mes pieds !*

Au départ d'Henri Broos, Hannelore s'octroya une tasse de café. Si le témoignage du notaire se vérifiait, Wilfried Delanghe avait tué Marcus Heydens parce qu'il avait forcé Leona à avorter. L'argument était faiblard, mais si Delanghe était aussi fêlé que le prétendait Broos, il tenait la route.

Hannelore fit rechercher l'adresse d'Alice Deboodt. Elle téléphona ensuite impasse du Poisson-Gras pour laisser un message sur le répondeur. Ainsi, Van In ne se mettrait pas martel en tête si elle rentrait plus tard que prévu. Les jumeaux, heureusement, étaient casés chez sa mère pour quelques jours.

D'après son passeport maculé de taches, le Kosovar s'appelait Karim, il avait trente-deux ans et il était originaire de Pristina. Après lui avoir lu ses droits, Van In lui posa quelques questions en français. Le gars resta silencieux, ce qui rendit même Versavel passablement nerveux.

« Qu'est-ce qu'on fait ? demanda-t-il. On met Bruynooghe sur le coup ? »

Le brave flic avait délié la langue aux prévenus les plus coriaces. Mais c'était au bon vieux temps… Depuis, il en avait coulé, de l'eau dans les canaux ! Désormais la plus petite ecchymose suffisait pour qu'une meute d'avocats avides de passer dans les médias crient au scandale et, accessoirement, s'offrent une belle pub gratuite.

« Le parquet m'a annoncé ce matin qu'il n'envoyait pas d'interprètes si nous n'avions pas au moins cinq Kosovars, dit Van In. Et nous n'en avons que quatre en magasin !

– Passe un coup de tube à la police de Jabbeke[1] ! Ils en ont à revendre, là-bas ! »

En entendant les deux flics rire, Karim pissa dans son froc. Au pays, quand les keufs se marrent, c'est qu'ils s'apprêtent à vous envoyer au sous-sol pour un interrogatoire musclé. Il le tenait de son frère, qui avait jadis été arrêté par la milice serbe, et qui lui avait décrit par le menu les petites gâteries qu'on lui avait réservées : les humiliations, les coups sur la plante des pieds, les électrochocs, les jeux pervers... Il ne s'en était jamais remis. Six mois après sa libération, il se balançait au bout d'une corde. C'est Karim qui l'avait trouvé dans la remise, les jambes raides et la tête violacée. Alors, la Belgique avait beau être un pays dit civilisé, il n'en restait pas moins qu'on écrivait dans les journaux étrangers qu'il s'y passait des choses bizarres...

« *Je veux parler* !* » dit-il subitement.

Van In consulta sa montre. Trois heures et quart. Sa journée était presque terminée. Versavel s'installa devant son traitement de texte en soupirant. *C'est vraiment pas de bol !*

« *On fera ça demain** », dit Van In.

---

1. Ville proche de Bruges où sont interceptés de nombreux trafiquants et illégaux candidats à la traversée de la mer du Nord.

Ni lui ni Versavel ne connaissaient suffisamment le français pour auditionner le Kosovar dans cette langue. C'est en tout cas ce qu'il lui dit, au plus grand étonnement de ce dernier.

« *Je vais appeler le juge d'instruction,* compléta Van In. *Elle va décider ce qu'on doit faire de vous**. »

Le Kosovar avait de plus en plus les chocottes. On était en train de le mener en bateau. Ce flic parlait français aussi bien que lui. Pourquoi mentait-il ?

« Je aussi parler néerlandais un petite peu », s'essaya-t-il anxieusement dans la langue de Vondel.

Ce n'était pas la première fois que Van In assistait à la reddition complète d'un soi-disant dur à cuire sans aucun motif rationnel.

« D'accord, Karim ! Alors, on y va ! »

Van In s'assit, alluma une cigarette et se trifouilla le nez. Versavel se dirigea vers le rebord de la fenêtre pour préparer du café. La soirée s'annonçait longue.

« Je vous écoute », reprit Van In en fermant les yeux et en allongeant les jambes.

Moi qui avais prévu de passer la soirée bien au chaud avec Hannelore, c'est fichu !

Lorsqu'elle sonna chez Alice Deboodt, Hannelore attendit une éternité avant qu'on vienne lui ouvrir. Elle allait faire demi-tour quand la porte s'entrebâilla timidement.

« Madame Deboodt ?

– Oui ?

– Je me présente : Hannelore Martens, juge d'instruction. »

La bigote devint blanche comme un suaire. Les perles de son chapelet heurtèrent le bois de la porte.

« Je viens vous voir au sujet du meurtre commis sur la personne de Wilfried Delanghe, madame. »

Alice ôta la chaînette et fit entrer la magistrate. Dans le couloir, elle commença un *Ave Maria,* mais s'arrêta net après « et Jésus, le fruit de vos entrailles, est béni ».

Le salon puait la litière de chat et le linge de corps souillé, mais cela ne semblait pas déranger les centaines d'images pieuses au sourire béat qui tapissaient les murs.

« Asseyez-vous, madame. Je peux vous offrir quelque chose ? »

Même après un périple de trois jours dans le désert, Hannelore aurait refusé de boire quoi que ce fût dans cette chapelle. Elle eut une pensée pour Van In. *Comment se débrouille-t-il, le salaud, pour qu'on lui propose toujours quelque chose de bon, et dans un verre propre, encore ?*

Heureusement, Alice Deboodt n'insista pas. Elle prit place dans un fauteuil branlant recouvert d'un plaid graisseux. Les yeux fixés sur une reproduction presque grandeur nature de sainte Rita, la patronne des causes perdues, elle murmurait des prières à la chaîne.

« Depuis quand connaissiez-vous monsieur Delanghe ? » demanda Hannelore.

Cette première question ne brillait pas par son originalité, mais c'est tout ce qu'elle avait pu trouver dans cette pièce confinée qui évoquait l'Inquisition.

« Cela faisait dix-huit ans que le Seigneur nous avait réunis, dit la vieille bigote d'une voix tremblante.

– Saviez-vous qu'il avait été marié à Leona Vidts ? »

La prière enfla dans la pièce comme une vague. Les paroles inoffensives du *Je vous salue Marie* résonnèrent soudain comme une suite lugubre de formules d'exorcisme dans l'antre d'une sorcière.

« Vous la connaissez ? demanda Hannelore.

– Je la connais… »

Alice Deboodt ferma les yeux. Elle avait interrompu sa prière et serrait si fort une perle de son chapelet entre son pouce et son index que celle-ci rentrait dans sa chair.

« Cette femme est un succube de Satan ! Prions pour le salut de son âme ! »

D'une pâleur morbide, la vieille femme eut l'air d'entrer en transe. Hannelore était complètement perdue. Devait-elle appeler un médecin ?

« Vous allez bien, madame Deboodt ? »

En deux mille ans, le monde n'a pas beaucoup changé, les hommes non plus. Les croyants continuent à avoir des hallucinations, les autres à périr d'ennui ou à tenter de se divertir en peuplant le néant. Heureux les animaux de la Création qui, eux, n'ont jamais été tentés de goûter à l'arbre du Bien et du Mal !

« Elle brûlera en enfer, madame le juge d'instruction ! Elle brûlera en enfer ! »

Alice Deboodt rouvrit les yeux. C'est peut-être un cliché dont usent et abusent les romans de gare, mais il n'y a pas d'autre manière de le dire : ils lançaient des flammes. Hannelore eut un mouvement de recul.

« Expliquez-vous, madame Deboodt.

– Son chiffre est le treize !

– Le treize ?!

– Elle a le six du diable et le sept du Tout-Puissant ! »

Comme possédée, elle s'empara d'une feuille où elle écrivit les lettres de l'alphabet, donnant une valeur à chaque lettre, de un à vingt-six. Se prenant au jeu, Hannelore chercha la valeur numérologique du nom de Leona Vidts.

« Quarante-sept… Et septante-quatre…, dit-elle pensivement. Ce qui fait un total de cent vingt et un.

– Douze et un, treize ! Le chiffre du succube ! hurla Alice Deboodt, totalement hystérique. Vous comprenez, madame le juge d'instruction ? Treize !!! »

Hannelore n'avait aucune envie de lui donner raison.

« Vous disiez donc que vous et monsieur Delanghe étiez frère et sœur dans le Seigneur », dit-elle, tentant de recadrer l'entretien.

Elle se revit fugacement, vingt-trois ans plus tôt, dans son aube blanche, le jour de sa communion solennelle. Lorsqu'elle était sortie de l'église, ce jour-là, elle n'avait retenu qu'une seule phrase : « Nous sommes frères et sœurs dans le Seigneur. »

« Wilfried Delanghe voulait-il demander pardon pour les péchés du succube ? » demanda-t-elle prudemment.

Le visage d'Alice Verboodt s'éclaira.

« Il voulait prendre sur lui tous les péchés du monde ! » dit-elle dans un sourire illuminé avant de raconter en détail les mortifications que le saint homme s'était infligées.

Hannelore la laissa parler. Lorsqu'elle eut fini, elle lui posa la question qui lui brûlait les lèvres depuis le début :

« Vous est-il arrivé, madame Deboodt, d'aider Wilfried Delanghe dans ses mortifications, par exemple... en lui passant une camisole de force ? Ou... en posant des livres sur sa poitrine ? »

À vingt et une heures trente, Versavel avait enfin terminé de prendre note de la déclaration de Karim. Ces trois pages lui avaient coûté du sang, de la sueur et des larmes. En gros, Karim et son comparse avaient créé un réseau destiné à aider des Kosovars friqués à passer en fraude en Angleterre. Pour dix mille dollars, ils leur assuraient un transfert du Kosovo en Belgique dans un confort relatif, un passeport et la garantie de pénétrer sur le territoire britannique.

Karim avait rencontré Diana Delanghe un an et demi auparavant, dans un café. Comme elle avait besoin de thune, elle lui avait loué son appartement de Knokke pour deux mille dollars par mois, lui offrant en prime la possibilité d'héberger ses protégés rue des Corroyeurs-Blancs.

Cela tenait la route. Van In appela l'officier de garde pour commander le panier à salade et conduire le Kosovar au frigo. Ce type avait quand même failli le tuer. Ce devait être suffisant pour persuader le magistrat de service de le laisser mariner en prison.

« Je me demande où se trouve Hannelore ! » dit le commissaire à Versavel lorsque Karim quitta son bureau sous bonne escorte.

10

Y a-t-il autre chose que ce que nos sens perçoivent entre le ciel et la terre, ou Platon avait-il raison lorsqu'il affirmait que notre imagination nous joue des tours ? se demanda Hannelore en prenant congé d'Alice Deboodt après cet entretien troublant qui avait duré près de trois heures. Elle n'était pas arrivée à grand-chose de concluant. Certes, Alice Deboodt avait longuement parlé de la vengeance du Tout-Puissant sur la prostituée de l'Apocalypse, puis de la Sainte Vierge qui ferait mordre la poussière au serpent à sept têtes, avant d'énumérer les mortifications auxquelles Wilfried Delanghe soumettait son corps. Lorsque Hannelore lui avait demandé si elle lui avait jamais prêté main-forte dans ce contexte, la bigote avait nié avec véhémence et invoqué tous les saints du paradis. *Le notaire a-t-il raison ? Wilfried Delanghe est-il mort par sa propre faute ? Qui l'a aidé ? Le meurtrier de Marcus Heydens ?*

Il avait recommencé à pleuvoir. En sentant les gouttes froides ruisseler dans son cou, Hannelore repensa à Valentin et à cette fameuse soirée où elle avait failli tromper Van In. Une force irrésistible lui donna soudain envie de réentendre la voix de son ancien amant. *Il a certainement des choses à m'apprendre sur le meurtre de son père ! De toute façon, les enfants sont toujours chez maman, et Pieter n'a pas donné signe de vie de la journée !*

Elle prit la direction du quai de la Coupure. Les voitures se ruaient sur les flaques avec la délectation de porcs se vautrant dans la boue, aspergeant les trottoirs d'eau noire. Les réverbères nimbaient la ville d'une lumière romantique qui portait les âmes délicates à la mélancolie. Hannelore pressa le pas. Une chanson de Brel lui trottait dans la tête. « On a vu souvent / rejaillir le feu / d'un ancien volcan / qu'on croyait éteint / Il est paraît-il / des terres brûlées / donnant plus de blé / qu'un meilleur avril. » *Est-ce l'âge ? Les romans sont pleins de femmes de trente-cinq ans qui brûlent soudain d'un amour déraisonnable et se jettent dans l'aventure extraconjugale... Elles sont souvent jolies, hautement diplômées, tout juste mères... Des femmes qui rongent leur frein chez elles, des femmes travaillées par le désir, des femmes qui... Rappelle-toi, ma belle, cette enquête sur les « Passions interdites » ! Tu avais eu 18/20 au test !*

Hannelore secoua la tête, comme elle l'avait fait quelques jours avant, au même endroit. Elle arrivait quai de la Coupure.

Marcus Heydens avait fait installer dans le couloir de l'entrée une vieille cloche en bronze que l'on actionnait, miracle de l'électronique, par un bouton de sonnette tout ce qu'il y avait de plus ordinaire. Mais son *tinguelin-tinguelin* était nettement plus agréable que le triste *ding-dong* qu'on entend désormais partout. Hannelore ramena une mèche mouillée derrière son oreille gauche. La pluie avait ravagé sa coiffure, mais elle s'en fichait comme de son premier test de français. Elle n'eut de toute façon pas beaucoup de temps à consacrer à cette réflexion futile. Sous la porte, un rai de lumière témoignait de la présence de Valentin. Lorsqu'elle entendit ses pas résonner dans le couloir, elle frissonna malgré elle.

« Hannelore ! Qu'est-ce qui t'amène ici à cette heure ? »

Valentin portait un pantalon kaki et un pull tricoté main, ce qui lui donnait un petit côté irlandais tout à fait craquant.

« Entre ! » dit-il, tout sourire, en l'invitant d'un large geste de la main.

Hannelore se sentait dans ses petits souliers. *Ma parole ! Encore un peu, et je serais parfaite pour le rôle de l'orpheline craintive ! Tu te prends pour Jane Eyre, ma pauvre ?*

« Je te dérange sûrement…

– Tu sais très bien que tu ne me déranges jamais ! »

Le joli cœur prenait de l'assurance.

« Je viens te parler de ton père.

– C'est ce qui me vaut le plaisir de ta visite ?

– Oui, bien sûr. »

Elle le suivit dans le salon.

« Qu'est-ce que je peux t'offrir ? »

Hannelore s'assit et croisa les jambes.

« Je ne dirais pas non à un verre de vin blanc. »

Valentin s'éloigna vers la cuisine, le dos légèrement voûté, un sourire énigmatique sur les lèvres. *L'avant-dernière victime qui s'offre à moi de son plein gré !*

Dans la maison d'un mort, il règne toujours un silence oppressant auquel même les athées et les personnes les moins impressionnables sont sensibles. Restée seule, Hannelore eut très vite la chair de poule. Tandis que le vent projetait la pluie sur les carreaux dans un crépitement sordide, les pilastres torsadés qui soutenaient la tribune s'animaient dans la pénombre. Hannelore crut distinguer des visages. Ici, des bouches ricanaient... Là, des nez se tordaient... Là-bas, des kobolds s'approchaient d'elle d'un air menaçant... Le jubé s'effondra dans un énorme craquement. L'instant d'après, le vent soufflait un air lugubre entre les fentes du toit à en vriller les tympans de la jeune femme.

« Valentin ! »

Elle bondit de son fauteuil et se précipita vers la porte. L'ombre de la tribune la suivit de sa masse noire.

« Valentin, où es-tu ? » s'écria Hannelore.

La sueur perlait à son front. Ses jambes se dérobèrent sous elle. Elle perdit connaissance.

Lorsque Hannelore ouvrit les yeux, Valentin était près d'elle.

« J'ai failli appeler une ambulance », dit-il.

Une bouteille de montrachet couverte de poussière trônait sur la table. Hannelore se passa la langue sur les lèvres.

Valentin lui servit un verre et le lui tendit.

« Tu travailles trop, ma belle ! Je parie que tu n'as encore rien avalé de la journée ! »

Il a raison. Et j'ai mes règles depuis cet après-midi, ce qui n'arrange rien. Depuis la naissance des jumeaux, ça me met toujours un peu dans les vapes.

« Tu veux que je te prépare une tartine au fromage ? »

Hannelore fit non de la tête. Elle ne voulait à aucun prix rester seule dans cette pièce une seconde de plus.

« Le verre de vin suffira, merci. »

Elle but le nectar à grandes lampées, sans penser que chacune valait à elle seule plus d'une heure de travail d'un ouvrier qualifié.

Lorsque Valentin lui caressa le front, elle ne protesta pas. Les picotements qu'elle ressentait à hauteur des seins s'intensifièrent. Une force quasi irrésistible la poussait à poser les bras autour du cou de son ancien amant. Elle serra les dents. Si elle cédait à la tentation, elle savait très bien qu'elle mettrait le feu aux poudres, et que tout serait lamentablement gâché par l'impossibilité d'aller jusqu'au bout, à cause de ces maudites règles.

« Je ferais sans doute mieux de partir », dit-elle sans conviction.

Valentin retira sa main et porta son verre à la lumière des lampes halogènes enchâssées dans le plancher de la tribune.

« Je croyais que tu avais des choses à me dire ? Au sujet de mon père ? »

Hannelore se rassit. Les deux boutons supérieurs de son chemisier s'étaient ouverts quand elle était tombée. Elle les referma à la hâte.

« C'est en effet pour ça que je suis là.

– Oui », répondit Valentin en souriant.

Je sais que tu mens, et tu sais que je sais. Mmmm… Comme c'est jouissif de deviner tes pensées… Encore un peu de patience, et tu seras de nouveau à moi, ma coquine. Je peux bien me permettre de te taquiner un peu…

« L'enquête progresse ? » demanda-t-il en s'enfonçant dans un fauteuil confortable.

Le visage sans expression de la juge d'instruction lui confirma ce qu'il pensait. *Ils pédalent dans la choucroute !*

« Nous attendons les résultats du labo. Les gars de la police scientifique vont certainement trouver quelque chose qui nous mettra sur une piste », répondit-elle, en veillant à ne rien dire des fibres blanches ni des résidus de colle.

Elle ne lâcha pas un mot non plus au sujet des copies des lettres de menace et des photos des victimes que Van In avaient trouvées chez Wilfried Delanghe.

« D'après le notaire Broos, ton père a eu une vie amoureuse plutôt… tumultueuse, dit-elle avec un petit sourire indulgent.

– Oui, mais quel homme resterait fidèle à une femme qui a deux amants ?

– Comment ça ?

– Marcus Heydens a fait trois enfants à ma mère, Diana, Virginie et Joris, alors qu'elle était mariée à un autre homme ! » expliqua-t-il sur un ton indigné.

Hannelore rit nerveusement.

« Tu en tires une drôle de morale !

– Quelle morale ?

– Un mari n'est pas un amant.

– Ah bon ? répondit Valentin avec une moue amusée.

– Sur le plan juridique ! s'empressa-t-elle d'ajouter.

– Seulement sur le plan juridique ?

– Je t'en prie, Valentin ! Tu comprends très bien ce que je veux dire ! »

Hannelore prit un air grave et tenta de suivre un raisonnement logique. Cette nouvelle information rendait toute l'affaire un rien moins complexe qu'elle ne l'avait supposé au départ. S'il s'agissait d'un parricide, Valentin ne pouvait pas être soupçonné, puisqu'il était à ses côtés au moment du crime.

« Pourquoi ne m'as-tu pas dit ça avant ? »

Valentin se leva et alla s'asseoir près d'elle. Il passa un bras autour de ses épaules. *Bon, on arrête les frais ! Il est quand même plus sûr qu'elle n'en sache pas trop !*

« Quoi que les autres puissent dire sur le compte de mon père, il a aimé la même femme toute sa vie. Nous sommes comme ça, nous ! » dit-il en lui caressant l'épaule.

Plus qu'un petit obstacle à franchir, et ce corps sera à moi ! Ses défenses sont en train de s'effondrer une à une, comme un château de sable pris sous les assauts de la marée montante...

Valentin fit glisser sa main sur un sein d'Hannelore.

« Non, Valentin ! » dit-elle en lui saisissant le poignet.

Au lieu de céder, il s'agrippa à son chemisier.

« N'oublie pas qui je suis ! » s'écria-t-elle quand il la bascula dans le canapé.

Valentin la regardait comme un chat sauvage. Chaque muscle de son corps était tendu vers l'objectif auquel il avait pensé tout au long des dix-sept années écoulées depuis leur séparation.

« Une fois ! implora-t-il. Une seule fois, et puis je te laisse tranquille pour toujours !

– Non, Valentin. Je ne suis pas libre, je te l'ai déjà dit. »

Il était maintenant couché sur elle. Sa respiration saccadée s'accélérait. Il n'était plus que désir.

« Ne me raconte pas de salades, mon amour ! Je sais que tu n'es pas venue ici pour me parler de mon père. Les juges d'instruction ne vont pas chez les gens. Tu m'aimes, et je t'aime ! Pourquoi continuer à jouer la comédie ? Je sais que tu es prête à tout recommencer avec moi ! »

Au fil de sa carrière, Hannelore avait plus d'une fois interrogé des femmes violées et elle leur avait demandé à toutes si elles s'étaient défendues contre leur agresseur. La plupart des victimes lui avaient dit qu'elles avaient eu si peur qu'elles n'avaient rien osé entreprendre pour protéger leur vertu. Maintenant, elle comprenait.

« Van In veut savoir où tu étais quand Wilfried Delanghe a été tué », lâcha-t-elle tout à trac.

Le regard de Valentin se durcit. Il desserra un instant son étreinte.

C'est maintenant ou jamais ! se dit Hannelore en s'arc-boutant et en le repoussant.

« Si tu me laisses partir, je te promets de ne pas te poursuivre. Tu comprends ça, Valentin ? »

Il ferma les yeux et commença à pleurer, mais Hannelore ne se laissa plus attendrir. Elle remit rapidement de l'ordre dans ses vêtements et quitta la maison précipitamment.

Dans la rue, quand elle sentit de nouveau la pluie sur son visage, elle se mit à trembler de tout son corps. C'était de colère, mais c'était aussi d'impuissance. Car malgré tout ce qui venait de se produire, le feu qui brûlait en elle ne s'était pas éteint.

Van In sursauta lorsqu'il vit la porte du 204 s'ouvrir lentement sur la silhouette d'Hannelore.

« Hannelore ! Qu'est-ce qui t'amène ici à cette heure ? »

C'était la deuxième fois de la soirée qu'un homme lui posait la question.

« Je passais… »

Versavel prit son imper mouillé et l'accrocha au portemanteau. Elle le remercia d'un regard appuyé.

« On vient de finir, dit Van In. J'allais rentrer…

– Alors je t'accompagne… »

Chaque réplique avait été laissée en suspens – un silence d'au moins cinq secondes. Versavel en avait le cœur serré. La même scène, deux ans auparavant, aurait donné lieu à des étreintes langoureuses et Van In aurait proposé d'aller boire un verre à L'Estaminet. Au lieu de ça, ces deux empotés en étaient à se casser la nénette pour se donner la réplique.

« Je suis allée interroger Valentin, dit-elle enfin.

– Et… ?

– Marcus Heydens avait quatre enfants.

– C'est vrai, ça ?

– Valentin affirme que… »

La voix d'Hannelore se brisa. Elle pensa à l'attrait du précipice dans lequel elle avait failli plonger et à ce petit pas pour l'homme – et pour la femme – qu'elle avait failli franchir et qu'elle n'avait pas franchi.

« Il a essayé de me séduire. »

Hannelore serra les mâchoires et regarda Van In droit dans les yeux. Elle n'avait pas honte, car en fin de compte il ne s'était rien passé. Elle était seulement furieuse contre elle-même de s'être laissé embobiner par le type qui l'avait déflorée dix-sept ans auparavant.

« Je vous laisse », dit Versavel.

Il prit sa veste et referma doucement la porte derrière lui. Les amis ne doivent pas forcément tout savoir les uns des autres. Et puis, qu'aurait-il pu faire pour détendre un peu l'atmosphère ?

« J'ai envie de bidoche, dit Van In. Une viande rouge bien fondante… Ça te dit ? »

Entre deux êtres qui se connaissent par cœur, il arrive souvent que l'un dise une phrase qui n'a aucun rapport avec le conflit qui les oppose, mais que l'autre entende, sous les mots, quelque chose qui sonne comme un arrêt des hostilités.

« Tu veux que j'appelle Anneke pour lui demander de nous préparer une bonne petite fondue ?

– Ce serait une excellente idée ! »

Hannelore se laissa embrasser à pleine bouche. Elle ne protesta pas non plus lorsque Van In glissa une main sous son chemisier.

« On devrait manger de la viande plus souvent », dit-elle.

Il y a deux manières de concevoir la fondue bourguignonne. Entre les bas morceaux que d'aucuns carbonisent au bout d'une fourchette et la belle pièce de bœuf qu'on fait fondre dans une huile noble, il y a autant de différence qu'entre une éclipse du soleil à quatre-vingt-dix-sept pour cent et une éclipse totale : les vrais connaisseurs sont prêts à faire le tour du monde pour l'apprécier ! Anneke finissait de découper en morceaux généreux une pièce de *bœuf Angus* de sept cents grammes lorsque Van In et Hannelore pénétrèrent dans le restaurant la main dans la main.

« Je n'ai personne en haut ! » leur dit-elle d'un air de conspiratrice.

Van In lui fit la bise en murmurant à son oreille : « Un saint-julien, s'il te plaît ! »

Il ne fallait pas beaucoup d'imagination pour voir dans l'escalier raide qui montait au premier une petite échelle menant à un grenier à foin – et, à partir de là, le cerveau de Van In se lançait sans peine dans des extrapolations qui n'avaient plus aucun rapport avec la nourriture.

« *Beauty and brains first* », dit-il à Hannelore en la laissant passer devant lui.

Tout semblait redevenu comme avant.

« On pourrait peut-être achever l'enquête ensemble, dit Hannelore lorsqu'ils eurent pris place.

– Ce n'est pas une mauvaise idée. Nous formons une équipe, de toute façon. »

La conversation lambina jusqu'au moment où Anneke apporta le caquelon d'huile bouillante, le plat de viande et la bouteille de saint-julien. Hannelore attendit que le bœuf frissonne au bout de sa fourchette pour formuler la première hypothèse :

« Je pense que c'est un de ses quatre enfants qui a fait le coup.

– Un parricide ?! »

Elle ôta le premier morceau de viande de sa fourchette et le laissa tiédir un instant sur son assiette.

« Cela voudrait dire que Broos sera la prochaine victime. Trois pères, trois meurtres.

– Un père naturel et deux pères adoptifs.

– Je crois que Valentin a des origines qui lui pèsent.

– Tu lui en as parlé ?

– Non.

– Tu veux qu'on y retourne demain ? »

Hannelore baigna voluptueusement son morceau de viande dans la mayonnaise – pas un ersatz industriel, non, mais une sauce comme seules savent encore en monter les grands-mères, avec des œufs frais, de la vraie huile, du vrai vinaigre, sel et poivre du moulin.

« Il ne faut pas oublier Leona Vidts, reprit Van In. Ni notre Kosovar, le fameux Karim !

– Pourquoi ?

– Parce que, d'après lui, Diana fait chanter Henri Broos. »

Ils plongèrent leur deuxième morceau de viande dans le caquelon en même temps.

« Ah ! On doit faire un vœu ! » dit Hannelore.

Van In ne lui fit pas remarquer que ça ne marchait que quand on était deux à dire la même chose. Il n'avait pas envie de rompre le charme, surtout après la période qu'ils venaient de traverser. Si l'amour renaissait entre eux, il était bien décidé à tout entreprendre pour ne plus le laisser filer.

« Et si on refaisait un enfant ? »

Hannelore n'en crut pas ses oreilles.

« J'ai presque trente-sept ans, Pieter ! » protesta-t-elle, le cœur battant.

Les Romains connaissaient déjà les vertus des bons vins sur l'âme et le corps. Un saint-julien d'une bonne année, comme un petrus, comme tous les vins baptisés d'un nom de saint, sont bien davantage que du jus de raisin fermenté. L'alchimie du soleil, de l'argile et de la vigne a inspiré aux philosophes adorateurs de Bacchus des louanges de plus haut vol que les thèses arides issues de la plume d'universitaires en mal d'inspiration parce que condamnés au régime sec.

« Dans ce cas, il n'y a pas de temps à perdre, répondit Van In. On s'y met ce soir ? »

Il décida de ne pas toucher à son paquet de cigarettes posé sur la table. Il préférait que son fils ait du saint-julien dans les veines plutôt que du goudron dans les poumons.

« On peut toujours s'entraîner, mais si tu veux un enfant, hum, c'est chocolat bleu pâle ! Il faudra attendre un peu… »

Van In savait qu'elle réservait cette expression adorablement désuète à une seule situation.

« Il y a plusieurs manières de faire l'amour », dit-il en souriant.

Le commissaire en chef De Kee découpa un morceau de foie gras dans la tranche royale que lui avait servie le chef, le piqua sur sa fourchette et l'enfourna en plissant les yeux de bonheur.

« Mmm… »

Le commissaire adjoint Vanneste se rinça la bouche avec une gorgée de bourgogne.

« Je voudrais que tu assures la sécurité du roi après-demain, dit De Kee sans prêter garde aux convives des autres tables. Le Palais m'a demandé de traiter la venue de Son Altesse avec la plus grande confidentialité. Il veut s'offrir une petite balade incognito avec le notaire Broos. »

Le silence se fit instantanément dans le restaurant. De Kee comprit que tout le monde tendait l'oreille. Il sortit un plan de Bruges de sa poche-revolver et continua en baissant la voix :

« Voilà le parcours qu'ils vont suivre ! »

Un trait rouge courait de la rue Saint-Georges au Béguinage en passant par la Grand-Place, le *Burg*, la ruelle de l'Âne-Aveugle, le quai du Rosaire, le *Dyver* et la rue Sainte-Catherine, un itinéraire que ne désertaient les touristes qu'entre trois et quatre heures du matin.

« Ensuite, ils viendront dîner ici », ajouta-t-il en oubliant déjà de chuchoter.

Vanneste fit oui de la tête avant d'avaler le plus vite possible le reste de foie gras et de chasser ce goût infâme en se gargarisant au bourgogne.

« J'aurai combien d'hommes sous mes ordres ? demanda-t-il.

– Six.

– En civil ?

– Évidemment. Le Palais exige une discrétion absolue. »

Une adorable jeune fille en jupe noire et chemisier blanc vint débarrasser la table. Elle sourit au commissaire, appliquant à la lettre les recommandations de son patron.

« Le turbot arrive tout de suite, monsieur le commissaire ! »

Vanneste reprit une lampée de vin. *C'est mon jour de chance ! Moi qui déteste le poiscaille !*

Virginie Broos marchait de long en large dans l'appartement. Quand elle était nerveuse comme ça, la cicatrice qui déparait sa lèvre supérieure brillait comme si quelqu'un y avait enfoncé des aiguilles incandescentes. Joris était parti depuis dix minutes en claquant toutes les portes parce qu'elle avait refusé de l'aider dans la préparation de son plan. Que devait-elle faire ? Appeler les flics ? Il y avait dans un tiroir de la cuisine un paquet de cigarettes qu'un ami avait un jour laissé là sans y toucher davantage qu'à son corps pourtant offert avec bonne volonté. Il avait fumé deux clopes avant de partir en courant. Virginie se planta devant le miroir et observa la disgrâce à laquelle elle devait d'avoir gardé sa fleur. D'une main tremblante, elle prit une cigarette. La première bouffée lui flanqua le vertige et la fit tousser comme une phtisique. Prise de hoquets, elle se précipita dans la cuisine pour vomir. Lorsqu'elle n'eut plus de bile à cracher, elle déchira trois feuilles de papier absorbant pour s'éponger le menton. Des glaires dégoulinaient le long de l'évier. Elle était prise de telles nausées qu'elle ne sentit pas l'odeur du feu qui se répandait dans l'appartement.

« Ça fait combien de temps que nous n'étions plus allés manger ensemble au restaurant ? » demanda Hannelore en posant la tête sur l'épaule de Van In.

Après la fondue bourguignonne et le saint-julien, ils avaient pris un café et un cognac, qui avaient encore contribué à réchauffer l'atmosphère et à les rapprocher. Hannelore repensait à ce soir d'été où elle avait sonné pour la première fois chez Van In[1] et où, durant une conversation encore très sérieuse, il lui avait massé les pieds. Ils marchaient maintenant tendrement enlacés dans la rue de l'Étuve, comme si les problèmes qu'ils avaient connus au fil des ans n'avaient jamais existé. Lorsque la lune surgit derrière un nuage, Hannelore s'arrêta pour regarder Van In. Ils restèrent ainsi, face à face, sous un réverbère, avant de s'embrasser comme deux ados qui découvraient les joies du patin. Tout au fond de son cœur, Van In était un gars sensible, un romantique qui essayait tant bien que mal de s'adapter à la dure réalité de cette fin de vingtième siècle. C'était pour cela qu'Hannelore était tombée folle amoureuse de lui, et elle l'était encore, même plus qu'au début.

« Et si on… hum… continuait dans le parc du lac d'Amour ? » dit-il.

Hannelore se dégagea et passa une main autour de son cou.

« Et si on se fait prendre ? dit-elle en pouffant. Un commissaire et un juge d'instruction ! »

Van In lui caressa les cheveux. Il savait qu'elle aimait ça.

« Si les flics nous chopent pour attentat à la pudeur, tu pourras toujours demander un classement sans suite à Beekman.

– Seulement si tu parviens à persuader les journalistes de ne mentionner que nos initiales dans leur papier ! »

Ils prirent à gauche, direction place de la Digue.

1. Voir *Le Carré de la vengeance*, premier volume de la série.

« J'ai une meilleure idée ! »

Van In consulta sa montre. Des sirènes hurlaient dans le lointain.

« On n'a pourtant encore rien fait ! dit Hannelore en riant.

– Sotte ! Ce sont les pompiers ! »

Un voisin qui n'avait pas froid aux yeux arriva dare-dare avec une échelle et la posa contre la façade de l'immeuble en feu.

« Ne sautez pas ! cria-t-il en montant vers la jeune femme qui s'agitait à la fenêtre.

– Au secours ! » hurlait Virginie.

Elle avait le visage noir de suie. Des flammes avaient envahi la pièce où elle se trouvait et menaçaient à tout moment d'attaquer sa robe. Conservant son calme, le voisin l'aida à enjamber la fenêtre. Au moment où il la soutenait par un bras, le premier camion des pompiers pénétrait rue de la Vigne. Un petit attroupement s'était formé au bas de l'immeuble. Lorsque le voisin retrouva la terre ferme, la jeune fille dans ses bras, les gens applaudirent. Ça, c'était du spectacle ! Mieux qu'à la télé !

Déformation professionnelle ou intuition ? Van In et Hannelore pressèrent le pas dans le sillage du camion des pompiers.

« On ne vaut pas mieux que les voyeurs qui font du tourisme catastrophe ! dit Hannelore lorsqu'ils passèrent devant la terrasse déserte du restaurant *Sire Halewijn*.

– J'avais de toute façon l'intention de passer par ici ! répondit Van In.

– Tu m'en diras tant ! »

Van In passa une main sous le chemisier d'Hannelore et lui caressa le dos.

« La suite nuptiale du Novotel ! Personne ne pourra nous voir, là-bas !

– C'était ça, ton idée ?

– Oui, avec une boîte de caviar. Je trouve qu'on l'a bien mérité. »

Ils s'engouffrèrent rue de la Vigne. Des pompiers déroulaient un long tuyau dans la direction du lac d'Amour, pour y puiser un surplus d'eau.

Hannelore se pressa contre Van In. La perspective de passer la nuit avec lui dans une suite luxueuse l'excitait encore plus.

« Commissaire ! Qu'est-ce qui vous amène ici à cette heure ? »

Van In fit volte-face et se retrouva nez à nez avec l'agent Bruynooghe qui mit deux doigts au képi en souriant effrontément avant de s'incliner légèrement devant Hannelore.

« Madame le juge d'instruction, bonsoir !

– Y a-t-il des victimes à déplorer ?

– Négatif, madame le juge d'instruction. Y a un brave voisin qui a sauvé la petite dame en danger. Elle était la seule occupante de l'appartement en feu.

– Merci, Bruynooghe, intervint Van In. À demain !

– À demain, commissaire ! »

Bruynooghe les regarda s'éloigner, un brin jaloux.

Si le roi pouvait se permettre toutes les folies, il n'en regardait pas moins les infos sur l'antique téloche qu'il avait héritée de son frère aîné, au lieu de la convertir en clapier à lapins.

« *Qu'est-ce qu'on doit faire demain** ? » demanda-t-il à son épouse en soupirant.

La reine ferma son livre, qui était à la fois un cadeau d'un écrivain flamand et un conseil de lecture avisé de son professeur de néerlandais.

« Quel jour serons-nous ? » dit-elle avec son délicieux accent étranger.

Elle se pencha en avant – chez elle, elle n'avait pas à craindre que son décolleté affriole quiconque – pour prendre le programme des royales activités qui traînait sur la table du salon.

« Inspection des troupes… Les Casques bleus du Kosovo…

– *Et toi** ? »

La reine chaussa ses lunettes.

« Un orphelinat à Liège. Puis déjeuner avec des travailleurs sociaux… »

Le roi passa la main sous l'élastique de son pyjama avec l'élégance tout en délicatesse d'un Al Bundy.

« *C'est tout** ? »

La reine décrypta la suite.

« Le soir, tu as une entrevue avec les archers de Saint-Donat.

– À Bruxelles ?

– Non, Wavre-Sainte-Catherine.

– Ça m'ennuie déjà ! déplora Son Altesse en marchant jusqu'au bar, une petite fantaisie à laquelle cinq Chinois avaient travaillé pendant un an.

– Ah ! *Après-demain, tu vas à Bruges** ! s'exclama la reine, subitement enthousiaste. Toute la journée ! »

11

Au briefing matinal, Van In jouait au *vogelpick*, du nom de ce jeu de fléchettes qui avait les faveurs des petits vieux dans les cafés dédaignés par les touristes : dans la pile des p.-v. rédigés par l'équipe de garde, il en choisissait toujours un au hasard. Comme par un fait exprès, il tomba sur l'incendie rue de la Vigne.

« Tiens ! Je suis passé par-là hier soir ! »

Le brigadier lut le passage que lui indiquait Van In. Légèrement blessée, Virginie Broos avait été admise à l'hôpital Saint-Jean. Son état était stationnaire.

Pour le reste, Bruynooghe, dans son habituel style fleuri, s'était évertué à ne rien dire sur trois longues pages.

« Drôle de coïncidence, tout de même…

– Coïncidence ou pas, je veux connaître le fin mot de l'histoire ! » dit Van In, décidé.

Le drame familial, car c'en était forcément un, prenait un tour exponentiel. Cela ressemblait à du Shakespeare. Un *Macbeth* moderne, avec moins de mots.

Lorsque Van In et Versavel pénétrèrent dans sa chambre, Virginie Broos dormait paisiblement. Dans un fauteuil, près de la fenêtre, Henri Broos piquait un petit roupillon. Un rayon de soleil faiblard donnait au tableau un air presque vermeerien.

« Bonjour, maître », dit Van In.

Henri Broos s'éveilla en sursaut. Le teint cireux, les yeux glauques, il accusait vraiment le coup.

On dirait qu'il a dormi ici, observa Van In, en remarquant les chaussures du notaire rangées sous le lit. *Les francs-maçons seraient-ils des êtres humains ?!*

« Que venez-vous faire ici ? demanda le notaire avec un brin d'agressivité.

– Rendre visite à votre belle-fille. »

Van In s'assit de l'autre côté du lit de la jeune femme, dont le bras droit était enveloppé dans un pansement blanc comme neige. C'était l'unique séquelle qu'elle semblait conserver de l'incendie.

« Comment ça, ma belle-fille ?! »

Van In échangea un regard entendu avec Versavel. Henri Broos ignorait-il que Virginie n'était pas sa fille ?

« Valentin a déclaré au juge d'instruction que Virginie…

– *Je me contrefiche de ce que dit Valentin* !* »

Comprenant qu'il s'aventurait en terrain glissant, Van In préféra aborder l'entretien sous un autre angle. Il informa le notaire de la découverte des photos chez Wilfried Delanghe et attira son attention sur la possibilité que le meurtrier s'en prenne également à ses enfants.

« L'expertise nous dira s'il s'agit ou non d'un incendie criminel. Si la réponse est positive, j'ai bien peur que toutes les personnes qui vous sont chères soient en danger, maître. »

Le notaire secoua la tête. Ses mains tremblaient. Il pensait à Leona et à leurs enfants. Malgré tous les soins qu'il leur avait prodigués, aucun n'avait été à la hauteur de ses espérances. Valentin était un opportuniste et Diana avait grandement besoin d'une aide psychiatrique. Quant à Joris, il était aveugle, et Virginie, défigurée par une horrible cicatrice. Malgré l'antipathie que lui inspirait le commissaire, Broos devait reconnaître que Van In avait raison. La vie des êtres qu'il aimait le plus au monde était menacée.

« Si je peux vous aider, je le ferai », dit-il.

Van In fit un signe discret à Versavel. Le brigadier inventa aussitôt un prétexte pour s'éclipser. Il se souvenait que le notaire n'aimait pas les sous-fifres et qu'il le considérait comme tel.

« Je vais être obligé de vous poser des questions que vous allez sans doute trouver pénibles », commença Van In.

Henri Broos sourit. Il revoyait son jugement sur le commissaire.

« Vous avez toute ma confiance, dit-il. Je vous ai mal jugé. *Excusez-moi**. »

La franchise crée des liens. Van In avait beau se comporter comme un rustre plus souvent qu'à son tour, il savait faire preuve d'empathie.

« Saviez-vous que Diana utilisait votre appartement de Knokke pour y héberger des illégaux ?

– Diana a un grand cœur ! Comme sa mère ! Tous les problèmes ont commencé quand elle a compris qui était son vrai père.

– C'est vous qui le lui avez dit ?

– Non, c'est Wilfried Delanghe !

– Ils étaient encore en contact l'un avec l'autre ?

– Oui.

– Mais vous ne saviez pas qu'elle accueillait des réfugiés ?

– Non, je l'ignorais.

– Son comparse a déclaré qu'elle faisait ça parce qu'elle avait des difficultés financières. »

Henri Broos avait donné cinq millions de francs à Wilfried Delanghe pour qu'il accepte de divorcer. Il avait également consacré une petite fortune à l'éducation de Diana. Van In trouvait étrange que, dans ce contexte, il n'ait pas levé le petit doigt quand elle s'était trouvée dans l'embarras.

Le notaire sourit. Il voyait très bien où le commissaire voulait en venir.

« J'ai fermé le robinet il y a deux ans.

– Puis-je vous demander pour quelle raison ?

– Pour la protéger, commissaire. »

Et Henri Broos lui raconta toute l'histoire. À dix-sept ans, Diana s'était entichée d'un dealer. À dix-huit, elle avait quitté le domicile familial pour s'installer avec lui. Ensuite, elle était tombée dans la prostitution.

« Quand un client lui a fait un enfant, son ami l'a forcée à avorter. »

« Avorter » et « prostitution » étaient visiblement des mots que le notaire avait du mal à prononcer.

« Diana adorait les enfants, poursuivit Broos, la gorge nouée. Elle n'a jamais pu surmonter ce drame. »

Van In hocha la tête. *Le coup classique !* Il imaginait très bien la suite.

« Après avoir avorté, elle est venue frapper à votre porte, dit-il. Et vous avez tout fait pour lui offrir une seconde chance. »

Henri Broos fit oui de la tête.

« Je croyais que l'argent allait résoudre le problème, mais malgré tout ce que son ami lui avait fait subir, elle ne supportait pas d'être séparée de lui. Tout ce que je lui offrais, elle le lui donnait.

– Vous connaissez le nom de cet ami, maître ? »

Le notaire sortit un mouchoir de sa poche. De cireux, son visage était devenu livide.

Il tourna la tête vers Virginie. Elle continuait à dormir paisiblement.

« Valentin, murmura-t-il. *Le salaud* !* »

Van In était plus que perplexe.

« Ignorait-il que Diana était sa sœur ?

– *C'est un obsédé, commissaire ! Comme son père ! Il est capable de tout pour conquérir la femme qu'il convoite* !* »

Les paroles du notaire rouvrirent une plaie qui venait à peine de se refermer. Van In repensa à la soirée que ce salaud, oui, ce salaud de Valentin avait passée avec Hannelore.

« Ignorait-il que Diana était sa sœur ? » répéta-t-il.

Henri Broos se tut. Répondre à cette question, c'était tout expliquer, et il ne pourrait plus mourir en paix.

« Il faudra le lui demander, commissaire », dit-il avec un sourire niais.

Une goutte de sueur roula le long de son nez. Il croisa les mains pour cacher au commissaire qu'elles tremblaient. Lui et Marcus Heydens avaient fait un serment qui leur avait coûté cher. Ils avaient promis de veiller sur l'enfant, mais après tout le malheur que Valentin avait apporté à Diana, Broos s'était senti libéré de ses engagements.

« C'est à vous que je le demande, maître », dit Van In en s'asseyant au pied du lit.

Fut-ce son ombre qu'il projeta sur les draps, ou sa voix ? Virginie, en tout cas, commença à s'agiter. Elle repoussa les draps et se tordit sur le matelas comme si elle luttait contre un ennemi invisible.

« *Papa ! Au secours* !* » cria-t-elle en battant l'air de ses bras.

Henri Broos se précipita pour la rassurer. Il la pressa contre son cœur en pleurant. Van In s'éclipsa discrètement.

Ben, mon colon ! se dit-il dans le couloir. *Comme quoi, il ne faut pas toujours chercher du côté de la logique ! De tous les scénarios que j'avais imaginés cette semaine, il n'y en avait pas un qui tenait la route !*

« Je pense que nous devons tout reprendre depuis le début », dit Van In.

La cafétéria de l'hôpital était pleine comme un œuf. Des malades fumaient et buvaient en toute impunité, à croire qu'ils étaient en parfaite santé et que leur séjour à Saint-Jean était un rab offert sur leurs vacances. Versavel déposa son plateau sur une table et posa une tasse de café devant Van In.

« Avec Marcus Heydens et Henri Broos ?

– Si le mobile n'a rien à voir avec l'argent, il faut continuer à creuser, Guido.

– J'avance la pelleteuse.

– Oui. Il est temps d'essayer autre chose. »

Valentin Heydens descendait nonchalamment la rue de la Chapelle, à Ostende. Il portait un sac en plastique contenant une bouteille d'acide chlorhydrique et une poire en caoutchouc. Il avait déniché celle-ci dans un magasin de farces et attrapes, avec la rosette et le petit tuyau qui y étaient attachés.

Au 204, Versavel peinait devant son ordinateur tandis que Van In téléphonait à un pote journaliste.

« Allô, Hervé ! Ici, Van In ! Comment va ? »

Hervé Dekeyn avait travaillé plus de quarante ans pour une gazette locale. Ses ex-collègues le considéraient comme le dépositaire de la mémoire collective de toute la Flandre occidentale, rien de moins, et il ne se passait pas une semaine sans que l'un d'eux fasse appel à ses lumières au sujet d'un détail dont ils ne trouvaient pas de trace dans leurs fichiers.

Le « Excuse-moi de te déranger, Hervé ! » déclencha l'hilarité du vieux pisseur de copie.

« Je suis bien content de servir à quelque chose ! Tant que ça dure, je suis sûr de ne pas crever dans mon trou !

– Bon, alors je me lance ! Marcus Heydens, ça te dit quelque chose ?

– Le conseiller à la Cour de cassation ?!

– En personne ! »

Hervé Dekeyn avait le démarrage plus rapide qu'un ordinateur.

« Qu'est-ce que tu veux savoir ?

– Tout ! »

Van In s'empara d'une feuille et d'un crayon et se mit à prendre des notes. Cinq minutes plus tard, il continuait à gratter en hochant la tête. Intrigué, Versavel abandonna son PC pour lire derrière l'épaule du commissaire. Les seules choses qu'il décrypta dans ces horribles pattes de mouches furent une date : « août 1957 » et un nom : « Claudine Versnick ».

Bon prince, Van In brancha le haut-parleur pour permettre à Versavel de suivre la conversation.

« À l'époque, le meurtre de Claudine Versnick a fait beaucoup de bruit. Je ne peux pas t'en dire plus au téléphone. »

Au début de sa carrière, Dekeyn avait couvert l'affaire Versnick, et cela avait failli lui coûter sa carte de presse.

« Entre quat'z'yeux, alors ? »

À l'autre bout du fil, le silence était assourdissant. Le journaleux hésitait.

« Alors, vieux renard ? On a perdu sa langue ?

– Non, mais…

– Tu crèches toujours rue du Polder ?

– Bien sûr ! Pourquoi ?

– Parce que j'arrive, Hervé ! À dans dix minutes ! »

Dans les années soixante, Hervé Dekeyn avait acquis pour une somme relativement modeste une grande parcelle dans la rue du Polder. Plus tard, il y avait fait construire une villa avec l'argent qu'il avait hérité d'un vieil oncle gâteux. Cette bicoque était laide à faire peur, et cela ne s'était pas arrangé avec le temps. Mais ses amis lui enviaient son grand jardin et sa magnifique véranda où il faisait bon lambiner. Van In avait fait la connaissance du journaliste à L'Estaminet, où il leur arrivait de boire une Duvel et de se refiler des tuyaux.

Hervé Dekeyn vit la Golf pénétrer dans son allée. Il posa sa pipe contre le bord du cendrier et alla ouvrir. Cinq ans auparavant, Van In avait fait la une des journaux lorsqu'il avait retrouvé le petit-fils kidnappé d'un riche industriel. Depuis, sa carrière avait progressé à tout berzingue, mais s'il touchait à l'affaire Versnick, le vent tournerait fatalement. C'est pour cette raison que le journaliste avait tenté de noyer le poisson au téléphone.

« Tu n'as pas changé d'un poil ! s'exclama Van In en serrant la main de son vieux pote.

– Toujours aussi délicat, à ce que je vois », répondit le journaliste en faisant mine de se passer la main dans les cheveux.

Pelé comme un œuf depuis ses vingt-six ans, il était habitué aux vannes sur sa pilosité.

« Entre ! J'ai quelques Duvel au frais. À mon avis, tu vas savoir leur parler. Elles sont là depuis un an et demi. Elles t'attendaient ! »

Versavel consulta sa montre. *C'est encore parti jusqu'à pas d'heure !* Il suivit les deux hommes sans mot dire, l'âme un peu lasse. Van In n'avait même pas pris la peine de le présenter.

« Assieds-toi ! » dit Hervé Dekeyn lorsqu'ils arrivèrent dans la véranda après avoir traversé le couloir et la cuisine.

Ah ! Y a pas à dire, c'est coquet ! concéda Versavel in petto.

« Vous prendrez une Duvel aussi ? lui proposa le scribouillard.

– Je pense que le brigadier préférerait…

– Va pour une Duvel », coupa Versavel.

Dekeyn disparut dans la cuisine.

« Un problème, Guido ?

– Non, pourquoi ? Il faudrait ? »

Van In s'installa confortablement dans un vieux fauteuil avachi dont les ressorts grinçaient à chacun de ses mouvements. *Quelle mouche le pique encore ? Il veut que je lui tienne la main ou que j'aille m'asseoir sur ses genoux ?*

« J'espère que tu n'as pas l'intention de déterrer l'affaire Versnick ?! »

Dekeyn entrait dans la pièce en tenant un plateau sur lequel il avait posé trois verres étincelants et trois bouteilles.

« Ça dépend », répondit Van In.

Le doux glouglou de la bière s'accordait parfaitement à la lumière dorée qui caressait chaque objet de la véranda. Dekeyn comprit que cela ne servirait à rien de tourner autour du pot. Il n'empêcherait jamais Van In de découvrir ce qu'il voulait découvrir.

« Les méchantes langues disent que Claudine Versnick était la maîtresse d'une personnalité haut placée.

– Et c'est pour ça qu'elle a été tuée ? »

Van In huma le parfum du malt et du houblon en fermant les yeux.

« Je ne sais pas. »

Dekeyn marcha jusqu'à une antique bibliothèque vitrée. C'est là qu'elle était stockée, la mémoire de la Flandre occidentale : en piles de dossiers grisâtres où s'entassaient les coupures de presse. Le gratte-papier saisit la chemise cartonnée qu'il était allé rechercher au fond de l'armoire dès que Van In avait eu raccroché.

« Tiens ! Lis-moi ça ! Claudine Versnick a été assassinée il y a trente-quatre ans sur la plage de Lombardsijde. »

Van In commença à explorer le dossier. La plupart des gens ne reconnaîtraient pas leur propre mère sur une photo publiée dans un vieux journal, mais il n'y avait pas à dire : le cliché montrant la jeune femme était particulièrement net. « Toujours aucun éclaircissement au sujet du meurtre de la sculpturale Claudine Versnick », disait la légende. Et cette femme était en effet d'une grande beauté.

« Tu t'en souviens, Guido ? »

Versavel se leva à contrecœur et se pencha sur l'article.

« J'étais encore au collège, en 1957 », lâcha-t-il, bougon.

Un brin mélancolique, Versavel se souvenait du temps où il rêvait d'étudier à l'université. Mais, après le divorce de ses parents, son père n'avait jamais payé la moindre pension alimentaire. Sa mère avait décroché un emploi de couseuse dans une filature, où elle gagnait tout juste de quoi les maintenir en vie, elle et ses enfants.

« On en a beaucoup parlé dans la presse à l'époque », commenta Dekeyn.

Versavel se rassit en secouant la tête avant d'avaler une grande gorgée de Duvel. À l'époque, il n'y avait pas d'argent à la maison pour acheter des journaux.

« Tu as découvert quelque chose ? » demanda Van In.

Dekeyn entreprit de bourrer sa pipe. Son rédacteur en chef lui avait donné carte blanche. Il avait arpenté les trottoirs pendant trois semaines et interrogé toutes les personnes touchées de près ou de loin par l'affaire.

« On a dit qu'elle avait une relation avec quelqu'un du Palais.

– La justice était au courant ? »

Dekeyn gratta une allumette.

« Bien sûr ! »

Il entreprit de tirer sur sa pipe, envoyant un petit nuage bleu clair dans les hauteurs de la véranda.

« Et elle s'est empressée d'étouffer l'affaire.

– *O tempora, o mores !* soupira Versavel.

– Pardon ? »

Dekeyn n'avait pas étudié le latin, et encore moins le grec. Après ses trois années de collège (il avait fait « l'école moyenne », comme on disait alors), il était entré comme homme à tout faire au journal local. C'est là qu'il avait appris le métier.

« Elle est belle, la justice ! Enfin, quelque chose comme ça, expliqua Van In.

– Ha, ha ! » répliqua Dekeyn en se demandant comment un type qui vous parlait latin à l'apéro n'était que brigadier de police.

Van In referma le dossier.

« Dis-moi ce qui ne se trouve pas dans les journaux, Hervé. Mon petit doigt me dit que ça pourrait m'intéresser. »

Dekeyn avait juré de ne plus jamais parler de Claudine Versnick à qui que ce soit, mais il n'était pas insensible au compliment implicite de Van In. Le commissaire lui tendait une perche qu'il ne pouvait pas ne pas saisir.

« À la condition que tout ceci reste entre nous ! » dit-il pour mettre Van In à l'épreuve.

Il y eut quelques secondes de flottement. Van In étudia la robe de sa bière et sa dentelle de mousse avant de se décider à répondre.

« Tu sais très bien que je ne peux pas te le promettre, Hervé.

– Désolé, Pieter. Dans ce cas…

– Laisse-moi continuer ! Je ne peux pas te jurer que ce que tu vas me dire restera entre nous. En revanche, je peux te promettre de n'utiliser ces informations que si je parviens à les prouver. »

Van In supposait que le pisseur d'encre se basait sur des rumeurs. S'il avait pu étayer sa thèse par des faits, il y a longtemps qu'il l'aurait exposée dans un de ces articles aux petits oignons dont il avait le secret.

Dekeyn tira longuement sur sa pipe. *Finaud, le commissaire !*

« C'est une longue histoire…, commença-t-il. Je propose de décapsuler une deuxième Duvel avant de nous embarquer là-dedans…

– Tu fais confiance à ce type ? demanda Versavel dès que Dekeyn eut disparu dans la cuisine.

– Autant qu'à toi, mon bon Guido.

– Je dois prendre ça comment ?

– Comme tu veux, Guido ! »

Versavel croisa les bras et s'enfonça dans son fauteuil. *De Kee a raison. La résistance d'une armure se calcule à sa première fêlure.*

Joris s'observa dans le miroir – ou fit comme si. Même s'il y avait pire handicap que d'être aveugle, si les gens étaient serviables et si les technologies lui étaient d'un grand secours, il savait que son vœu le plus cher ne se réaliserait jamais. Voir son reflet dans une glace, ne fût-ce qu'une seule fois, ne fût-ce que quelques minutes ! Comment pouvait-il savoir à quoi il ressemblait ? Toutes les filles à qui il avait posé la question lui avaient dit qu'il était beau garçon, mais il refusait de tomber dans le panneau. Cela ne voulait rien dire si ce n'était pas suivi d'effet. Un petit câlin par-ci, une caresse volée par-là... mais à part ça ?! Chaque fois qu'il s'était montré entreprenant, la fille avait fini par se dérober. Pourquoi, s'il était beau et bien bâti ? Que voulaient-elles de plus ?

Heureusement, Valentin lui avait tout expliqué :

« L'apparence ne suffit pas, mon vieux ! Même avec ta belle gueule, tu n'arriveras à rien si tu ne deviens pas célèbre !

– Mais comment faire ?

– En passant à la téloche !

– Mais je ne veux pas de la compassion des gens !

– Fais-les rire, Joris ! »

Valentin était passé chez lui une heure auparavant pour lui donner ses dernières instructions.

« Après-demain, tu seras connu dans toute la Flandre, Joris ! Fais-moi confiance ! Toutes les nanas tomberont à tes pieds ! Tu peux déjà aller faire le plein de préservatifs !

– Tu es sérieux ?

– Tu veux devenir célèbre, oui ou non ? Après, il faudra en supporter les conséquences ! Blague à part, je te promets que tu auras ta photo dans tous les journaux d'ici quelques jours !

– Sans mentir ?

– Sans mentir ! »

La vieille horloge posée sur le manteau de la cheminée sonna onze heures. Dekeyn servit les Duvel et reprit place dans son fauteuil. Il croisa les jambes et s'humecta les lèvres, essayant de mettre de l'ordre dans ses idées et cherchant à se rappeler comment il avait découvert le pot aux roses. À son âge, était-il bien sage de heurter une fois de plus l'*establishment* ?

Van In lut l'hésitation dans ses yeux.

« Nous sommes tout ouïe, Hervé. »

Le journaliste tira sur sa pipe. Au lieu de la fumée douceâtre qu'il attendait, il aspira un jus âcre sur sa langue. Était-ce un signe prémonitoire ? Il gratta une allumette et ralluma sa pipe.

« Claudine Versnick était une femme d'une très grande beauté et cela lui a été fatal », commença-t-il.

Versavel toussota.

« Les jolies femmes demandent-elles qu'on les assassine ? » ne put-il s'empêcher de demander.

Décidément, les hommes se montrent toujours très corrects vis-à-vis des femmes en public, mais dès qu'ils se trouvent en petit comité, comme par enchantement, elles ne sont plus que des vagins sur pattes !

« Je suis sûr que ce n'est pas ce qu'Hervé a voulu dire ! intervint Van In.

– Ah non ? Et qu'est-ce qu'il a voulu dire, d'après toi ?

– Si vous le prenez comme ça, je ferais aussi bien de me taire », commenta Dekeyn.

Sans laisser à Van In le temps de répliquer, Versavel s'était levé et quittait la pièce à grandes enjambées.

« Non, monsieur Dekeyn, allez-y ! Le commissaire adore les histoires croustillantes ! Je t'attends dans la voiture, Pieter.

– Un peu tendu, ton assistant ! commenta Dekeyn dès que Versavel eut franchi la porte.

– Les apparences sont trompeuses, Hervé. »

Van In n'avait pas envie de s'étendre sur la question. Si Versavel commençait une dépression, et ça en avait tout l'air, il lui faudrait du temps avant de remonter la pente.

« Claudine Versnick avait donc une relation avec quelqu'un du Palais...

– C'est le bruit qui courait...

– Et c'était vrai ?

– Apparemment oui, mais elle n'était pas la seule...

– Qui d'autre ? »

Dekeyn but pensivement sa Duvel. Lorsqu'il leva son verre, Van In fut frappé par la couleur violacée des veines qui saillaient sur le dos de sa main.

« On voyait souvent Claudine Versnick avec sa meilleure amie, une certaine Leona...

– Non ! Leona Vidts ?!

– Oui. Leona Vidts couchait avec Marcus Heydens, lequel était l'ami d'un membre de la famille royale, un jeune prince avec qui il était allé au collège. Nos deux gaillards ont souvent fait le mur pour prendre un peu de bon temps sur la côte.

– Donc : Marcus, Claudine, Leona et… le prince.

– Et tu oublies Henri Broos.

– Ah ! Parce que… ?!

– Heydens et Broos étaient amis intimes.

–Tu m'en diras tant ! »

Dekeyn fit oui de la tête.

« Quand Claudine Versnick a été assassinée – et ce meurtre n'a donc jamais été élucidé –, le prince s'est tenu à carreau un petit moment, mais certains disent qu'il a continué à rencontrer Leona en catimini.

– Comment ça, à la rencontrer ?

– Tu veux un dessin ? Six ans plus tard, quand la belle s'est retrouvée avec un polichinelle dans le tiroir, elle a claironné partout que le père n'était autre que… hum… le prince et qu'ils étaient restés amants pendant tout ce temps.

– Tu as des preuves ?

– Non, Pieter. Je n'ai pas de preuves. Quand j'ai essayé de sonder Henri Broos, il m'a affirmé que l'enfant était de Marcus Heydens et que Leona essayait d'exploiter le fait qu'elle avait participé à une ou deux virées avec le prince pour faire son intéressante… »

Van In essaya de trouver la logique de toute cette histoire. Si le journaliste disait vrai, Valentin était d'ascendance royale. Cela expliquait pourquoi Marcus Heydens n'avait fait une déclaration de paternité que quatre ans auparavant. Van In écrasa sa cigarette dans le cendrier. Il était curieux de savoir ce qu'Hannelore dirait de tout ça.

« Encore une Duvel, Pieter ?

– Non, merci. Il est temps que j'aille consoler mon assistant ! »

12

Lorsque Van In traversa le jardin d'Hervé Dekeyn en direction de la Golf, toujours garée au début de l'allée, le soleil se faufila entre deux nuages. Une lumière automnale magnifique nimba la couronne des arbres et des arbustes et projeta tout un jeu d'ombres sur le sol.

« Je ne t'ai pas fait attendre trop longtemps, Guido ? »

Van In avait essayé de prendre un ton enjoué. Même si les révélations d'Hervé Dekeyn donnaient un tour inattendu à l'enquête et qu'il brûlait d'impatience d'en discuter avec Versavel, il lui semblait préférable de ne pas mettre la charrue avant les bœufs. L'amitié avait pour lui plus de prix qu'un succès facile. Versavel le regarda tel un sénateur romain à qui l'empereur vient de signifier sa disgrâce.

« Le condamné à mort ne se plaint pas quand sa peine est muée en détention à perpétuité.

– Arrête ton char, Ben Hur ! »

Les yeux fixés sur la route, le brigadier attendit que le commissaire ait bouclé sa ceinture de sécurité.

« Au commissariat ?

– Non, Guido.
– Comme tu veux. »
Versavel démarra et fit crisser les pneus de la Golf sur le gravier.
« Et tu ne veux pas savoir où on va ?
– Non.
– Guido ! »
Assis droit comme un cierge, Versavel conduisait à gestes mesurés.
« Qu'est-ce qui ne va pas ? Je me suis excusé, non ?! Qu'est-ce que tu veux de plus ?
– De la justice !
– Je ne suis pas marchand d'illusions !
– C'est bien ça le problème ! »
Versavel se sentait blessé, sans très bien comprendre pourquoi. Était-ce la crise de la quarantaine qui frappait chez lui avec retard ? Était-il en train de vieillir ?

Au carrefour, Van In s'avoua vaincu :
« Je voudrais cuisiner Leona Vidts. D'après Dekeyn, elle avait dans les années cinquante une amie qui fricotait avec un prince…
– Le prince de Galles ou le prince de Monaco ?
– Tu vois très bien de qui je veux parler.
– *Purple Rain, Purple Rain…* »
Van In regarda par la vitre en soupirant.

Valentin Heydens rangea sa vieille BMW devant le portail d'un hangar en ruine. Il mit pied à terre, sortit une clé de la poche de son pantalon et libéra le cadenas qui fermait une chaîne rouillée. Lorsque les anneaux métalliques s'entrechoquèrent, déchirant le silence qui enveloppait le polder de son voile humide, trois choucas s'envolèrent au loin. Valentin lança la chaîne dans l'herbe. Le portail s'ouvrit de lui-même. Valentin remonta dans sa BMW et pénétra dans le hangar.

Très bien entretenu, contrairement à ce que l'extérieur donnait à penser, le bâtiment était alimenté en électricité et pourvu d'une belle chape de béton. Valentin alluma la lumière et referma le portail. *Me voici dans mon jardin secret. Je vais pouvoir travailler à mes inventions sans risque d'être dérangé.* L'établi installé contre le mur était surmonté d'un panneau où était rangée une vaste panoplie d'outils. À gauche, un tour à commande électronique, un fer à souder, une scie mécanique et une perceuse sur colonne occupaient un espace impressionnant. Il y avait là tout ce dont un bricoleur pouvait rêver pour s'occuper les mains intelligemment.

Valentin ouvrit sa valise d'un coup sec. Elle contenait une photo grandeur nature du roi, qu'il avait collée sur du carton fort avant de la scier en trois morceaux. Il avait renforcé l'arrière des panneaux au moyen de morceaux de bois, de sorte que c'était un jeu d'enfant de faire tenir la silhouette debout, moyennant un manche à balai et quelques vis. Valentin saisit ensuite une rosette noire, jaune, rouge. Celle-ci contenait une minuscule pomme d'arrosoir reliée via un tuyau à une petite poire en caoutchouc. Dans deux jours, son père allait payer pour tout ce qu'il avait fait subir à sa mère. Comme Œdipe, le roi avait commis un sacrilège et, comme lui, il perdrait la vue.

Les platanes du quai de la Poterie avaient perdu leurs derniers atours. Versavel gara la Golf au pied du pont

Snaggaerts. Lorsque Van In quitta le véhicule, il ne bougea pas d'un pouce.

« Tu ne veux toujours pas me dire ce qui se passe ? » demanda Van In, qui commençait à la trouver mauvaise.

Il se laissa retomber sur son siège et regarda Guido.

« Je t'ai présenté mes excuses, Guido. Je ne vois pas ce que je pourrais faire de plus. »

Le brigadier ne parvint plus à se maîtriser. Sa lèvre inférieure commença à trembler... et il éclata d'un rire tonitruant. Des larmes coulaient le long de ses joues tandis qu'il se tenait les côtes. En quelques jours, c'était la deuxième fois qu'il avait failli trahir Van In, et il n'en était pas très fier. Que ferait-il lorsque le coq chanterait une troisième fois ? Était-ce les canaris de Benoît Bidochon qui l'avaient mis dans cet état, ou était-ce un *burn-out* qui s'annonçait ?

Van In se gratta l'oreille droite et alluma une sèche. Il se sentait tout à fait impuissant.

« Tu veux que je te ramène chez toi ? »

Versavel s'arrêta net de rire. Ses mains glissèrent sur le volant et retombèrent sur ses cuisses.

« Tu n'es pas malade ? » demanda Van In.

Depuis qu'ils se connaissaient, Versavel avait souvent pris ses distances lorsqu'il ne se sentait pas bien. Van In n'aimait pas jouer le rôle de l'infirmier, mais il faisait de son mieux pour montrer à quel point il était préoccupé.

« Je préfère que tu me laisses un peu, Pieter.

– Tu veux rester dans la voiture ? »

Versavel opina du bonnet.

« Bon ! Je vais discuter le bout de gras avec Leona Vidts. Je serai de retour dans une petite heure. »

Versavel hocha de nouveau la tête.

« Je t'attends. »

Les hôpitaux modernes présentent cet avantage : tout le monde peut y déambuler à sa guise, y compris les patients psychiatriques, à condition de se comporter plus ou moins normalement. Diana Delanghe était au parfum, et il n'y avait pas plus doué qu'elle pour tromper le personnel soignant. À la pause-café, elle enfila les vêtements que lui avait apportés Broos, se confectionna un petit chignon et chaussa des lunettes. Ainsi déguisée, elle quitta sa chambre, traversa le couloir d'un pas assuré, poussa l'impudence jusqu'à souhaiter une bonne journée à l'infirmière qui surveillait les allées et venues depuis son petit bureau et prit l'ascenseur. Dans le hall, elle acheta un énorme bouquet de fleurs et remonta dans l'ascenseur, en direction du sixième étage. À cette heure de la journée, le service d'obstétrique était très calme. La plupart des jeunes accouchées faisaient une petite sieste pour se préparer à affronter les visiteurs qui les assailliraient l'après-midi. Diana entra systématiquement dans toutes les chambres.

« Excusez-moi, madame. Je suis à la recherche de Kathy Deruwe, une amie d'enfance. Elle a accouché hier. Vous savez où elle est ? » demandait-elle à chaque mère qu'elle tirait de sa somnolence.

La huitième fois fut la bonne. Lorsque Diana ouvrit la porte du 669, la jeune mère ronflait comme un bûcheron. Dans le berceau, à côté d'elle, un poupon aux joues roses. Diana déposa son bouquet sur le rebord de la fenêtre et secoua doucement la femme endormie. Les ronflements s'interrompirent un instant. L'inconnue remua l'épaule et roula sur le dos. Diana patienta une dizaine de secondes. Lorsque les ronflements reprirent de plus belle, elle sortit le bébé de son berceau, l'emmitoufla dans un drap et quitta la chambre. Elle avança dans le couloir en pressant l'enfant contre sa poitrine comme si elle cherchait un peu d'intimité. Personne n'y trouva rien de suspect.

« Appel à toutes les patrouilles ! Appel à toutes les patrouilles ! »

Après une heure et demie d'attente, Versavel s'était assoupi dans la Golf. Les crachotements de la radio et la voix métallique de l'officier de garde le firent sursauter.

« Description : Diana Delanghe, femme d'allure mince mesurant environ un mètre septante aux cheveux blonds mi-longs. Je répète, toutes les patrouilles au lac d'Amour ! »

Versavel avait raté l'essentiel du message, mais il bondit hors de la voiture et traversa la rue en courant.

Diana était montée sur le muret et se tenait à la grille du pont du lac d'Amour, prête à sauter dans le vide si quelqu'un approchait. Le bébé dormait toujours contre sa poitrine. *C'est merveilleux ! Mourir avec un bébé dans les bras ! C'est la plus belle chose qui puisse m'arriver !*

« Attention ! Attention ! »

Un agent de police essayait d'écarter les touristes, inconscients du drame imminent.

« *Le lac d'Amour est le endroit préféré des gens amoureux,* commentait un guide dans un français laborieux. *Regardez les cygnes**…

– S'il vous plaît, monsieur ! Éloignez-vous du pont ! Dégagez ! » dit l'agent Bruynooghe.

Une meute de touristes wallons – des braves gens de la campagne qui avaient économisé mille six cents francs chacun pour s'offrir une excursion inoubliable à Bruges – prirent automatiquement parti pour leur guide et commencèrent à huer « ce petit flic qui pétait plus haut que son cul ». Heureusement, Bruynooghe ne comprenait pas un mot de ce qu'ils disaient en français.

« Allez, allez ! Dégagez le pont, s'il vous plaît ! répéta-t-il.

– Pourquoi ? dit le guide.

– Parce que je vous le demande ! »

Depuis le Moyen Âge, Bruges avait survécu à la peste, aux guerres de religion et aux nazis, mais elle ne pouvait pas grand-chose contre la centurie d'enseignants et de fonctionnaires à la retraite qui sillonnaient ses rues à longueur de journée pour raconter son histoire à des hordes de touristes à cinq cents francs de l'heure. Bruynooghe lui-même, qui en avait pourtant vu, ne savait pas très bien sur quel pied danser. Personne n'avait entendu sa réplique, car les touristes s'étaient mis à applaudir leur guide à tout rompre.

Il ne l'a pas volé, ce philistin ! se dit ce dernier, avant de reprendre ses explications :

« *À votre droite se dresse la tour de la Poudre. Elle date du**... »

Quatre agents arrivèrent à la rescousse.

« *Je pense que nous avons plus de chance si nous continuerons le tour par le Béguinage**, dit le guide en voyant les uniformes bleus fondre sur lui.

À l'arrivée de Van In et de Versavel, le lac d'Amour était bouclé. Deux policiers avaient installé les barrières de protection, tandis que les autres repoussaient les touristes.

« Elle est là depuis quand ? demanda Van In.

– Une demi-heure, répondit Bruynooghe. Elle menace de se jeter à l'eau avec le bébé. »

Van In alluma une clope.

« Qu'est-ce que tu en penses, Guido ? »

La vie est une longue suite de souffrances, de chagrins et de frustrations. Mais on dit que la peine rend l'homme sage. La vie d'un innocent a plus de prix que tout, se dit le brigadier.

« Il faut prendre le taureau par les cornes, voilà ce que je pense », affirma-t-il.

Van In hocha la tête et se tourna vers Bruynooghe :

« Quelqu'un a prévenu les pompiers ?

– Ils arrivent, commissaire. »

Van In tira deux fois sur sa cigarette avant de la jeter dans le caniveau.

« Demande-leur d'arrêter les sirènes !

– D'arrêter les sirènes ?!

– Oui, Robert. Il y a des gens que ça rend fous.

– Je m'en occupe, commissaire ! »

Van In posa son bras sur l'épaule de Versavel et lui murmura quelque chose à l'oreille. Le brigadier sourit. Des larmes brillaient dans ses yeux lorsque Van In s'éloigna.

Diana serrait le bébé dans ses bras. Dans le silence qui se faisait de plus en plus oppressant, elle cria :

« Je veux une voiture ! Et de la nourriture pour mon bébé ! »

Van In escalada les barrières de sécurité. Il pensait à Sarah et à Simon. Prendrait-il tant de risques si l'enfant auquel cette folle se cramponnait était un des siens ?

« La voiture arrive, madame Heydens. Soyez raisonnable ! Descendez de là ! »

Il est lourd, ce bébé ! Mon bras fatigue ! pensa Diana. *Merde ! J'ai les muscles qui flanchent ! Ça doit être à cause des médocs qu'on m'a fait bouffer à l'hosto ! Allez, ma vieille, concentre-toi ! Réfléchis ! Les flics essaient de te mener en bateau pour gagner du temps !*

« N'approchez pas ! » hurla-t-elle.

Van In alluma une cigarette. Que faire ? Il n'était pas formé pour faire face à cette situation de crise. *Et les experts, bordel ! Ils se magnent le cul, oui ?!*

Le bébé se mit à hurler. Van In sentit son cœur se déchirer. Diana Delanghe, elle, était visiblement sur le point de craquer. Tremblant comme une feuille morte, elle se mit à fixer l'eau glauque. Elle avait lâché la grille.

« Ne faites pas ça, madame Heydens ! »

Si elle sautait, Van In plongerait pour sauver l'enfant. Statistiquement, le bébé avait toutes les chances de survivre à un petit bain d'eau glacée mais, pour une raison qu'il ne s'expliquait pas, Van In sentait confusément que le sort du môme était relié au sien par un fil invisible. La perspective que cette folle se jette dans le lac lui semblait tout bonnement insupportable.

De l'autre côté du pont, à côté de la maison de l'écluse, un photographe de presse était en train de visser un puissant téléobjectif à son appareil photo. Il était arrivé sur les lieux le premier, mais il ne resterait pas longtemps seul, car Bruynooghe entretenait d'excellents rapports avec la presse – chaque tuyau intéressant lui valait une petite prime. Si tout se passait comme il le souhaitait, le numéro de l'hystérique lui rapporterait douze mille balles, car il avait appelé six journalistes.

Diana farfouilla dans son sac. Elle en sortit une lime à ongles. *Je ne mourrai pas toute seule ! Mon bébé viendra avec moi !* se répétait-elle ad libitum.

En un éclair, Van In comprit. Tel Persée qui aperçoit le reflet de Méduse dans l'éclat de son bouclier, il sentit son cœur flancher. La peur faillit le pétrifier.

Quatre tireurs d'élite cagoulés du peloton spécial d'intervention profitèrent de l'émoi général pour prendre position. Très vite, ils eurent l'illuminée dans leur viseur. Ils n'avaient l'autorisation de tirer que s'ils ne mettaient pas la vie du bébé en danger, et ils étaient particulièrement sensibles à la question, car la femme d'un de leurs collègues venait d'accoucher.

Diana Delanghe avait manifestement du mal à garder son équilibre. Elle glissa la lime entre ses dents pour reprendre appui à la grille. Dans une fulgurance, Van In comprit ce qu'elle s'apprêtait à faire : tuer le bébé avant de se jeter à l'eau avec lui. Il s'élança avec l'énergie du désespoir. Un athlète entraîné aurait certainement franchi la distance qui le séparait de la forcenée en trois secondes. Il fallut à Van In quelques dixièmes de seconde de plus. L'urgence lui donnait des ailes. Diana avait franchi la grille lorsqu'il plongea vers ses chevilles comme un gardien de but sur un ballon. Au dernier instant, elle recula d'un pas, perdit l'équilibre et lança le bébé dans l'eau. L'atterrissage de Van In sur les pavés fut rude. En même temps qu'un coup de feu, il entendit un craquement à hauteur de son épaule droite et perdit connaissance.

Deux plongeurs des pompiers rejoignirent en quelques crawls puissants l'endroit du lac où le bébé était tombé. Pendant le face-à-face entre Diana et Van In, Versavel avait ordonné aux hommes du feu de prendre position sous le pont, dans l'ombre des arches.

« Ça va ? dit Versavel en s'agenouillant et en secouant Van In par l'épaule.

– Aïe !

– Tu veux que j'appelle une ambulance ? »

Van In essaya en vain de se relever. Il craignait les hôpitaux comme la peste.

Le patron d'un restaurant proche qui avait observé la scène aux jumelles et reconnu Van In arrivait avec une Duvel au col magnifique.

« Buvez ! Ça va vous remettre d'aplomb, commissaire ! »

Van In se retourna pour remercier le bon Samaritain.

« Le môme ? demanda-t-il à Versavel, qui lui tenait son verre et le faisait boire comme un gamin.

– Le bébé va bien, Pieter. »

Van In se rendit soudain compte que sa chemise était tachée de sang. Un urgentiste accouru sur les lieux ouvrit sa trousse précipitamment et entreprit de déballer une compresse stérile.

« Il va falloir vous recoudre le menton, dit-il.

– Quoi ?! demanda le commissaire, les jambes en coton. C'est vraiment nécessaire ?

– Si on ne met pas quelques points de suture maintenant, vous êtes bon pour la chirurgie esthétique.

– C'est si grave que ça ?

– En tout cas, ça ne peut plus s'aggraver, dit l'infirmier en préparant une seringue.

– Je n'aurais jamais cru qu'un vieux soiffard comme toi courait aussi vite ! » dit Versavel à Van In en lui tendant sa Duvel.

Le *clac-clac* des talons d'Hannelore qui résonnaient sur les pavés s'arrêta net lorsque le juge d'instruction aperçut Van In étendu par terre. Le commissaire en chef De Kee et le procureur Beekman arrivaient derrière elle.

« Je me demande qui a donné l'ordre de tirer sur la malheureuse ! » disait Kétounet en laissant entendre qu'en tout cas, ce n'était pas lui…

Beekman faisait la sourde oreille. Lui n'avait été averti du kidnapping et du drame qui se jouait au lac d'Amour que dix minutes plus tôt.

Un journaliste de la télé régionale donna un coup de coude à son cameraman en reconnaissant le procureur. Les deux hommes escaladèrent les barrières de sécurité au nez et à la barbe de Bruynooghe, impassible.

« Pierrot ! »

Hannelore s'agenouilla près de Van In et lui caressa le front. Heureusement, la trousse de l'infirmier dissimulait la Duvel.

« Qu'est-ce qui s'est passé ?

– Eh bien, tu vois : je suis tombé. »

Quelques mètres plus loin, une équipe médicale essayait de stabiliser l'état de Diana. La balle l'avait touchée en pleine poitrine et avait probablement transpercé un poumon. Des bulles rouges moussaient entre ses lèvres. Lorsque le médecin pratiqua une incision pour soulager son poumon, elle fut prise de convulsions.

« Attention ! On la perd ! » commenta le toubib en voyant la pression artérielle baisser dangereusement.

« Elle voulait tuer le bébé, expliqua Van In. Il fallait bien que je fasse quelque chose. »

Hannelore se pencha pour l'embrasser sur le front.

« La situation n'était donc pas désespérée », dit-elle.

Interloqué, l'infirmier qui avait administré les premiers soins à Van In interrogea Versavel du regard, mais celui-ci tint sagement sa langue. Il avait compris ce qu'Hannelore avait voulu dire : les jumeaux avaient métamorphosé son homme.

« Comment expliquez-vous ce drame ? » demanda le journaliste de la télé régionale en tendant son micro au commissaire en chef.

Le procureur Beekman recula d'un pas pour sortir du champ. De Kee apparaissait maintenant en gros plan sur la caméra de contrôle, ce qui n'était pas pour lui déplaire. Passé un certain âge, il n'y a pas de petit plaisir…

« D'après nos informations, c'est l'acte désespéré d'une femme souffrant de troubles psychiatriques. Heureusement, il n'y a aucune victime à déplorer. Le bébé a été retrouvé sain et sauf et l'auteur du kidnapping a été neutralisé. L'enquête déterminera… »

Le journaliste interrompit De Kee :

« Mais quelles étaient les motivations de cette femme ? »

Pendant que Kétounet développait ses théories en long et en large, Versavel et Hannelore aidaient Van In à se relever.

« Je vous rejoins à l'hôpital ! dit Versavel.

– Oui, bon, expliqua Van In à Hannelore. D'accord, j'ai un petit bobo au menton. Mais pas question de me faire recoudre ! Si c'est trop moche, je me laisserai pousser la barbe ! »

Hannelore et Versavel eurent beau danser sur la tête, il leur fut impossible de persuader Van In de monter dans l'ambulance.

Des dizaines, voire des centaines de touristes se pressaient maintenant derrière les barrières de sécurité, estimant avoir le droit d'admirer le lac d'Amour depuis le pont. Lorsque Bruynooghe tenta de leur expliquer qu'il resterait fermé jusqu'au moment où les hommes du parquet auraient terminé leur boulot, on frôla l'émeute. Cinq minutes plus tard, trois combis arrivaient en renfort pour disperser la foule. Bruges payait la rançon de sa gloire, et personne ne s'en inquiétait. La ville frôlait chaque jour l'étouffement.

« J'espère que tu ne vas pas attraper la gangrène, dit Hannelore en s'asseyant à côté de Van In à la terrasse de L'Estaminet.

– Arrête de te faire du mouron, Hanne ! Les employés de la voirie astiquent tellement Bruges que les pavés sont stériles ! »

Malgré lui, Versavel pensa au nez de Jack Nicholson dans *Chinatown*. Encore un qui aurait eu besoin de deux ou trois points de suture…

Johan, le patron de L'Estaminet, vint en personne saluer ses clients. Hannelore commanda un jus de tomate et Versavel un Perrier.

« Leona Vidts m'a parlé de sa relation avec le prince, commença Van In pendant que Johan lui servait sa Duvel. Elle a admis que Valentin avait du sang royal dans les veines et que Heydens et Broos avaient été grassement remerciés par le Palais pour leur loyauté envers la Couronne.

– Qu'est-ce que Broos vient faire dans cette histoire ?

– Tout ! Il était amoureux de Leona. Quand Heydens l'a laissée tomber, il s'est coupé en quatre pour elle.

– Et Claudine Versnick, alors ? demanda Versavel. Qui l'a tuée ? »

Van In but à grands traits. Il avait posé la même question à Leona Vidts une heure auparavant.

« Tu veux la version officielle ?

– L'officielle et l'officieuse, ordonna Hannelore.

– À l'époque, la PJ a interrogé Broos, mais elle l'a laissé tranquille dès qu'elle a eu vérifié son alibi. Idem pour le mari de Claudine Versnick.

– Et le prince ?

– Le lendemain de la mort de Claudine Versnick, le prince partait à l'étranger. En voyage d'études, paraît-il. Quant à Leona Vidts, elle a vécu aux crochets d'Henri Broos presque toute sa vie, mais ça ne l'a pas empêchée, m'a-t-elle dit, de ne jamais rompre avec Marcus Heydens.

– Voilà une franchise qui l'honore.

– … Conclusion ? » demanda Hannelore en versant trois gouttes de tabasco dans son jus de tomate après avoir allumé une cigarette.

« Seul un test ADN pourra nous dire si Leona Vidts dit la vérité et si Valentin a bien du sang bleu dans les veines », dit Van In.

Cette histoire d'enfant caché de la Couronne le mettait mal à l'aise. La famille royale savait mieux que personne garder un secret de famille. Si, dans les insouciantes années de sa jeunesse princière, le roi avait fauté, le Palais ferait tout pour empêcher les fuites.

« Pendant ce temps-là, l'enquête piétine, s'impatienta Versavel.

– Du calme, Guido ! Qui te dit que nous n'allons pas être sauvés par un *deus ex machina* ? »

Le portable d'Hannelore sonna dans le silence qui suivit cette réplique théâtrale. Elle fouilla son sac pendant des secondes interminables et, quand elle eut enfin mis la main sur l'appareil, elle s'éloigna de la terrasse, ce qui agaça terriblement Van In.

Après avoir arpenté nerveusement le trottoir, Hannelore revint près des deux hommes.

« Beekman veut me parler de toute urgence. »

Van In but la moitié de son verre

« On t'attend ici », dit-il sans flairer l'embrouille.

Hannelore embrassa Pieter avant de s'esquiver, mais Versavel croisa un instant ses yeux. Ils avaient quelque chose d'halluciné. Le brigadier cacha son inquiétude derrière un sourire débonnaire.

13

Les prêtres vaudous affirment pouvoir manipuler les gens à leur guise. Si Hannelore n'accordait aucune foi à ces sornettes, c'était malgré tout la troisième fois qu'elle se rendait chez Valentin à l'insu de Pieter. Il pleuvait de nouveau des cordes, le vent soufflait à décorner les bœufs et l'eau du canal bouillonnait. Cela ne pouvait pas être un hasard, Hannelore en avait le pressentiment. *Les éléments se liguent contre moi, comme les deux premières fois. Mais non, c'est n'importe quoi ! Le pauvre Valentin a bien droit à une troisième chance, après tout ce qui s'est passé...*

« Tu sais que je ne te forcerais jamais la main ! lui avait-il dit au téléphone quelques minutes auparavant. Si j'ai heurté tes sentiments, je te prie de m'excuser. J'étais complètement bouleversé par les événements des derniers jours. Je t'en prie, crois-moi ! » avait-il supplié.

Comme Hannelore ne répondait pas, il avait glissé qu'il était en possession de nouvelles informations relatives au meurtre de son père. Ce n'est qu'à ce moment-là qu'Hannelore avait cédé. Pire, elle lui avait promis de ne parler de leur rendez-vous à personne. Elle aurait mieux fait de tourner sa langue sept fois dans sa bouche avant de s'engager, mais il était trop tard. Le mal était fait.

Valentin était fin prêt. Lorsque la cloche retentit, il se posta devant le miroir, bomba le torse et sourit à son reflet. Il aurait reconnu entre mille la silhouette qui se profilait derrière la vitre de la porte d'entrée. Hannelore avait accouru aussitôt : c'était bon signe. Mais il ne vivait pas que d'espoir. Il avait besoin de certitudes.

« Je suis content de te voir », dit-il en ouvrant à la jeune femme.

En un coup d'œil, Hannelore remarqua que Valentin portait sans doute son meilleur costume, une chemise en soie et des chaussures italiennes qui avaient dû lui coûter les yeux de la tête. Au lieu de lui faire la bise, il lui tendit la main, ce qu'elle interpréta comme la confirmation qu'il ne nourrissait que des intentions pures.

« Entre donc ! Tu vas être trempée !

– Je ne peux pas rester longtemps. Pieter m'attend à L'Estaminet.

– Il sait que tu es ici ? »

Hannelore entra dans le couloir et déboutonna sa veste. Une délicieuse odeur de rôti embaumait la maison.

« Non, répondit-elle.

– Bien, dit-il en accrochant sa veste au portemanteau. J'ai débouché une bouteille de vin.

– Pas de vin ce soir, Valentin. Je suis venue pour entendre ce que tu avais à me dire. »

Elle ne faisait que donner le change, et ni l'un ni l'autre n'était dupe. Lorsqu'elle traversa le couloir et qu'elle sentit le regard de son ancien amant dans son dos, des frissons lui parcoururent le corps. *Au secours ! Que fait-on quand le désir vous assaille à l'improviste ?*

« Comme tu veux », répondit Valentin.

Il passa devant elle, en parfait gentleman, et lui ouvrit la porte du salon.

Hannelore fut surprise par l'aspect chaleureux et agréable de la pièce, sans doute rehaussé par la bonne odeur de rôti.

« Assieds-toi, je t'en prie !

– Je ne savais pas que tu cuisinais !

– Houlà ! Attends ! Il faut que j'aille éteindre le four ! »

Valentin s'éclipsa et ferma la porte derrière lui. Dans le couloir, il alla d'abord jusqu'à la porte d'entrée, en retira la clé et la fourra dans sa poche, avant de procéder à une dernière vérification en cuisine.

« Voilà ! Tout est en ordre ! » dit-il à son retour.

Hannelore jeta un coup d'œil à la bouteille de vin qui trônait sur la table du salon. Un château-yquem 1986… Il était déjà débouché. *Tiens, étrange…*

« Je suppose que tu brûles de curiosité, commença Valentin, qui se sentait comme un acteur le soir d'une première, quelques minutes avant le lever du rideau. Ça te dérange si moi, je bois ? »

Il se servit un verre et but une gorgée.

« Je sais qui a tué mon père.

– Et tu peux le prouver ?

– Évidemment ! »

Il but une deuxième gorgée d'yquem et donna au précieux liquide le temps de déployer ses pleins arômes jusqu'à l'arrière du palais

« Je ne peux vraiment pas te convaincre de boire un petit verre avec moi ? »

Hannelore hésita. Elle avait en tout cas la preuve qu'il ne cherchait pas à l'empoisonner.

« Un demi, alors ! » dit-elle.

Il se leva, se plaça entre elle et la table et remplit le deuxième verre à ras bord. Hannelore n'entendit pas le glouglou caractéristique, mais elle n'y prêta pas attention.

« À ta santé ! »

On peut trouver que le prix d'une bouteille d'yquem est surfait. En revanche, il y a une chose qui ne se discute pas : son goût. Hannelore dégusta le vin en connaisseuse et complimenta Valentin pour son choix avant de prendre l'air grave ou, à tout le moins, d'essayer.

« Revenons au meurtrier de ton père. Tu m'as dit que tu avais des preuves.

– Je peux te poser une question personnelle ?

– Je croyais que nous avions clos ce chapitre, Valentin. Je veux bien que nous soyons amis, mais je ne peux rien t'offrir de plus.

– C'est une réponse ferme et définitive ?

– Oui. »

Si tu savais ! Je n'ai pas le choix, Valentin. Les enfants ne me pardonneraient jamais le jour où je leur dirais que j'ai laissé tomber leur père pour toi. Et puis, il n'est pas si mal, Pieter…

« Ça ne me suffit pas, l'amitié, Hanne. Je t'aime. Tu le sais…

– Je suis désolée, Valentin, mais…, dit Hannelore en faisant mine de se lever.

– Bon, bon ! D'accord ! Qui ne tente rien n'a rien, pas vrai ? » dit Valentin nerveusement avant de reprendre une gorgée de vin.

Hannelore l'imita. Une fois de plus, il avait réussi à flatter sa vanité.

« Viens-en au fait, maintenant, s'il te plaît ! » dit-elle en essayant de prendre sa voix de juge d'instruction.

Valentin croisa les jambes et s'enfonça dans son fauteuil.

« Mon père était un salaud, commença-t-il, son sourire de joli cœur aux lèvres. Ma mère a eu beaucoup de chagrin à cause de lui.

– Ce sont des choses qui arrivent, Valentin.

– Il la violait. »

Hannelore accusa le coup. Que répondre à cela ?

« Tu en es sûr ? »

Valentin se cacha le visage entre ses mains et répondit d'une voix chevrotante :

« Chaque fois que nous allions dormir chez oncle Henri, il me demandait de regarder… »

Il s'étrangla.

« Ta mère laissait faire ? demanda Hannelore, troublée.

– Elle était bien obligée.

– Pourquoi ?

– Parce qu'elle l'aimait. »

Hannelore n'en crut pas ses oreilles.

« Comment une femme pourrait-elle aimer son violeur ?! »

Valentin repoussa l'objection :

« Tu es bien venue me retrouver », dit-il, un sourire sardonique sur les lèvres.

Pour la première fois, Hannelore sentit qu'il y avait un problème. *Ça ne tourne pas rond dans ta tête, mon gaillard !*

« Je pense qu'il est temps que je m'en aille », dit-elle lentement.

Elle eut du mal à se lever. Une fois debout, elle fut prise d'un vertige et se laissa retomber dans son fauteuil. Valentin vola à son secours.

« Je ne t'ai pas encore montré mes preuves, ma petite juge d'instruction chérie ! »

Il la prit par le bras et l'entraîna vers la cuisine. Hannelore voulut se dégager, mais il la tenait fermement. Un étrange tabouret au pied métallique trônait entre la table et le plan de travail.

« Voici la preuve numéro un, madame le juge d'instruction ! murmura-t-il à l'oreille d'Hannelore. Assieds-toi ! »

Hannelore sentit son corps se dérober sous elle. Elle fut soulagée de s'asseoir. *Ma parole ! J'ai la tête qui tourne comme si j'avais bu deux bouteilles de vin à moi toute seule !*

Valentin ôta son veston. *Mon Dieu, je rêve !* se dit Hannelore en le suivant des yeux. Il avait dissimulé sous son aisselle droite une petite poire en caoutchouc qui était reliée à un tuyau courant tout le long de sa manche.

« Château-yquem, cuvée je t'aime ! dit-il en riant. Dans quelques minutes, mon philtre d'amour va te faire dormir comme un bébé. Mais avant ça, je veux te montrer une de mes inventions ! »

Il sortit son téléphone portable de l'étui fixé à sa ceinture et composa un numéro.

« J'ai installé un sémaphone sous le siège du tabouret. Si je l'active, j'allume un moteur électrique… et alors, il se passe… ça ! »

Valentin attendit que la communication s'établisse. Hannelore eut l'impression de s'affaisser. L'assise du tabouret descendait lentement.

« Maintenant, tu sais qui a tué Marcus Heydens, ma petite juge d'instruction chérie ! »

Hannelore essaya de se redresser, mais ses jambes ne la portaient plus. Elle se rendit compte que l'aveu de Valentin signait son propre arrêt de mort. Tout devint noir. Elle perdit connaissance.

Valentin la prit dans ses bras et la porta dans sa vieille BMW garée de l'autre côté de la rue. Il ne risquait pas qu'un voisin trouve ça louche. Dans le quartier, les femmes de la famille Heydens avaient la réputation de se saouler plus souvent qu'à leur tour.

À L'Estaminet, Van In profita de l'absence d'Hannelore pour se jeter quelques Duvel derrière la cravate en échangeant des souvenirs du bon vieux temps avec Versavel. Le café se vidait lentement de ses clients.

Van In se fit tout à coup la réflexion qu'il n'avait plus vu sa compagne depuis un bon moment. Vers deux heures et demie, il commença à s'inquiéter. Il fit de la monnaie avec un billet de cent francs, marcha jusqu'au téléphone public installé dans le couloir et composa le numéro de Beekman.

« Bonjour Jozef. Van In à l'appareil. »

Cela faisait un petit quart d'heure que le procureur s'était assoupi devant l'âtre. Il lui fallut un moment avant de reprendre ses esprits.

« Mais je ne l'ai jamais appelée, Pieter !

– Et merde ! » dit Van In en raccrochant rageusement.

Il repensa à la soirée bouleversante où ils avaient tout reconstruit, d'abord autour d'une fondue, puis, plus tard, au plumard. Hannelore lui avait-elle joué la comédie ? Il envoya un coup de pied dans le mur. *Qu'est-ce que ce joli cœur a de plus à lui offrir que moi ?!* Tous les bons moments qu'il avait passés avec Hannelore défilèrent sur l'écran de sa mémoire. Les dimanches en pyjama, l'amour sous la douche, les scènes bucoliques au jardin, les longues soirées d'hiver, la naissance de Sarah et

Simon… Il ferma le poing et martela le mur. *Bordel ! Mais qu'est-ce que j'ai fait au bon Dieu ?!*

« Un problème ? » demanda Versavel, surgi de nulle part.

Les bruits en provenance du couloir et le regard appuyé du patron l'avaient incité à aller jeter un œil du côté du téléphone. Le brigadier comprit le topo. Si Hannelore n'était pas chez Beekman, elle était presque à coup sûr avec Valentin. Versavel saisit Van In par le poignet et le regarda droit dans les yeux.

« Tu m'as toujours dit qu'il n'y avait que les abrutis qui tiraient des conclusions hâtives.

– Hâtives mon cul ! »

La juxtaposition de ces deux niveaux de langue fit sourire Versavel.

« Tu ne vas pas te laisser impressionner pour si peu, Pieter. Et tu ne vas pas non plus faire des choses que tu pourrais regretter par la suite…

– Tu as raison, Guido. »

Ouf ! J'ai eu chaud ! se dit Versavel.

« Tu as essayé de l'appeler ?

– Non.

– Tu veux que je le fasse pour toi ? »

Van In secoua la tête. Il devait persuader Versavel qu'il avait recouvré tout son calme.

« Ce n'est pas la peine, Guido. Si ça tombe, elle m'attend bien sagement à la maison. »

Versavel ne fut pas dupe, mais il n'osa pas le montrer.

« À demain, alors ?

– À demain, Guido. »

Le quai de la Coupure était désert. Les pavés mouillés luisaient à la lumière des réverbères tandis que le clair de lune qui se mirait dans les coques des bateaux de plaisance jetait des taches blanches sur l'eau noire du canal. Van In rasait les façades comme un voleur. Il s'arrêta pile devant la maison de Marcus Heydens. Il sortit un rouleau de ruban de déménageur de sa poche, en découpa une bande et la colla sur une vitre, à hauteur de l'espagnolette. Il réitéra l'opération jusqu'à ce que le carreau soit entièrement recouvert. Ensuite, il attendit patiemment le passage d'une voiture et profita du bruit pour heurter la vitre d'un petit coup sec au moyen du marteau qu'il venait d'emprunter à L'Estaminet avec le rouleau de ruban. Le verre brisé tomba sans fracas, amorti par le papier autocollant. Van In entreprit de retirer un à un les morceaux de verre avec son canif. L'opération ne dura pas plus de cinq minutes.

Le reste fut un jeu d'enfant. Il passa la main à travers le trou et baissa l'espagnolette. Il savait depuis sa première visite qu'aucun système d'alarme ne protégeait la maison. Après être resté immobile quelques instants, il traversa la rue et jeta son marteau dans le canal. Et comme deux précautions valent mieux qu'une, il fit disparaître le ruban de déménageur dans une poubelle, quelques maisons plus loin. Ce n'est qu'ensuite qu'il pénétra chez Marcus Heydens par la fenêtre ouverte. Le canif à la main, il traversa le salon en imaginant des scènes plus horribles les unes que les autres. « UN FLIC TUE L'AMANT DE SA FEMME », titreraient les journaux.

Arrivé dans le couloir, au pied de l'escalier, il tendit l'oreille. Du silence, rien que du silence… La première marche craqua sous son poids. *Quelle photo de ma binette vont-ils montrer ? J'espère qu'ils n'iront pas à la pêche dans mes albums de vacances. Je n'y suis pas souvent à mon avantage.*

Van In, tu débloques complètement ! Tu crois que les meurtriers se font ce genre de réflexions débiles ?

C'était la première fois que le commissaire essayait de se mettre dans la peau de quelqu'un qui s'apprêtait à commettre l'irréparable.

Éclairé par la lumière jaune d'un réverbère, le palier donnait sur trois portes. Van In commença par celle qui se trouvait à l'extrémité gauche. Lorsqu'il poussa le panneau de bois, il aperçut tout de suite une silhouette familière. Il fit glisser sa main sur le mur à la recherche d'un interrupteur. *Oui ! Un piano à queue !* Tous les murs étaient tapissés de bibliothèques. Une vague de bonheur inonda Van In, et cette vague gonfla de plus en plus au fur et à mesure qu'il visitait les chambres. Il y avait bien des lits, mais aucun n'était défait, et le parfum d'Hannelore ne flottait nulle part. Lorsque l'examen des chambres du deuxième se solda par un bilan tout aussi négatif, il descendit l'escalier les larmes aux yeux. Il ne commença à se poser des questions qu'une fois revenu sur le trottoir. *Si Hannelore n'est pas là, où est-elle ?* Il se mit à courir. Elle était peut-être chez eux, tout simplement. Ses pas martelaient les pavés. *Plus vite, bon sang, plus vite !* Il se sentait chaussé de sandales ailées. *C'est à croire que je n'ai jamais fumé une sèche de ma vie !* Entre la Grand-Place et la rue Saint-Jacques, cette illusion fallacieuse s'estompa d'un coup et il dut ralentir, les poumons sifflant comme un vieux soufflet de forge et les jambes lourdes comme du plomb fondu.

Heureusement, car Versavel lui-même n'en pouvait plus. Quand ils s'étaient quittés d'une façon assez abrupte devant L'Estaminet, le brigadier s'était mis en planque dans le parc Astrid. Il s'était réjoui de son flair en voyant Van In prendre la direction du quai de la

Coupure et l'avait pris en filature. Témoin de l'infraction caractérisée de Van In chez Marcus Heydens, il avait été à deux doigts d'appeler les collègues.

Les mains tremblantes, Van In ouvrit la porte et entra chez lui en trombe. Quelque chose crissa sous ses pieds. Il alluma et se baissa. Une enveloppe brune gisait sur le sol. « POUR VAN IN ». D'un index impatient, il l'ouvrit sans ménagement et en sortit un feuillet dactylographié.

« Je tiens Hannelore en mon pouvoir. Si tu entreprends quoi que ce soit pour la retrouver, je n'hésiterai pas à la tuer. Reste chez toi et attends que j'établisse le contact. »

La lettre n'était pas signée.

« N'aie pas peur, Pieter. C'est moi. »

Van In passa par toutes les couleurs. Il eut juste le réflexe de froisser la lettre et de la fourrer dans la poche de son pantalon.

« Guido ! Qu'est-ce que tu fiches ici ? dit-il en essayant de maîtriser sa voix.

– Je m'inquiète pour Hannelore. »

Le visage du commissaire en disait long. Cette fois-ci, il se passait quelque chose de grave.

Van In ouvrit la bouche, mais fut incapable d'émettre le moindre son. *Puis-je me confier à Versavel sans mettre Hannelore en danger ?*

« Ne t'inquiète pas, Guido. Elle va bien.

– Elle est là ? » demanda Versavel en ramassant l'enveloppe et en la tendant à Van In sans rien ajouter. Puis, plus bonhomme qu'à son habitude, il entra dans la maison et alla préparer du café, en ajoutant sans se retourner : « Je suppose que tu ne vas pas te pieuter tout de suite ! »

Van In s'affala sur une chaise de la cuisine et alluma une clope. Cinq ans auparavant, il avait dû gérer une affaire d'enlèvement[1], et il avait vu de près les réactions de la famille de la victime. Pire encore que la frustration, il y a ce terrible sentiment d'impuissance quand on attend, suspendu au téléphone, le moindre signe de vie et qu'on cherche en vain à chasser de son esprit les scénarios les plus noirs.

« Que comptes-tu faire si Valentin Heydens porte plainte quand il découvrira que quelqu'un est entré chez lui par effraction ? » demanda Versavel en servant le café.

Van In haussa les épaules.

« Ce qui m'inquiète surtout, c'est ce que je vais faire s'il ne porte pas plainte.

– Pourquoi ? »

En soupirant, Van In extirpa la lettre chiffonnée de la poche de son jean.

« Quelqu'un a enlevé Hannelore et menace de la tuer si nous entreprenons des recherches.

– Et ce quelqu'un, tu crois que c'est Valentin ?

– Tu vois un autre candidat ? »

Ils burent leur café en silence. Pendant que Versavel lisait et relisait la lettre, Van In alluma une nouvelle sèche et continua à gamberger. *Putain ! Il n'y a pas de demande de rançon ! C'est mauvais signe, ça… Merde, merde, merde ! Qu'est-ce qu'il veut, ce connard ? Tirer son coup ?*

« Les violeurs n'écrivent pas de lettres, dit Versavel, comme s'il lisait dans les pensées de Van In. Tu veux que je lance des gars sur ses traces ?

– Non, Guido, nous ne pouvons pas prendre ce risque. Il faut attendre qu'il prenne contact avec nous. »

1. Voir *Le Carré de la vengeance.*

Un type comme Valentin était sans doute bien équipé. S'il était en mesure de capter les communications de la police par radio, lancer les flics à ses trousses équivalait à signer l'arrêt de mort d'Hannelore.

« Il va falloir résoudre cette histoire tout seuls comme des grands », dit-il avec un apparent sang-froid qui contrastait terriblement avec la gravité de la situation.

On venait de lui arracher une partie de sa vie, et la plus belle, encore. Il risquait de perdre à jamais la personne qu'il aimait le plus au monde. L'angoisse alimente le désespoir, et le désespoir est le suicide du cœur, comme dit le philosophe.

Valentin Heydens pénétra dans son atelier, referma la porte derrière lui et ouvrit la portière arrière gauche de sa voiture. Hannelore était étendue sur la banquette, sous une couverture. Elle dormait comme un bébé. Valentin la prit dans ses bras. Elle gémit. De sentir la chaleur de ce corps contre lui le ramena des années en arrière. Il aurait pu faire d'elle ce qu'il voulait, mais il se contrôla. Du sexe, il pouvait s'en acheter chez les putes. Avec Hannelore, c'était autre chose. Il voulait de l'amour. Il lui avait donné sa chance, elle l'avait refusée. Il était bien forcé de mettre un terme à cette torture : elle mourrait, comme étaient morts ou comme mourraient tous ceux qui l'avaient un jour trompé en prétendant l'aimer.

Avec mille précautions, il porta Hannelore à l'autre bout de son atelier. Là, il avait aménagé une cabine qu'il avait équipée d'un petit banc. Aux parois intérieures recouvertes de mousse, il avait fixé deux barres métalliques. Il fit entrer Hannelore, lui ôta ses chaussures, sa jupe et son slip avant de l'asseoir à demi nue sur le banc et de la menotter aux barres. S'il l'avait plus ou moins déshabillée, ce n'était pas pour nourrir ses fantasmes sexuels, mais parce qu'il voulait montrer à la jeune femme qu'il savait se montrer humain, lui. Il avait glissé un seau en plastique sous le banc, pour qu'elle puisse satisfaire ses besoins pressants en son absence. Et comme décidément il voulait lui prouver qu'il n'était pas un sauvage, il poussa le raffinement jusqu'à déposer une serviette sur ses genoux. Il s'éclipsa rapidement en prenant soin de refermer le portail derrière lui. Il avait promis une dernière répétition à Joris. Le bouquet final était pour très bientôt.

Le lendemain matin, à neuf heures moins cinq, lorsque le téléphone sonna, Van In et Versavel somnolaient, la tête dans les bras, sur la table de la cuisine. Malgré les litres de café noir qu'ils avaient ingurgités, ils avaient fini par s'endormir. Van In fut le premier sur pied. Il courut au téléphone et saisit le combiné.

« Allô !

– J'imagine qu'Hannelore t'a manqué cette nuit, mon cher commissaire… »

Van In reconnut immédiatement la voix de Valentin Heydens. L'estomac noué, les mains tremblant de colère, il aboya :

« Qu'est-ce que tu lui as fait, Heydens ?! »

Versavel posa une main ferme sur le bras de Van In et exerça plusieurs pressions, suivant en miniature le mouvement que dessinent les gendarmes dans l'air pollué lorsqu'ils tentent de ralentir le trafic sur l'autoroute. *Ho ho ! Ce type est un fou dangereux, comme sa sœur et sa mère ! Les explosifs, ça se manie en douceur !*

« Elle a dormi toute la nuit pour cuver son vin, répondit Valentin en riant. Quand elle se réveillera, je lui remettrai ton bonjour ! »

Versavel renouvela ses appels au calme. Ce n'était vraiment pas le moment de laisser libre cours à la colère.

« Demande-lui combien il veut pour la rançon », chuchota-t-il, en frottant son index contre son pouce.

« Combien ? demanda Van In comme un robot.

– Je ne te demande pas d'argent, commissaire

– Qu'est-ce que tu veux, alors ?

– Ta perte, Van In !

– Je ferai tout ce que tu me demanderas !

– Je ferai tout ce que vous voudrez, monsieur Hevdens. »

Van In avala sa salive.

« Je ferai tout ce que vous voudrez, monsieur Heydens, répéta-t-il.

– Alors, écoute-moi bien, petit commissaire de mes deux !

– Je vous écoute, monsieur Heydens. »

Valentin Heydens énonça ses exigences, puis il raccrocha. Il ne lui restait que vingt-neuf heures à vivre, et il avait mieux à faire que de bavasser avec ce connard de flic.

« Je n'y comprends rien ! dit Van In à Versavel.

– Qu'est-ce qu'il demande ?

– Il veut me parler… à onze heures… sur le *Burg*. Si je tente quoi que ce soit pour l'arrêter, Hannelore le paiera de sa vie. »

Van In fouilla dans le cendrier, en sortit un mégot un peu plus long que les autres. Malgré toute la peine qu'il se donna pour le rallumer, le jus de nicotine ne lui fit aucun bien.

« Autrement dit, il a un complice, lâcha Versavel, qui essayait tant bien que mal de parler posément.

– Cela expliquerait son alibi le soir de la mort de son père, dit Van In entre deux quintes de toux. Hannelore m'a dit qu'il avait téléphoné à quelqu'un. »

Mais qu'est-ce qui lui a pris, bon sang, d'aller le voir hier soir ? Elle l'aime encore ?! L'impossibilité de répondre à cette question rendait la situation encore plus insoutenable.

« Je propose qu'on commence par là, Pieter. Il faut que tu ailles écouter ce qu'Heydens a à te raconter. »

Versavel remplit la cafetière pour la sixième fois en moins de quatre heures. Il régnait une ambiance sinistre dans la cuisine, comme si la Mort était entrée sur la pointe des pieds et s'était assise à table avec les deux hommes. Van In pêcha un deuxième mégot dans le cendrier en dressant mentalement la liste des complices potentiels de Heydens : Henri Broos, Leona Vidts, Virginie Broos, Joris Broos et Diana Delanghe. C'était peu. Henri Broos était un vieil homme, Virginie et Diana étaient à l'hosto, et Joris était aveugle. Restait un seul nom : Leona Vidts.

« J'ai un plan ! » dit-il subitement.

Versavel l'écouta patiemment. Quand le commissaire eut fini, le brigadier secoua la tête.

« On ne peut pas, dit-il, décidé.

– C'est la seule manière, Guido ! Ça passera comme une lettre à la poste ! »

À la terrasse du Tom Pouce, une serveuse zélée disparaissant sous un plateau où s'entrechoquaient les Ricard et les Pernod s'esquintait à satisfaire les souhaits d'une bande de Français aussi beuglards qu'assoiffés. Les touristes d'automne sont les plus exigeants. Rien n'est assez bon pour eux, et ils trouvent tout trop cher. Van In traversa la terrasse et s'installa face au *Burg*. Il vit trop tard le radiateur électrique allumé au-dessus de sa tête. Il devait faire aussi chaud à l'intérieur, mais le café était vide.

À onze heures moins cinq, quand la bonniche eut enfin servi toutes les Français, il commanda une Duvel et une tartine au fromage. Hormis la masse grouillante des visiteurs qui se laissaient emporter tels des amibes entre l'hôtel de ville et la chapelle du Saint-Sang, il y avait peu de va-et-vient. *Le jour viendra où l'univers sera contrôlé par des organismes monocellulaires,* pensa Van In. *Le microbe est l'avenir de l'homme !*

La chaleur diffusée par le radiateur électrique le faisait transpirer. Ses mains étaient à la fois moites et glacées. *Attendre ! Attendre ! Toujours attendre ! J'étouffe, moi, ici !*

Leona Vidts accueillit Versavel avec son plus charmant sourire. Elle portait le même kimono que la première fois, mais elle avait peigné ses cheveux mouillés en arrière.

« Je sors de la douche, s'excusa-t-elle.

– Je peux entrer, madame ?

– Bien sûr ! J'allais préparer du café ! »

Tiens ! Les chiens ne sont pas là ! Suspect, ça… Van In a peut-être raison… Après tout, pourquoi ne serait-elle pas la complice de son fils ?

« N'en faites pas pour moi, surtout ! »

Versavel s'engouffra dans la maison à la suite de Leona Vidts. La perspective de commettre un acte illégal le rendait nerveux. En s'asseyant dans un fauteuil, il faillit perdre l'équilibre.

« Vous êtes sûr que ça va ? » demanda Leona en prenant place dans le canapé et en croisant les jambes.

Versavel esquissa un timide sourire d'excuse en se demandant comment il allait bien pouvoir s'y prendre.

« Vos chiens ne sont pas là ?

– Non. Plexus et Nexus logent chez une amie.

– Ah bon. »

Versavel s'enfonça dans son fauteuil. L'absence des cabots s'expliquait peut-être par le fait que Leona Vidts ne voulait pas prendre le risque qu'ils aboient pour signaler la présence d'un étranger dans la maison. C'est ce que Van In aurait pensé à sa place, il en était sûr.

« Je pars pour deux mois en Espagne après-demain, reprit Leona Vidts. Je fais ça tous les ans, pour soigner mon asthme.

– Ah ! Vous avez de l'asthme ? » s'enquit Versavel, complètement déboussolé.

Son interlocutrice éclata de rire.

« J'espère que ce n'est pas illégal, brigadier ! »

Versavel se tut. Ils savaient tous les deux qu'il n'était pas là pour une visite de politesse. Il devait en venir au fait.

« Je dois bien admettre que… Je dois bien admettre que les raisons de ma présence ici sont…

– Étranges ? proposa Leona Vidts.

– Disons qu'elles ne sont pas tout à fait orthodoxes », corrigea Versavel.

Van In lui avait intimé l'ordre de passer les menottes à la mère de Valentin au premier signe de résistance.

« Nous avons des raisons de croire que vous retenez quelqu'un dans cette maison, dit-il enfin en se jetant à l'eau. Pour lever tout malentendu, je vous prierais donc de me donner l'autorisation de la fouiller de fond en comble.

– Vous pouvez me répéter ça, brigadier ? »

Pendant qu'il s'exécutait, un sourire triomphant s'épanouit sur les lèvres de cette femme encore belle.

« Ma parole, vous êtes devenu fou ! »

Valentin Heydens avançait dans la ruelle de l'Âne-Aveugle. Il était sur un petit nuage. Non seulement Hannelore l'accompagnerait bientôt au royaume des morts, où ils partageraient leur dernière demeure pour l'éternité, mais en plus son nom serait bientôt dans tous les manuels d'histoire. Que pouvait-il rêver de mieux ? Il jeta un coup d'œil à sa montre. Onze heures dix. Sa victime était en train de souffrir, ce qui la rendrait faible et soumise. Il bomba le torse et observa son reflet dans la vitrine où étaient placardées les affiches des expositions à venir. Il traversa le *Burg* avec l'air d'un général romain reçu en triomphe dans les rues de sa ville bien-aimée pour avoir soumis les barbares.

Comment réagir ? Ce n'est pas moi qui suis fou, se défendit Versavel in petto, *c'est Pieter !* « En tout cas, empêche-la de téléphoner à qui que ce soit ! » lui avait dit Van In.

« Si vous vous y opposez, je serai tenu d'en référer à un juge d'instruction », compléta le brigadier, la mine grave.

Le calme olympien du flic apaisa les craintes de Leona Vidts. Le Palais la protégeait à condition qu'elle ne fasse pas obstruction à la justice. Le moindre p.-v. à son nom aboutirait à la corbeille, c'était le deal.

« D'accord, dit-elle. Allez-y ! »

« Bonjour, commissaire ! »

Valentin avait longé la façade de l'hôtel de ville avant d'infiltrer un groupe de touristes qui sortaient de la chapelle du Saint-Sang et que leur guide attirait maintenant vers les magasins de dentelle de la rue de la Bride. Il était plutôt satisfait d'avoir fait sursauter Van In. Il faut toujours travailler l'ennemi avant de l'abattre.

« Je vous offre quelque chose à boire, monsieur Heydens ? dit Van In, en faisant un effort surhumain sur lui-même.

– Volontiers. Ta petite Hannelore va bien. Si tu suis mes instructions à la lettre, il ne lui arrivera rien. »

La serveuse arriva. Elle avait les chevilles enflées et tout un réseau de varices dessinait des marques rouges sur ses mollets.

« Un Bloody Mary ! dit Heydens à la serveuse. Ou un Bloody Hannelore », pouffa-t-il en direction de Van In.

On donne dans le bon goût, à ce que je vois ! Tu fais allusion au fait qu'Hannelore a ses règles ? Quelle conclusion dois-je en tirer ? Tu l'as violée, c'est ça ?! Du calme, Van In ! Du calme ! Je ne vais pas lui faire le plaisir de lui sauter à la gorge. Si je ne me maîtrise pas, c'est Hannelore qui trinquera.

« Même chose pour moi », réussit-il à dire.

Le commissaire alluma une clope et jeta un œil dans la direction de l'hôtel Crowne Plaza, de l'autre côté de la place. Si la perquisition chez Leona Vidts ne donnait rien, Versavel apparaîtrait devant l'entrée en manches de chemise. S'il portait sa veste, Hannelore était en lieu sûr et il n'avait plus qu'à attendre les renforts pour embarquer Valentin.

La serveuse apporta les cocktails et retourna au bar en traînant les pieds. Van In lui donnait la cinquantaine, mais elle ne devait pas avoir plus de trente-huit ans.

« Demandez-moi ce que vous voulez, monsieur Heydens, et je le ferai.

– Je dirais comme toi à ta place, commissaire, mais je crains que ce ne soit pas si simple…

– La difficulté ne m'a jamais fait peur… »

Valentin sortit une enveloppe de sa poche.

« Cette lettre est destinée à tous les journaux du pays, dit-il. Tu veux la lire ? »

Van In déchira l'enveloppe. Il regarda de nouveau par-dessus la balustrade de la terrasse. Versavel se tenait devant l'entrée du Crowne Plaza. Il était en manches de chemise et portait sa veste sur son bras.

14

Lorsque Van In prit une pointe Bic pour signer la lettre, Valentin Heydens l'arrêta d'un geste brusque.

« Pas si vite, mon petit commissaire ! »

Il ouvrit sa valisette, en sortit un appareil photo compact – un Leica pourvu d'un objectif ultrasensible et régla l'ouverture du diaphragme.

« Maintenant, tu peux signer. »

Van In s'exécuta et apposa un gribouillis illisible au bas de la lettre pendant que Valentin jouait du zoom. Celui-ci lui tendit ensuite un journal et le prit encore plusieurs fois en photo, l'édition du jour à la main. Le commissaire ne pourrait pas nier qu'ils s'étaient rencontrés la veille de l'attentat et qu'il avait signé la lettre à cette occasion.

Valentin rangea son appareil photo dans sa valisette et donna un exemplaire de la lettre à Van In. Puis il se leva. Avant de partir, il eut un sourire moqueur :

« Tu sais le sort qui attend ta petite femme chérie si tu tentes quoi que ce soit pour me suivre. Ciao ! »

Les yeux fermés, Van In demeura immobile sur son siège pendant plusieurs minutes. Cela ne lui avait jamais tant coûté de garder la tête froide. Il ne savait pas ce qui était le plus fort en lui, du sentiment d'impuissance ou de la colère. Lorsqu'il sentit son corps se détendre peu à peu, il ouvrit lentement les poings. À l'endroit où ses ongles s'étaient enfoncés sous la peau, il saignait. Il s'essuya les mains au moyen d'une serviette en papier avant d'appeler pour régler l'addition. Il laissa même un pourboire. La serveuse lui souhaita une bonne journée, mais elle ne fut pas dupe. Les sourcils froncés, elle prit la serviette et les deux verres et rejoignit sa place près du bar.

Van In traversa le *Burg* d'un pas saccadé. On aurait dit un ivrogne qui faisait de son mieux pour paraître sobre. Dans le hall du Crowne Plaza, Versavel comprit tout de suite que les carottes étaient cuites.

« Alors, qu'est-ce qu'il veut ? »

Van In se laissa tomber sur un canapé, alluma une cigarette et lui tendit la lettre de Valentin.

Chers compatriotes,

Le roi sera à Bruges demain. À part moi et le commissaire Van In, très peu de gens sont au courant de cette visite extraordinaire. Le symbole de l'unité du pays considère comme de son devoir de venir dire adieu à son vieil ami Henri Broos, qui est au seuil de la mort. Il faut dire qu'ils allaient aux putes ensemble dans leur jeunesse, ça crée des liens. Touchant, non ?

Ce que le roi ignore, c'est que j'ai choisi cette belle occasion pour me venger. Enfin, il va payer pour toutes les injustices qu'il m'a fait subir !!!

Sachez que personne ne pourra m'en empêcher, et surtout pas le commissaire Pieter Van In. Car je viens de régler l'attentat avec lui jusque dans ses moindres détails. Il m'a promis de ne pas intervenir.

Sa signature au bas de ce document atteste de cet engagement.

L'union fait la force ! Le divorce fait la farce !*

« Ce type est un fou dangereux ! s'exclama Versavel en pliant la lettre en quatre et en la rendant à Van In.

– Il y a un truc qui ne tourne pas rond chez lui, d'accord, mais en même temps, il a la tête sur les épaules, Guido ! S'il réussit à tuer le roi et s'il libère Hannelore, il faudra que j'arrive à prouver que… »

Houlà ! La fatigue me joue des tours ! Heydens ne peut pas se permettre de libérer Hannelore. Lui laisser la vie, c'est se condamner lui-même ! Son piège est encore plus machiavélique que je ne le pensais.

« Il faut retrouver Hannelore ! » dit-il enfin, la gorge nouée.

Versavel s'assit à côté de Van In en triturant sa moustache. Au-dessus de l'hôtel de ville, les menaces s'accumulaient. Des grondements dans le lointain annonçaient l'imminence d'un orage.

« Leona Vidts n'a rien à se reprocher, dit-il. J'ai fouillé sa maison de fond en comble sans rien trouver.

– Et qui te dit qu'elle n'est pas complice de l'enlèvement d'Hannelore malgré tout ? »

Versavel haussa les épaules.

« Elle est la mère de Valentin. Si elle sait quelque chose, elle ne le trahira pas. Ma seule certitude, c'est qu'Hannelore n'est pas chez elle. »

Van In jeta sa cigarette à moitié consumée sur le tapis du salon de la réception et en alluma une autre aussitôt. *Un attentat contre le roi ! Le pays va être sens dessus dessous ! Heydens doit savoir que c'est de la folie pure ! À moins que…*

Il a peut-être prévu de ne pas en sortir vivant. Mais dans ce cas, ça veut dire que… Non ! Van In, ne pense pas à ça !

« Il faut que j'aille me dégourdir les jambes, Guido ! »

Les deux hommes marchèrent côte à côte sur le chemin pavé de pierre naturelle qui traverse la partie nord du *Burg*, à l'endroit où se dressait naguère la cathédrale Saint-Donatien. Ils s'arrêtèrent devant le couple de statues en bronze baptisées « Les amoureux ». Même s'il ne les trouvait pas très belles, la symbolique ne laissa pas Van In indifférent.

Lors de leur première entrevue, Leona Vidts lui avait parlé d'Orphée, qui, comme lui, était prêt à suivre son aimée aux Enfers. *Et si j'avais mal interprété cette phrase ? Et si c'était une allusion cryptée à l'amour impossible de Leona pour le prince ?!*

« On réinterroge Henri Broos ? suggéra Versavel. Je l'appelle ?

– Comme tu veux », répondit Van In, désabusé.

Un éclair zébra les façades rénovées à grands frais. Avant même que le premier coup de tonnerre ne fasse trembler les édifices vénérables sur leurs fondations, il se remit à tomber des hallebardes. Van In et Versavel partirent au pas de course. Si c'était un présage de ce qui les attendait, la journée du lendemain ne serait pas rose, rose.

Les francs-maçons se retrouvent dans un atelier où ils travaillent à la construction d'un temple qui ne sera jamais achevé et à leur édification personnelle. Ils sont sans cesse rejoints par de nouveaux frères qui, comme eux, poussent de lourdes pierres tout en haut de la pente, tel Sisyphe. Lorsque Versavel lui eut sommairement expliqué l'enjeu au téléphone, le notaire Broos accepta de rencontrer les deux flics rue des Bouchers, dans l'antre du lion.

« Je croyais qu'ils ne laissaient pas entrer les non-initiés », dit Van In.

Versavel sourit. Les francs-maçons des degrés supérieurs étaient habilités à inviter des profanes s'ils estimaient ne pas mettre leurs frères en danger.

« C'est un grand honneur ! commenta-t-il.

– L'honneur est une herbe indigeste, Guido. Elle donne des coliques ! »

Ils franchirent le pont qui reliait la rue du Marécage et le quai des Ménétriers. À gauche, le trottoir descendait et s'arrêtait net sur un portail massif. Versavel souleva le heurtoir – un anneau en fonte représentant un serpent qui se mordait la queue – et enfonça le petit bouton qu'il dissimulait. Dix secondes plus tard, la porte s'ouvrit.

« Tu es déjà venu ? demanda Van In, bluffé.

– Dans une autre vie, Pieter. »

Ils s'enfoncèrent dans un couloir sombre surmonté d'un plafond à voussettes et carrelé de faïences en damier. Les murs étaient nus. Cela sentait le vieux bouc et le cigare. Des deux fenêtres percées dans le mur de droite tombait une lumière diffuse.

« Nous voici dans l'antichambre de l'enfer ! plaisanta Van In, qui se souvenait des histoires que lui racontait sa mère, enfant.

– Arrête un peu, tu veux ? »

Au même instant, un rayon de soleil perça la couverture nuageuse et nimba l'espace confiné d'un halo jaunâtre. Malgré la rénovation récente, les murs subissaient déjà de nouveaux assauts du salpêtre à cause du canal tout proche.

« Tu es sûr qu'on nous attend ? » demanda Van In.

Au même instant, une porte s'ouvrit sur la silhouette d'Henri Broos en complet noir et cravate bleue. De loin, il aurait pu passer pour un entrepreneur des pompes funèbres.

« Entrez, messieurs ! dit-il en invitant les deux flics d'un ample geste du bras, un léger sourire aux lèvres.

– Nous sommes très honorés que vous acceptiez de nous recevoir », répondit Versavel cérémonieusement.

Il serra longuement la main du notaire à la façon dont les frères se reconnaissent entre eux. Van In tenta de l'imiter, se demandant quelle mouche piquait Guido.

« Bonjour, maître.

– Bonjour, commissaire ! Asseyez-vous, je vous en prie ! »

Le temple baignait dans une lumière éclatante. Il était meublé d'une longue table en chêne et d'une vingtaine de chaises à dossier haut. Une toile de maître décorait le manteau de la cheminée. Van In prit place à l'endroit que lui désignait Henri Broos. Sur la table, un cendrier horriblement kitch en forme de crâne. Enfin un bon signe : on pouvait fumer !

« Parlez en toute confiance », dit Henri Broos en s'asseyant face à ses hôtes.

Ses cheveux coiffés en arrière luisaient à la lumière des halogènes qui projetaient comme une aura bleutée sur le mur chaulé de blanc, dans son dos.

« Nous sommes venus vous voir à propos de Valentin, commença Van In.

– À propos de lui personnellement ou de sa naissance ?

– Les deux. »

Van In pesait chacun de ses mots, car il ne savait toujours pas dans quel camp ranger le notaire. Mais il devait agir. S'il ne retrouvait pas Valentin, Hannelore mourrait à coup sûr.

« Est-il oui ou non le fils du roi ?

– Pourquoi me demandez-vous cela ?

– Je ne peux pas vous répondre, désolé. »

Henri Broos poussa un profond soupir. Faire confiance au commissaire, c'était exposer la Couronne, et il s'y refusait. D'un autre côté, Valentin avait manifestement deux meurtres sur la conscience, et c'était intolérable à la sienne. Il caressa du regard les deux colonnes qui flanquaient la cheminée. Différenciées par les lettres J et B, elles représentaient la construction du temple personnel et symbolisaient deux principes opposés qu'il devait concilier. *« La force, il établira »*, se répéta-t-il.

« Bon ! » dit Van In en prenant son paquet de cigarettes. Prenons le problème par un autre bout ! Supposez que Valentin se trouve acculé. Où irait-il chercher refuge ? »

Versavel s'appuya contre le dossier de sa chaise. Outre le plafond peint en bleu et décoré de soleils et de lunes, le temple regorgeait de symboles. Cela faisait plus de trois siècles qu'un petit groupe d'hommes tentait d'améliorer le monde en vivant dans le respect de principes d'une extrême rigueur et en transmettant cette expérience à tous ceux qui méritaient de perpétuer la tradition. Henri Broos s'était élevé au plus haut degré : celui de Grand Maître. Il était impensable qu'il trahisse ses frères en maçonnerie.

Faisant fi de l'atmosphère éthérée, Van In alluma une cigarette.

« C'est une question de vie ou de mort, maître. »

Le notaire hocha la tête. Il y avait longtemps qu'il avait renoncé aux excès et à la bombance. Il avait détruit son temple et l'avait rebâti. Marcus avait laissé passer sa chance. Il avait continué à goûter à tous les fruits que lui avait tendus la Prostituée et n'avait rejoint la confrérie qu'à la fin de sa vie. Il s'était considéré comme un apprenti de la dernière heure et avait revendiqué le même salaire que s'il avait manié la charrue jour et nuit toute sa vie.

« Valentin voue un culte improbable aux technologies modernes. Il s'est toujours rêvé inventeur, expliqua le notaire. Comme son père, il ne s'est jamais préoccupé que des choses matérielles.

– Franchement, maître, je m'en bats l'œil. La vie de ma compagne est en danger. »

Van In aurait mieux fait de tourner sept fois sa langue dans sa bouche avant de l'ouvrir, car Broos restait un suspect dans cette affaire, au même titre que son ex-femme et que tous ses enfants. Le commissaire fit tomber la cendre de sa cigarette dans le crâne en plâtre. Un long silence s'installa.

Le notaire songeait à la conversation qu'il avait eue en début de semaine avec Leona. Elle lui avait téléphoné au plus noir de la nuit pour lui annoncer que Marcus Heydens était mort et que c'était sans doute quelqu'un de la famille qui l'avait assassiné. Elle lui avait demandé conseil. « Rappelle-toi ta promesse, lui avait-il dit. Quoi qu'il arrive, la Cour nous protégera. » Son silence à lui avait été récompensé par un anoblissement au plus haut titre. C'était pour lui un baume sur la conscience, tout franc-maçon qu'il fût.

« Valentin a un atelier », lâcha-t-il subitement.

Les mots lui avaient échappé comme des gouttes d'eau d'un robinet qui fuit. Quand les hommes sont sur le point de mourir, ils sont capables des revirements les plus étranges. Des athées trouvent subitement la foi, des croyants s'adonnent à des hérésies. L'ironie de la vie a toujours le dernier mot. Personne ne s'éteint avec des certitudes, car la mort, c'est l'inconnu, et tout d'un coup, il faut faire face, dans l'ici et le maintenant.

« Un atelier ?

– Un endroit où il bricole.

– Où ça ?

– Je l'ignore. »

Van In n'insista pas. L'adresse serait facile à trouver. La tension le quitta comme la mer libère la plage à marée basse.

« J'apprécie votre collaboration, maître. »

Le notaire hocha la tête. Cet aveu lui donnerait suffisamment de crédit pour payer le passeur qui l'emmènerait bientôt de l'autre côté du Styx.

« Je vous souhaite bonne chance, commissaire Van In. »

Et dire qu'il y a une semaine, j'ai téléphoné à Beekman pour qu'il envoie ce flic sur une voie de garage ! Franchement, je le regrette.

« N'hésitez pas à reprendre contact avec moi si vous souhaitez en savoir davantage, dit-il encore.

– Je n'y manquerai pas, maître. »

Les deux hommes se serrèrent la main. D'un doigt recroquevillé, Broos exerça une légère pression sur l'intérieur de la paume de Van In, comme c'est la coutume entre frères, mais Van In ne se rendit compte de rien. Il se demandait où se trouvait Hannelore et si Valentin la traitait correctement. Un étau enserrait sa poitrine.

Lorsqu'elle revint à elle, Hannelore crut d'abord qu'elle s'était endormie aux toilettes, chez elle, comme cela lui était déjà arrivé après une virée avec Van In. Elle essaya de se lever. Quand elle n'y parvint pas, elle comprit qu'elle ne se trouvait pas dans les W.-C. qu'elle partageait depuis plus de quatre ans désormais avec Pieter. L'interrupteur n'était pas non plus à sa place, et l'odeur n'était pas la même. Elle entendit un cliquetis de chaîne, tout près d'elle, et, au loin, le meuglement d'une vache. Des bribes de souvenirs lui revinrent à la mémoire. Valentin qui l'appelait « madame le juge d'instruction »... Valentin qui lui montrait comment, depuis son téléphone portable, il avait actionné à distance un tabouret pour tuer son père... Van In qui lui demandait si Valentin et elle étaient restés toute la soirée à L'Estaminet... Leur dispute quand elle avait admis que Valentin s'était absenté un moment pour téléphoner. « Ce n'est pas un crime, de téléphoner ! » avait-elle hurlé à Pieter. Il n'avait pas insisté... Il l'avait même embrassée pour s'excuser... Maintenant, elle comprenait, et cela lui faisait mal. *Si, parfois, c'est un crime de téléphoner. On peut tuer en passant un simple coup de fil.* Elle n'osait pas continuer à réfléchir. L'idée que Valentin avait pu la déshabiller la révoltait et l'attristait profondément. Elle avait continué à chérir dans son cœur les souvenirs de leur histoire. Elle devait désormais leur dire adieu, définitivement, alors qu'ils représentaient une des plus belles périodes de sa vie. Elle commença à pleurer, pleurer, comme elle ne l'avait plus fait depuis la naissance de Sarah et Simon.

« Qu'est-ce qu'on fait, maintenant ? » demanda Versavel lorsque la porte du temple se fut refermée derrière eux.

Van In alluma une cigarette. Il fumait pour ne pas devenir fou. Mieux vaut clamser d'un cancer du poumon que finir comme un légume à l'asile.

« Il y a deux possibilités. Son atelier, Valentin Heydens l'a soit acheté, soit loué.

– Les registres du cadastre ?

– Cela me paraît logique. »

Ils prirent par la rue d'Artois jusqu'au *Zand*, sous la pluie battante.

Au palais de Laeken, en revanche, le roi marchait au sec, encadré par deux laquais qui brandissaient chacun un parapluie au-dessus de son auguste crâne jusqu'à la Mercedes blindée. Son Altesse se déplaçait en s'aidant d'une élégante canne pour tenter de soulager ses articulations. La goutte coulait dans les veines des rejetons de la royale lignée, et leur penchant plus ou moins prononcé pour le péket n'y était pour rien. Les laquais refermèrent leurs parapluies et rentrèrent au palais au pas de course. L'étiquette avait été respectée à la lettre.

Dans la voiture, le roi consulta sa boîte vocale. Il avait un message. Tandis que l'imposante Mercedes, précédée et suivie de toute une armada d'agents de la Sûreté de l'État et de gendarmes, s'engouffrait dans les embouteillages, le roi composa le numéro d'Henri Broos, le vicomte avec qui il avait fait la noce au bon vieux temps.

« Salut, Henri !

– Sire ! C'est vous ? »

Le roi étendit les jambes et alluma une cigarette.

« *Pas de formalités*, Henri. *Quelles nouvelles** ?

– *Je vous appelais à propos de Valentin**. »

Le roi poussa un profond soupir. Trois sillons se creusèrent sur son front.

« Qu'est-ce qu'il a encore inventé, celui-là ? »

Quand il y a un mauvais coup à faire, on peut compter sur lui ! Un an auparavant, il avait importé des oiseaux, les avait peints et les avait revendus en prétendant qu'il s'agissait d'oiseaux exotiques rarissimes. Une organisation de défense des animaux avait porté plainte. L'affaire avait été classée sans suite, comme toutes les autres, mais il s'en était fallu d'un cheveu.

« La police le soupçonne d'un délit grave, dit Broos en néerlandais.

– Un délit ? répéta le roi en consultant son dictionnaire électronique. *Grave comment** ?

– Le commissaire qui mène l'enquête se pose des questions sur son ascendance. »

Le roi en resta interloqué. Il n'avait aucune envie d'un nouveau scandale.

« Que pouvons-nous faire pour étouffer cette histoire, Henri ? »

La Mercedes blindée pénétra dans un tunnel, et la communication fut interrompue un moment.

« … *Valentin a disparu**…

– Plaît-il ?

– Marcus Heydens et Wilfried Delanghe ont été retrouvés assassinés. Peu après, Valentin a disparu sans laisser de traces.

– Dans ce cas, nous devons le retrouver avant la police.

– Je fais immédiatement le nécessaire, Sire.

– Sois discret, Henri !

– *Vous pouvez compter sur moi**.

– À demain, Henri.

– À demain, Sire. »

Après avoir raccroché, Henri Broos alla se poster à la fenêtre. Il resta un long moment à suivre le trajet sinueux des gouttes sur la vitre. *Valentin est aussi insaisissable que l'eau d'une rivière. Personne, pas même Marcus, n'a jamais réussi à lui faire entendre raison. Dès l'enfance, il s'est isolé du monde. Il s'est créé son univers et n'a jamais permis à quiconque d'y entrer. La technique a toujours été sa seule passion. Il a eu les pires difficultés pour obtenir un diplôme, mais c'est un être intelligent et tenace qui n'abandonne jamais la partie. Une qualité qu'il a héritée de son oncle, comme son goût de la technique.*

Il arrivait à Valentin de disparaître quelques jours. On savait qu'il s'enfermait dans son atelier pour y mener les expériences les plus étranges et les plus coûteuses. Broos y avait laissé une fortune, mais cela lui avait valu son titre de noblesse. *Le vicomte Henri Broos ! Ce sera du plus bel effet sur ma tombe !*

Lorsque Van In et Versavel entrèrent dans sa chambre, Virginie Broos sursauta. Elle n'avait pas été blessée dans l'incendie, mais le médecin avait décidé de la garder vingt-quatre heures supplémentaires en observation.

« Vous venez pour l'assurance ? demanda-t-elle.

– Non, madame. Nous sommes de la police. Je suis le commissaire Pieter Van In, et voici mon collègue Guido Versavel. »

La jeune femme fronça les sourcils. Venaient-ils l'accuser de quelque chose ?

« C'est au sujet de votre demi-frère », précisa Van In.

Soulagée, elle laissa retomber sa tête sur l'oreiller et sourit.

« Qu'est-ce qu'il a encore inventé, celui-là ? »

Van In marcha jusqu'à la tête de lit, tandis que Versavel demeurait en retrait.

« Que voulez-vous dire ? »

Virginie Broos continuait à sourire, persuadée que tout le monde était au courant des frasques de Valentin. Un jour, il avait voulu adopter cinquante mille orphelins rwandais et il avait attaqué l'État belge en justice parce que l'administration compétente refusait de lui verser les allocations familiales correspondantes. L'affaire avait suscité un beau tollé dans la presse avant de retomber comme un soufflé.

« Valentin est persuadé d'être un génie méconnu, commissaire. Si vous l'écoutez, il vous dira qu'il est inventeur, philanthrope et, surtout, incompris ! Moi je pense que…

– Savez-vous où se trouve son atelier ?

– Non, commissaire. Son atelier, c'est son labo secret. Il l'a installé à un endroit où la terre communique avec les autres éléments. C'est tout ce qu'il m'a dit. »

Pendant que Van In notait cette étrange description, Versavel consulta sa montre. Seize heures et cinq minutes. Il ne leur restait que vingt-deux heures pour retrouver Hannelore. Compte tenu des conditions posées par Valentin, c'était très, très serré, d'autant plus qu'ils devaient agir seuls et dans la discrétion.

Pendant que Van In poursuivait l'interrogatoire de la fille Broos, le brigadier alla dans le hall de l'hôpital pour téléphoner au directeur du cadastre. Il fit chou blanc. Valentin Heydens n'était pas encodé comme propriétaire d'un bien immeuble. Autrement dit, son atelier, il le louait, et il serait plus difficile de le localiser. Versavel alla se commander un café à la cafétéria et y attendit Van In.

Après sa conversation avec le roi, Henri Broos téléphona à Beekman. Lorsqu'un fonctionnaire à la voix lasse l'informa qu'il avait ordre de ne déranger monsieur le procureur sous aucun prétexte, le vicomte monta sur ses grands chevaux :

« Écoutez-moi bien, mon ami ! Mon nom est Henri Broos ! Je suis un ami personnel du procureur ! Si jamais il apprend que vous ne l'avez pas averti de mon appel, je vous garantis que cela aura les conséquences les plus fâcheuses pour votre carrière ! Est-ce que je me fais bien comprendre ?! »

Le rond-de-cuir referma son livre et but une gorgée de café.

« Puis-je vous faire remarquer que nous ne sommes plus au Moyen Âge ? Vous seriez le roi, que ce serait pareil. Si le procureur me dit qu'il n'y est pour personne, c'est qu'il n'y est pour personne. Est-ce que je me fais bien comprendre, monsieur Broos ? »

Et, sans laisser à son interlocuteur le temps de réagir, le fonctionnaire lui raccrocha au nez. « C'est comme ça qu'il faut leur parler ! Non mais ! Pour qui ils se prennent ?! » dit-il avec un sourire satisfait à la petite stagiaire qui s'affairait sur sa minuscule table de dactylo.

Celle-ci ne laissa pas échapper cette occasion de tailler une bavette.

« Oui, les gens se croient tout permis !

– Exactement, Ania ! » répondit le fonctionnaire en se demandant si ce n'était pas le moment d'inviter la jeune fille à aller boire un verre après le boulot.

« Enfin ! dit Versavel en soupirant lorsque Van In le rejoignit, une heure plus tard.

– Je suis passé dans la chambre de Diana Delanghe.

– Et alors ?

– Son état est stationnaire. Les chirurgiens ont extrait la balle. Elle sera rétablie d'ici quelques semaines. Si tout va bien… »

Van In hésita. L'état mental de la jeune femme, lui, était loin d'être brillant. Au beau milieu de la conversation, elle avait déboutonné son chemisier : « Vous pouvez me donner mon bébé ? avait-elle demandé en indiquant une poupée tout habillée (et affublée d'un lange) posée au pied de son lit. Il est constamment affamé. »

« Tu as du neuf sur l'atelier de Valentin ? demanda Versavel, impatient.

– Non. Elle n'a plus toutes ses frites dans le même panier. Quand je lui ai posé la question, elle a baragouiné quelque chose à propos d'un roman et d'un renard…

– Le *Roman de Renart* ?

– Je n'y avais pas pensé. Ça nous fait une belle jambe. »

Il alluma une cigarette et demanda à Versavel d'aller lui chercher une pils.

Il attendait, les yeux dans le vague, cherchant en vain le moyen de retrouver Hannelore, lorsqu'il entendit une voix familière dans son dos. Il se retourna. L'agent Bruynooghe arrivait à grandes enjambées.

« C'est toujours les mêmes qui se coltinent tout le boulot ! » dit Bruynooghe en riant.

Van In hocha la tête. D'un geste nonchalant, il invita son subalterne à prendre place à sa table.

« Qu'est-ce que tu fiches ici ?

– Accident de la route. Un fou qui a bousillé sa Mercedes avenue Baron-Ruzette. C'est un miracle que le conducteur s'en soit sorti ! Sa tire est bonne pour la ferraille !

– Il avait bu ? »

Bruynooghe haussa les épaules.

« Il serait de la famille du président du Rotary…

– Nan ! Vanneuville !

– Vous le connaissez ? »

Malgré la gravité de la situation, Van In ne put s'empêcher de sourire. Qui viendrait encore lui reprocher d'avoir légèrement griffé le cabriolet de ce fils à papa rue de la Porte-de-Gand ?

« Je t'offre une petite pils, Robert ?

– Non merci, commissaire. »

Van In fronça les sourcils. Robert qui refusait de pinter, c'était aussi suspect qu'un homme politique qui décline une interview.

« C'est quand même pas la fin du monde, Robert ?

– Presque. Z'êtes pas au courant ? Le procureur vient de lancer la phase d'alerte 1 !

– Qu'est-ce que c'est que cette histoire ?

– Le parquet a mis tous les services de police en état d'alerte. Mission : débusquer Valentin Heydens et l'amener par la peau du cou devant un magistrat.

– Merde ! »

Van In courut prévenir Versavel. Bruynooghe les regarda parler avec animation près du bar. Avec Van In, il y avait toujours de l'ambiance, quelle que soit la crémerie.

« Si vous ne me dites pas illico où se trouve Beekman, je vous mets une balle entre les deux yeux ! » rugit Van In à l'adresse du rond-de-cuir qui, une heure et demie auparavant, avait refusé de mettre Henri Broos en communication avec le procureur.

La jeune stagiaire s'attendait à ce que son supérieur apprenne les bonnes manières à ce flic mal embouché, mais, à sa grande surprise, il s'exécuta sans faire d'histoire. Elle rentra la tête dans les épaules, prit sa veste et se dirigea vers la pointeuse. *Les hommes ! Quand ça se corse, y a plus personne !*

Le procureur Beekman dégustait un verre de vieux porto. Henri Broos était assis en face de lui.

« Vous êtes vraiment certain de ce que vous me dites ? La sécurité du roi est menacée si nous ne mettons pas rapidement la main sur Valentin ? »

Le notaire croisa les jambes et s'enfonça dans son fauteuil. Il devait réfléchir à la façon de formuler sa réponse. Il n'était pas question d'exposer la Couronne.

« Je ne parle pas de la sécurité physique du roi, Jozef.

– De quoi parlez-vous, dans ce cas ? »

Une heure auparavant, le gouverneur avait appelé Beekman pour lui ordonner de lancer la phase d'alerte 1. Les explications viendraient après, dès qu'il verrait Henri Broos, ce qu'il lui intimait de faire toutes affaires cessantes. « Question de sécurité nationale ! » avait-il lâché laconiquement. Il n'avait de toute façon pas besoin d'en dire davantage : entre frères maçons, on ne pose pas de questions.

« Valentin a l'intention de salir le nom du souverain, dit-il. Nous devons éviter cela à tout prix.

– Mouais... », dit Beekman en s'interrogeant sur la gravité réelle de la menace.

Lorsque la sonnette retentit, l'assistant d'Henri Broos sursauta. Il s'interrompit dans son travail et alla ouvrir. Depuis le départ de madame Leona, le maître n'avait plus jamais reçu autant de visiteurs en même temps.

« Bonjour ! Commissaire Van In ! Je dois parler au procureur de toute urgence !

– Un instant, monsieur. »

Le zélé secrétaire se traîna jusqu'au salon pour informer son patron, sans se poser la moindre question sur la façon dont le policier avait été informé de la présence du procureur.

Lorsqu'il franchit le pont de Scheepsdale, Valentin Heydens remarqua deux agents de police au loin. Debout à côté de leur combi, ils scrutaient attentivement le trafic. Valentin décéléra. Un tremblement nerveux s'entortilla autour de sa colonne vertébrale et remonta jusque dans sa nuque. Si c'était un coup de Van In, Hannelore le paierait cher. Il bifurqua à gauche avant le croisement entre les chaussées de Blankenberghe et d'Ostende, exécuta un tour complet du rond-point et reprit le périphérique en sens inverse. *L'autre voiture ! Je dois prendre l'autre voiture !*

15

Van In n'attendit pas. D'abord, il n'avait pas de temps à perdre. Ensuite, il ne voulait pas être repéré devant chez Broos. Il poussa la porte et avança dans le couloir. Il entendait des paroles étouffées. Le secrétaire était en train d'expliquer que deux policiers demandaient à parler au procureur de toute urgence quand Van In déboula dans le salon. Silence glacial. Le visage fermé, Broos eut l'air aussi surpris qu'irrité, mais il demeura silencieux. Une telle grossièreté dépassait son entendement. C'est Beekman qui réagit le premier :

« Quelle mouche vous pique, commissaire ? »

Le procureur se sentait coincé. *Van In va mal interpréter ma visite au notaire et établir un lien entre la mort de Marcus Heydens et la loge. On n'est pas au bout des emmerdements !*

« Puis-je vous parler seul à seul, monsieur le procureur ? »

Beekman consulta Henri Broos du regard. Celui-ci haussa les épaules d'un air contrarié.

« Je serai à mon bureau dans une petite heure, commissaire.

– C'est urgent, monsieur le procureur. »

Beekman se raidit.

« Dans une heure, commissaire.

– Dans une heure, Hannelore sera peut-être morte ! »

Versavel avait entendu Van In hurler depuis la porte d'entrée. Il la poussa à son tour et prit position dans le couloir.

« Je veux que vous arrêtiez immédiatement les recherches concernant Valentin Heydens ! »

Qu'un policier donne un ordre à un magistrat, c'est à peu près comme un vendeur de crèmes glacées qui exige d'un cobra qu'il ravale son venin. Beekman passa la langue sur sa lèvre supérieure. *Là, désolé, Van In, mais tu vas trop loin ! Tu as de la chance, je vais rester poli, mais c'est pour Hannelore.*

« Je crains de devoir vous décevoir, Van In. Ces recherches ont la priorité absolue. »

Le procureur jeta un œil vers Henri Broos. Celui-ci approuva d'un signe de tête. *C'est comme ça qu'il faut faire. Toujours remettre la piétaille à sa place.*

Ce regard de connivence n'avait pas échappé à Van In.

« Je me permets d'insister pour vous parler en tête-à-tête, monsieur le procureur. »

Il avait eu toutes les peines du monde à reformuler sa requête en y mettant les formes. Il ne s'était jamais senti aussi oppressé de sa vie. C'était comme si, à l'intérieur de sa cage thoracique, quelqu'un lui donnait des coups de marteau dans les côtes. Il se refusait à penser à ce qui arriverait à Hannelore si Valentin comprenait que la police était à ses trousses. Il était persuadé que, d'une manière ou d'une autre, l'interpellation de Heydens signerait l'arrêt de mort de sa compagne. Son impuissance lui donnait la nausée.

« Je vous en supplie, monsieur le procureur. »

Beekman n'avait jamais vu Van In ramper comme ça. Il était pris dans un dilemme. Accéder à la requête du commissaire, c'était perdre la face devant le Grand Maître et faire une croix sur tout nouvel avancement. Mais si la vie d'Hannelore était en jeu… En d'autres circonstances, il aurait probablement accédé à la requête de Van In, mais elle ne pesait pas lourd face à un ordre du roi…

« Je ne peux rien pour toi, Pieter. »

Van In encaissa la sentence de mort les mâchoires serrées, tel César en personne.

Tu quoque, Brute ! pensa Versavel, qui était entré dans le salon en silence.

« Arrête l'opération, Jozef. »

C'était une règle tacite entre eux : jamais Van In n'appelait le procureur par son prénom en public. S'il allait jusqu'à transgresser ce principe, c'est bien qu'il ne savait plus à quel saint se vouer.

« Désolé, Van In, mais il faut maintenant que je parte de toute urgence », dit Beekman. Puis, se tournant vers Versavel : « Vous pouvez me déposer au tribunal, brigadier ? »

Versavel en resta comme deux ronds de flan. Il avait repéré la BMW de Beekman dans une rue latérale, pas loin de l'endroit où lui-même avait rangé la Golf.

« À vos ordres, monsieur le procureur », dit-il en saluant au garde-à-vous.

Mais qu'est-ce qui lui prend, de faire ces singeries ? se dit Van In. *Qu'est-ce qu'il essaie de me dire ?*

Valentin abandonna sa voiture le long du canal d'Ostende, sous un pont du chemin de fer, et prit un bus jusqu'au centre de Bruges depuis la porte des Baudets. Le stratège prussien Clausewitz a écrit quelque part qu'il faut toujours avoir un plan de réserve qui soit au moins aussi intelligent et, si possible, encore plus simple que le projet original. Parce qu'il avait lu ses classiques, Valentin avait loué une voiture – une banale petite Fiat – deux jours auparavant, en prévision de complications éventuelles. Il l'avait garée dans le parking souterrain du *Zand*. Dans le coffre, il avait déposé une valise et, dans cette valise, des vêtements, une paire de lunettes, un rasoir et une carte d'identité qu'il avait achetée à Diana quelques mois plus tôt. Dans dix minutes, même sa propre mère aurait du mal à le reconnaître. Pour la première fois de sa vie, il maîtrisait parfaitement tous les paramètres. Cela lui donnait le vertige. *Mourir au faîte de ses capacités, c'est la plus belle chose qui puisse arriver à un homme ! Ce qui est encore plus beau, c'est qu'Hannelore m'accompagnera dans ce long voyage. Demain, nous serons ensemble pour toujours, ma belle !*

« Donne-moi une seule bonne raison pour laquelle je devrais arrêter les recherches ! » demanda Beekman alors qu'ils s'engouffraient quai des Augustins.

Lorsque Van In reconnut la BMW du procureur, il comprit le petit jeu de Beekman. Il ravala ses reproches et se martela métaphoriquement la poitrine.

« Heydens a enlevé Hannelore. Il menace de la tuer si nous le faisons rechercher. »

Van In était dans ses petits souliers. *Maintenant, il va me demander pourquoi Heydens a enlevé Hannelore et quelles sont ses exigences ! Je suis cuit !*

Mais le procureur s'arrêta et regarda Van In dans les yeux. *Mon pauvre vieux ! Le Palais avait donc raison de craindre le pire !*

« Je suis vraiment désolé, Pieter, mais je ne peux vraiment pas accéder à ta requête. Et quand je dis que je ne peux pas, je veux dire que c'est au-dessus de mes compétences. »

Des moineaux se disputaient quelques mies de pain sur le muret du canal. Un touriste solitaire immortalisa le tableau.

« Tu peux me répéter ça, Jozef ?

– Je suis vraiment désolé, Pieter. »

Beekman ouvrit la portière de sa BMW et s'installa au volant.

« Appelle-moi dès que tu as du neuf ! »

Il démarra, abandonnant Van In à son sort. C'était douloureux, mais il n'avait pas le choix.

Van In s'assit sur le muret. Il alluma une cigarette. *Beekman a laissé entendre que la décision avait été prise à un niveau plus haut que le sien. Sait-il que Valentin Heydens prépare un attentat contre le roi ? Non, impossible. Sinon, les services de sécurité ne laisseraient jamais le roi venir à Bruges demain…*

Versavel le laissa ruminer à l'aise. *Chaque heure qui passe rend plus minces les chances de retrouver Hannelore. Seul un miracle pourrait encore la sauver…*

Valentin Heydens ouvrit la porte de son atelier et y rangea la Fiat de location. Durant le court trajet depuis Bruges, il s'était fait arrêter deux fois : la première par la police, la seconde par la gendarmerie. *À voir leur gueule, ça ne rigole pas ! Je suis devenu quelqu'un d'important ! Je devrais remercier Van In, en fait. Ce déploiement de force accroît mon prestige ! C'est tout ce dont je rêvais !*

Il se dirigea vers la cabine où il avait enfermé Hannelore. Il s'accroupit à hauteur de la fente de boîte aux lettres qu'il avait percée pour laisser passer l'oxygène et regarda à l'intérieur.

« Salut, ma chérie ! Papa est rentré. Tu veux un bisou ? »

Hannelore fut soulagée d'entendre la voix de Valentin. Elle en oublia presque que c'était lui qui l'avait enlevée. *Comment se fait-il que je n'arrive jamais à lui en vouloir longtemps ?*

« Tu auras ton bisou si tu me laisses sortir d'ici !

– Si je te laisse sortir, je veux plus qu'un bisou ! »

Coucher une dernière fois avec elle ! Je serais vraiment comblé !

Hannelore prit une profonde inspiration. Elle était sur le point de tourner de l'œil une fois de plus. Ses muscles étaient endoloris à force de rester assise dans la même position, et la puanteur était insupportable. Elle aurait tout donné pour une douche et des vêtements propres.

« Donne-moi encore un peu de temps ! » dit-elle faiblement.

Valentin sourit. Il avait prévu de passer la nuit à l'atelier. De toute façon, il y avait de fortes chances qu'il ne trouve pas le sommeil. *Je reviendrai toutes les heures et je lui reposerai la même question.*

Il se releva et traversa l'atelier. Une corde pendait au bout d'une poutre. Juste au-dessous, le fameux tabouret attendait de servir une seconde fois.

Van In jeta son troisième mégot dans le canal.

« Broos est notre dernière chance ! » dit-il, le front luisant, les mains tremblantes.

Versavel ne posa aucune question. Il espérait simplement que Van In avait trouvé le fil sur lequel tirer pour détricoter cette histoire. Ils longèrent le quai des Augustins en sens inverse, reprirent la rue Saint-Georges et sonnèrent une nouvelle fois chez Henri Broos. Lorsque son secrétaire ouvrit, Van In le poussa sur le côté sans ménagement et entra dans la maison.

Henri Broos était assis au salon, dans son fauteuil, près de la fenêtre. Vêtu d'une robe de chambre en velours, il relisait *Le Pénitent* d'Isaac Bashevis Singer, un de ses livres de chevet. Lorsque Van In fit irruption dans la pièce, il réagit comme un grand-père qui connaît les choses de la vie et qui a décidé une bonne fois pour toutes de ne plus s'en faire.

« Je vous attendais, commissaire. »

Van In examina le vieil homme. Même si le salon n'avait plus été aéré depuis des années, il y régnait quelque chose comme de la sérénité. *Et si c'était vrai ? Et si les francs-maçons étaient des hommes profondément bons ?*

« Il s'agit de ma compagne, maître. Valentin l'a enlevée. Il menace de la tuer si nous essayons de le retrouver. »

Beekman obéissait à des ordres venant d'en haut. Broos était intime avec le roi. C'était clair.

« Que voulez-vous, commissaire ?

Van In consulta sa montre. Il était dix-neuf heures quinze.

« Donnez-moi douze heures. »

Henri Broos sourit. Il avait l'impression de se retrouver au beau milieu d'un polar. Il referma son livre et se releva en faisant craquer ses articulations.

« Veuillez m'excuser, messieurs. Je reviens dans un instant. »

Il se retira dans son bureau, une pièce encore plus confinée que son salon et tapissée de volumes enveloppés des vieilles reliures de cuir et d'antiques livres de droit sur la couverture desquels les lettres d'or étaient en train de s'effacer. Un bureau Empire occupait une grande partie de l'espace disponible. Dans une cache entre deux tiroirs, Broos conservait une copie de son testament et un petit calepin. Un nombre à dix chiffres était inscrit sur la première page. Lorsqu'il augmentait chacun d'eux d'une unité, il obtenait le numéro de téléphone du roi.

« *Bonjour, Sire**. »

Le roi se trouvait dans sa salle de bains, une serviette autour des reins.

« *Bonsoir, Henri**. »

Il se gratta le dos avant de s'asseoir sur le petit banc de bois sur lequel il se coupait les ongles des orteils toutes les trois semaines. Il s'y asseyait désormais régulièrement, car son médecin lui avait conseillé de rester en station debout le moins longtemps possible.

« *J'ai une question délicate à vous poser, Sire**.

– *À propos de ma visite de demain** ? »

Le roi but une gorgée du Baccardi-Coca posé sur une petite table, à côté de lui. Son valet lui portait ce breuvage en toute discrétion dans un thermos.

« *Non, Sire. C'est plus grave que ça.*

– *Je t'écoute, Henri**. »

« Qu'est-ce qu'il complote ? dit Van In. Ça fait dix minutes qu'il nous a laissés en plan ! »

Au moment même, la porte entre le bureau et le salon s'ouvrit en grand et le notaire entra d'un pas majestueux. Il paraissait aussi content de lui que le commun des mortels qui vient de serrer la main d'un *B.V*[1].

1. *Een Bekende Vlaming*, autrement dit, une célébrité flamande.

« Le Palais nous fait envoyer une voiture, dit-il, manifestement sous le coup de l'émotion. Le roi veut vous voir. »

Il y a des blagues qu'on ne se permet pas même le 1er avril. *Le roi qui fait envoyer une voiture pour rencontrer un de ses sujets au palais ?! Je rêve !*

« Je pensais que Valentin nous préparait une nouvelle farce, expliqua Henri Broos. Pour éviter qu'il perturbe la visite du roi demain à Bruges, j'ai demandé au procureur Beekman de lancer une vaste opération de recherche. Mais j'ignorais que la vie de votre compagne était menacée. J'ai tout expliqué au souverain. »

Van In se raidit. Il ne s'était pas trompé. Ni Broos ni Beekman ne savaient que Valentin en voulait directement à la personne du roi. Il y avait peut-être encore de l'espoir.

« Qu'entendez-vous par "farce", maître ? »

Le notaire secoua la tête. Il ne pouvait dire la vérité au commissaire que par allusion.

« Quelqu'un a fait croire à Valentin qu'il était le fils illégitime du roi, car feu son père et moi-même avons toujours entretenu d'excellentes relations d'amitié avec le prince. Et puis, certains ont dit avoir vu Leona en sa présence… De fil en aiguille… Je croyais que Valentin tenterait de perturber la visite du roi en lui jetant cette fausse rumeur à la figure demain. C'est pour cette raison que j'ai demandé au procureur Beekman de lancer cette opération en vue de l'arrêter. »

Van In respirait, soulagé.

« En attendant l'escorte royale, je prendrais volontiers un petit remontant, si ce n'est pas abuser… »

Henri Broos approuva d'un signe de tête. Il servit trois verres de calva à ras bord. Cela faisait des années qu'il n'avait plus été invité au palais.

Hannelore était torturée par le remords et l'angoisse. Le remords, parce qu'elle s'était jetée dans la gueule du loup comme une oie blanche. L'angoisse, parce qu'elle sentait que plus rien n'arrêterait Valentin. Que faire ? Durant ses études, elle avait compris que certains hommes étaient prêts à risquer leur carrière pour une simple partie de jambes en l'air. Un prof lui avait un jour fait cette proposition hallucinante : deux nuits en échange des Félicitations. Elle y avait longuement réfléchi, et elle avait finalement décidé de tenter l'examen de repêchage. Le prof en question lui avait finalement attribué un Assez Bien, résultat dont elle était restée très fière.

Cette fois, l'enjeu était différent. Si elle refusait de s'offrir à Valentin, elle risquait de mourir. Elle pensa à Simon, à Sarah, à Van In, et même à Versavel. *Que pèse mon honneur dans la balance ? Qu'arrive-t-il à Valentin ? Pourquoi s'est-il mis en tête de tuer tous les êtres qui l'ont aimé ?*

Le trajet de Bruges à Laeken dura quarante-cinq minutes, ce qui n'était pas trop mal pour cent kilomètres... Lorsque la Mercedes noire aborda les pavés de l'allée menant au palais en crissant des pneus, deux gardes s'empressèrent de refermer les grilles derrière elle. La limousine s'arrêta devant le perron. Un homme vêtu de noir ouvrit la portière de Van In et les mena, lui et Henri Broos, dans un dédale de couloirs jusqu'à l'aile où le couple royal avait installé son vaste appartement. *C'est plus beau à la télé qu'en vrai,* se dit Van In. *Tout n'est pas parfait... Regarde-moi comme ce parquet est usé par endroits ! Et ces taches d'humidité au bas des rideaux !*

« La dotation royale, expliqua Henri Broos quand il lui fit part de sa déception, suffit à peine pour payer le train de vie du roi. Et l'État belge ne finance que l'entretien de l'extérieur du palais. Le roi doit débourser le reste de sa poche. Vous constaterez bientôt par vous-même que la reine et lui vivent dans une grande simplicité ! »

Leurs pas résonnaient dans les couloirs ornés de stucs dorés à la feuille. Après une marche qui sembla une éternité à Van In, l'homme en noir les fit entrer dans une antichambre en leur disant, dans les deux langues nationales, que « sa Majesté » les attendait.

« *Tot ziens*, au revoir », lui répondit Van In, laconique.

Il prit place dans un fauteuil en peluche et alluma une cigarette. Quand Broos lui signala qu'il était interdit de fumer au palais, le commissaire lui indiqua un énorme cendrier qui trônait sur un horrible piédestal dans un coin de la pièce. Deux minutes plus tard, un autre employé ouvrit les doubles portes qui menaient à l'appartement royal. C'était un petit maigrelet aux yeux en tête d'épingle affublé de pieds semblables à ceux de tante Sidonie.

« Le Roi, *de Koning* ! » annonça-t-il solennellement.

Van In se leva et éteignit précipitamment sa cigarette dans le cendrier, pour les beaux yeux de Broos, car le pauvre notaire avait l'air véritablement à cran.

Le roi avait renoncé à utiliser sa canne, ce qui le faisait boiter légèrement. Cela mis à part, il avait l'air particulièrement alerte. Il portait un pantalon de lin brun, une chemise à carreaux et des chaussures sportives qui le rajeunissaient.

« Je vous présente le commissaire Van In », dit Henri Broos en s'inclinant cérémonieusement.

Le roi serra la main du commissaire en souriant.

« J'ai beaucoup entendu parler de vous, monsieur Van In !

– Moi aussi », plaisanta Van In.

Broos prit un air catastrophé, mais le roi éclata de rire.

« Nous nous verrons tout à l'heure, Henri », dit-il en prenant Van In par le bras et en l'attirant vers son bureau.

Qui veut rester au pouvoir doit veiller à transformer ses ennemis en amis et à faire accroire à ses amis que leur statut n'est pas inébranlable. Broos m'attendra bien un moment dans l'antichambre !

« J'ai remarqué que vous fumiez, dit le roi à Van In en lui adressant un clin d'œil.

– C'est exact, Sire. »

Le roi chuchota quelque chose à l'oreille de son hôte. Broos n'en crut pas ses yeux lorsqu'il vit Van In fouiller sa poche, en sortir son paquet de cigarettes et le présenter au souverain. Le reste ne lui était pas destiné. Le petit maigrelet aux yeux en tête d'épingle referma les doubles portes et se retira dans son local où l'attendaient son téléviseur et son lit de camp étroit. Il passait une grande partie de sa vie dans ce réduit, sur le qui-vive, prêt à exaucer les moindres souhaits de Sa Majesté.

Le roi avait entassé dans son bureau d'innombrables souvenirs qu'il avait reçus en cadeau lors de ses non moins nombreux voyages à l'étranger. Van In repéra en premier lieu un bouddha de Thaïlande, un corail sanguin de la Grande Barrière de corail, un masque africain, des statuettes en ivoire, un didgeridoo, de la dentelle espagnole, une litho d'Andy Warhol…

« Asseyez-vous, commissaire ! Que puis-je vous offrir ?

– Auriez-vous quelque chose de frais ? »

Une immense reproduction de L'*Agneau mystique* des frères Van Eyck trônait à côté de la fenêtre. Le roi la fit coulisser, révélant un énorme frigidaire américain encastré dans le mur.

« Un Baccardi-Coca ? »

Van In accepta volontiers. L'accueil que lui réservait le roi l'impressionnait. Il se comportait avec lui comme s'ils se connaissaient depuis des années.

« Je vais jouer franc-jeu avec vous, commissaire. »

Le roi fit tomber plusieurs glaçons dans les verres avant d'y verser une quantité forcément royale de Baccardi. Une bouteille de Coca de vingt centilitres suffit pour remplir les deux verres jusqu'en haut – et encore, le roi en laissa un fond dans le récipient.

« Henri Broos est un excellent ami. J'entretenais également de très bonnes relations avec Marcus Heydens. Nous nous sommes connus au collège... »

Le roi tendit son verre à Van In et prit place derrière son bureau. La situation était délicate. Henri lui avait raconté que le fils de Marcus Heydens, Valentin, avait enlevé une magistrate et menaçait de la tuer. Cette magistrate était la compagne d'un commissaire de police, lequel avait appris qu'il avait eu une relation sans lendemain avec la mère de Valentin. Si la presse avait vent de l'affaire, cela ferait du grabuge.

« Henri me dit que Valentin Heydens répand le bruit qu'il serait mon fils. » Le roi leva son verre et but une gorgée. « Je pensais, reprit-il, que Valentin viendrait m'apostropher avec cette histoire pendant ma visite à Bruges, demain. Alors, j'ai demandé à mon chef de cabinet de faire le nécessaire pour éviter tout incident fâcheux, mais j'ignorais bien évidemment que votre compagne avait été enlevée. C'est Henri qui me l'a appris ce soir. Il m'a expliqué que l'opération policière était susceptible de mettre la vie de votre amie en danger. »

Le roi s'exprimait dans un néerlandais presque parfait, ce qui n'était pas rien quand on songeait qu'au moment de monter sur le trône, dix ans auparavant, il ne savait pas aligner plus de dix phrases standard. Van In était fortement impressionné.

« Donnez-moi douze heures, Sire ! » dit-il sur un ton mélodramatique.

Le roi hocha la tête.

« C'est déjà réglé, commissaire. J'ai personnellement téléphoné au ministre de la Justice il y a une heure. Je lui ai demandé d'arrêter les poursuites. Croyez bien que je regrette d'avoir mis votre fiancée en danger par mon étourderie. »

Van In était pour le moins confus. Henri Broos s'était trompé dans son analyse de la situation. Valentin Heydens n'avait jamais eu l'intention d'éventer un vieux secret de famille. Non, il voulait tuer son père, autrement dit commettre un parricide qui serait aussi un régicide, et lui, Van In, ne pouvait rien faire pour l'en empêcher.

« Il serait peut-être plus sage de reporter votre visite à Bruges, Sire.

– Non, commissaire. Cela n'aurait aucun sens. »

Si je faisais ça, Valentin irait de toute façon parler à la presse. L'annulation de ma visite serait interprétée comme un aveu, et cela nuirait fortement à l'image de toute la famille royale.

« Vous n'êtes pas obligé de vous montrer en public, Sire », tenta encore Van In.

Le roi secoua la tête.

« J'ai promis à Henri une petite promenade dans les rues de la ville. La visite que je lui rends est un hommage. Les gens ont le droit de savoir que le roi s'intéresse au sort de ses sujets. Nous devons faire notre devoir, commissaire. »

Van In se trouvait écartelé. Soit il confiait au roi que Valentin avait l'intention d'attenter à ses jours, et dans ce cas Hannelore mourrait. Soit il se contentait de regarder Valentin mettre son plan à exécution. Il vida la moitié de son verre, alluma une cigarette et présenta le paquet au roi.

« Il n'y a pas d'autre solution ?

– Non, commissaire. J'irai demain à Bruges, comme prévu. »

Van In but les dernières gorgées de son Baccardi.

« En tout cas, y a pas à dire ! Vous savez y faire, en matière de cocktails, Sire. »

Par politesse, le roi lui en proposa un second.

« Volontiers, Sire. »

Pendant que le roi farfouillait dans son frigidaire américain, Van In réfléchit. *Les criminels commettent forcément des erreurs. Il y a toujours moyen de les mettre en échec. Et si… Mais oui ! Je le savais ! J'ai négligé un détail !*

« Sire ! J'ai une idée ! »

Le roi compléta les verres avec le fond de la première bouteille de Coca, si bien que les *Cuba libres* étaient presque transparents.

« Vous nous en voyez ravi, commissaire. »

Le roi retourna à son bureau et se laissa tomber dans son fauteuil en soupirant.

16

Une fois l'audience terminée (elle avait duré plus de trois heures), la limousine royale ramena Van In et Henri Broos à Bruges. Le notaire brûlait de curiosité, mais il ne posa aucune question durant tout le trajet du retour, par respect pour la Couronne. Van In lui en fut reconnaissant. Il avait en effet promis le secret absolu au roi en échange de la garantie que le Palais entreprendrait tout ce qui était en son pouvoir pour sauver Hannelore. Le plan que Van In avait soumis au roi était encore un peu boiteux, mais il n'avait pas pu faire mieux dans ce laps de temps si court.

« À demain, maître ! » dit Van In au notaire lorsque le chauffeur s'arrêta rue Saint-Georges.

La promenade royale était prévue le lendemain à quatorze heures. Le souverain et Henri Broos quitteraient la maison du notaire pour aller sur la Grand-Place et, de là, ils marcheraient jusqu'au Béguinage en passant par la rue aux Laines et le *Dyver*. C'était autant des endroits à voir que des endroits où être vus : à quoi bon poser un acte charitable si personne n'est au courant ?

« J'espère que tout se terminera bien pour votre compagne », dit le notaire en souriant.

Il serra la main de Van In avant de rentrer chez lui, la tête basse. Le chauffeur, la quarantaine grisonnante, le regard fatigué, referma la portière et demanda à Van In où il voulait être déposé.

« Rue de la Balle 112, dit Van In. Je vais vous indiquer le chemin. »

Il consulta sa montre. Une heure dix. Versavel se vantait souvent de ne jamais aller se coucher avant une heure du matin. Il ne mentait pas, car lorsque la Mercedes s'arrêta devant la maisonnette soigneusement entretenue, Pieter vit une main écarter les rideaux. Il n'eut pas besoin de sonner que déjà la porte s'ouvrait.

« J'ai besoin de toi, Guido ! »

Vêtu d'un pyjama sans un pli, le brigadier jugea bon de ne pas interroger son supérieur. Le regard de Van In en disait suffisamment long.

« Demande, et j'obéirai, dit-il en entrant dans le salon.

– Frank est encore éveillé ?

– Je ne l'attends pas avant une heure ou deux, dit Guido, apparemment nerveux. Tu veux que je prépare du café ? »

Van In ne demanda pas où Frank pouvait bien traîner ses guêtres. Ce n'était pas ses affaires. Et il avait d'autres chats à fouetter. Dans la limousine du roi, il avait essayé de rassembler tous les indices en sa possession pour localiser l'atelier de Valentin. La plupart étaient vagues, voire peu fiables, mais il n'avait pas le choix. Tout dépendait uniquement de la signification à donner aux paroles de Virginie et de Diana. L'atelier de Valentin se trouvait d'après la première dans un endroit où la terre communiquait avec les autres éléments, c'est-à-dire l'eau, l'air et le feu, et, d'après la deuxième, dans un lieu en relation avec le *Roman de Renart*. La seule idée qui lui était venue, c'était que cet atelier devait se trouver aux environs de Bruges, mais au calme.

« Les polders correspondent à la description de Virginie, non ? demanda Van In.

– Exact. Les poètes disent que c'est là que se jouent "les noces de l'eau, de la terre et du ciel".

– Mais quid du feu, dans ce cas ?

– Virginie faisait peut-être référence à l'incinérateur de déchets ménagers. Ça concorde : il se trouve dans les polders, à un jet de pierre de la côte.

– Tu as une carte de la région ? »

Versavel fit oui de la tête. Dans le cadre d'une action promotionnelle organisée par le quotidien auquel il était abonné, il avait récemment collectionné des timbres et peu à peu gagné un très bel assortiment de cartes d'état-major qu'il se promettait d'utiliser quand il partirait en randonnée avec Frank. Il s'éclipsa et revint rapidement avec toute sa collection.

« Voici la région qui s'étend de Bruges à la côte ! »

Ils étendirent la carte sur la grande table de la salle à manger.

« Tout y est, expliqua Versavel. Les ruisseaux, les sentiers, les pylônes à haute tension, même le nom de certains domaines !

– Je veux que tu visites toutes les fermes entre l'incinérateur et la côte ! Interroge les proprios, demande-leur s'ils connaissent Valentin Heydens, mais sois discret, Guido, parce que nous ne savons toujours pas combien ce salopard a de complices ! »

Van In avait envisagé un moment d'alerter tous les services de police et de leur demander de passer la zone au peigne fin, mais il avait écarté ce plan trop dangereux. Il fallait à tout prix éviter d'attirer l'attention de Valentin et de faire courir le moindre risque à Hannelore.

« Tu sais combien de fermes ça fait ? demanda Versavel. Y en a une centaine, à vue de nez !

– Je veux que tu sois sur place dès le lever du soleil ! Le roi et Henri Broos traverseront la ville à quatorze heures. Je compte sur toi pour m'appeler avant ! »

Van In alluma une cigarette et vida sa tasse de café.

« Va dormir, maintenant, Guido. Je te réveillerai sur le coup de cinq heures. »

À onze heures moins le quart, Valentin lança les vêtements d'Hannelore dans la cabine et lui demanda de s'habiller. Ensuite, il lui mit des fers aux pieds avant de lui ôter ses menottes.

« Au nom du ciel, qu'as-tu l'intention de faire de moi, Valentin ? »

Hannelore avait passé une nuit horrible. Elle était dans un sale état. La bouche sèche, les lèvres recouvertes de croûtes, elle se dégoûtait.

« Tu pues ! » commenta Valentin.

Pendant la nuit, il lui avait proposé toutes les heures de coucher avec lui. Elle avait chaque fois refusé. Alors, il avait tout préparé pour l'exécution, désormais inévitable. *Tous ceux qui m'ont un jour aimé doivent mourir, ne serait-ce que pour rendre ma propre mort supportable. Qu'est-ce qui est plus grave ? Ne pas savoir qui est votre propre père ? Apprendre que votre mère vous a laissé tomber ? Ou constater que la jeune fille qui autrefois se donnait librement à vous refuse de faire l'amour avec vous, même sous la menace de la mort ? Je n'ai pas le choix. Soit je les zigouille, soit je leur pourris la vie au point que pour eux elle n'ait plus aucune valeur.*

Valentin prit Hannelore par le bras et l'aida à se relever. Après une nuit de privation, elle n'était plus que l'ombre d'elle-même, mais il allait arranger ça. *La mort va lui rendre la fraîcheur de ses dix-sept ans !*

Lorsque Hannelore vit le tabouret et la corde qui se balançait à une poutre, elle se dégagea et courut jusqu'à la porte. Elle n'alla pas plus loin. Elle trébucha dans ses fers et tomba durement sur la chape de béton. Du sang coula de sa lèvre supérieure sur son menton, lui laissant un goût sucré dans la bouche.

« Dans quelques heures, tout sera fini », lui susurra Valentin avant de la redresser une deuxième fois et de l'attirer de nouveau vers le tabouret.

« Je ne monterai jamais là-dessus ! hurla Hannelore.

– Tu n'es pas obligée, dit Valentin en brandissant un pistolet et en posant le canon sur son front. Choisis ! »

L'horrible nuit qu'elle avait passée à demi nue dans l'étroitesse de la cabine était un cauchemar que la juge n'aurait pas souhaité à son pire ennemi. Elle pensa à tous les malfaiteurs à l'encontre de qui elle avait sollicité des peines exemplaires lorsqu'elle était encore substitut. *C'est tellement facile ! Les gens réclament du sang. La plupart des juges n'osent pas faire autrement que de suivre le ministère public. Après une seule nuit dans ce réduit infâme, je sais ce que c'est, à présent, d'être privé de liberté.*

« Je ferai ce que tu veux », dit-elle, terrorisée.

Valentin ne réagit pas. C'était trop tard. Il lui enfila une camisole de force, la fit grimper sur le tabouret et lui passa le nœud coulant autour du cou. L'organisme d'Hannelore se mit à produire des endorphines à une vitesse industrielle. Un étrange calme s'abattit sur elle.

« Pourquoi veux-tu me tuer, Valentin ? Tu sais que je t'aime ! » dit-elle en le regardant de ses grands yeux.

Son ancien amant lui caressa l'intérieur de la cuisse avec une infinie tendresse.

« Si Van In me laisse tranquille, je reviendrai », dit-il.

Cela ne semblait pas très convaincant. De ses nombreuses lectures sur l'Holocauste, Hannelore avait tiré cet enseignement : les nazis s'étaient donné beaucoup de mal pour apaiser les craintes de leurs victimes et leur donner l'impression qu'il restait de l'espoir. *La tactique a fait ses preuves, mais je ne suis pas dupe ! En m'avouant qu'il a tué son père, Valentin a brûlé tous ses vaisseaux.*

« C'est toi qui as tué Wilfried Delanghe ? » demanda-t-elle alors que Valentin s'éloignait vers la Fiat.

Sa question retentit dans l'atelier comme le dernier souhait d'un condamné à mort. À moins que ce ne fût une ultime tentative de gagner du temps ?

Cet homme a besoin qu'on fasse attention à lui, avait subitement compris Hannelore. *Comme la plupart des meurtriers. Je peux encore sauver ma peau si je parviens à le prendre dans le sens du poil.*

« Ce gros dégueulasse de Delanghe a abusé de ma demi-sœur. Il fallait bien que quelqu'un se débarrasse de lui ! »

Valentin consulta sa montre. Onze heures cinq. Il avait encore du temps devant lui.

« Un jour, j'avais craché le morceau à Diana. Je lui avais dit que je buterais tous mes faux pères. Quand je lui ai téléphoné pour lui annoncer la mort de Marcus, c'est elle qui m'a demandé de liquider Wilfried.

– Toi, tu ne voulais plus ?

– Non, je voulais qu'Henri porte le chapeau pour la mort de Marcus.

– Qu'est-ce qu'il t'a fait, le notaire ?

– Il m'a dit qu'il était mon père, mais c'était seulement pour pouvoir baiser ma mère.

– C'est pour ça que tu as écrit les lettres de menace ? »

Valentin éclata de rire.

« Non, ça, c'était pour toi, ma jolie ! Comment aurais-je pu attirer l'attention d'une aussi belle juge que toi, sinon ? Je pensais que tu tomberais dans le panneau.

– Je suis tombée dans le panneau, Valentin.

– Tu dis ça parce que tu as une corde autour du cou et que tu sais que je n'ai qu'un coup de fil à donner pour activer le tabouret.

– Je veux être ton amie, Valentin.

– Les amis, je m'en fous, si tu veux savoir. »

Valentin ouvrit le portail, monta dans la Fiat et fit sa manœuvre. Lorsque le portail se fut refermé derrière lui et qu'Hannelore eut entendu le bruit de la chaîne qu'il cadenassait, elle appela au secours. Le tabouret chancela. Elle faillit perdre l'équilibre. Et pour ne rien arranger, sa jambe droite se mit à trembler.

À treize heures trente, Van In prit position sur la Grand-Place. Quelques minutes auparavant, il avait appelé Versavel par radio, mais le brigadier n'avait toujours rien trouvé. Depuis le matin, il avait inspecté trente-trois fermes, ce qui voulait dire qu'il lui en restait encore trois fois autant à visiter. C'était une mission impossible, et ils en étaient bien conscients tous les deux. Van In alluma une cigarette.

Des touristes transis de froid bayaient aux corneilles devant la statue de Jan Breydel et Pieter De Coninck, ces bourgeois qui avaient fait mordre la poussière à la chevalerie française en l'an de grâce 1302 et que le mouvement nationaliste flamand avait récupérés au XIXe siècle pour en faire les symboles du combat pour l'émancipation, tant vis-à-vis de la France que des élites francisées de Flandre. Contrairement à ce que prétendaient les manuels d'histoire, leur lutte n'avait rien d'idéaliste. Jan Breydel était grossiste en jambons. S'il s'était insurgé contre les Français, c'était pour des raisons avant tout commerciales. De toute façon, se disait Van In en contemplant la scène, les guerres et les révolutions ont toujours une explication financière ou religieuse. Quant aux crimes, ils ont en général pour mobile la folie ou le désir. Van In jeta sa cigarette à moitié consumée pour en allumer aussitôt une nouvelle. *Valentin entre parfaitement dans ces deux catégories : il est complètement siphonné, et plutôt du genre chaud lapin. Et dire qu'Hannelore est à la merci de ce salopard !* Sa douleur était insupportable.

Lorsque la limousine royale se gara devant la maison négligée d'Henri Broos, le commissaire adjoint Vanneste fit le plus beau garde-à-vous de sa carrière. Contrairement à toutes les instructions, il portait sa tenue d'apparat, avec lacet et écharpe noir, jaune, rouge. Le commissaire en chef De Kee trouvait plus judicieux de se tenir en retrait. Deux agents de la sécurité – de loin, ils faisaient un peu penser à des mormons – assuraient la protection du souverain. Sa Majesté afficha son plus beau sourire, mais lorsqu'il remarqua qu'il n'y avait personne en dehors des services d'ordre, celui-ci se transforma en rictus. Il s'extirpa de la limousine et boitilla jusqu'à la porte, où Broos l'accueillit chaleureusement. Joris se concentrait sur le *clic-clic* de la canne royale. Lorsque le roi fut à sa hauteur, il tendit la main :

« Bonjour Sire. Comment allez-vous ? »

Hannelore se tenait raide comme la mort sur son tabouret. Elle n'osait plus bouger. Elle avait passé la dernière demi-heure à se contorsionner dans tous les sens pour se libérer du nœud coulant, mais cela avait failli lui être fatal. À chaque mouvement, la corde s'était resserrée un peu plus autour de son cou. Invoquant Schopenhauer, elle tenta de se persuader que sa volonté de survivre serait suffisamment forte pour triompher. *Dans quelques heures, je serai fixée sur la validité des thèses du philosophe, du moins si j'ai la force de penser à lui quand le chanvre s'enfoncera sous ma peau. N'importe quoi ! Schopenhauer est mort. Nietzsche aussi. Mes dernières pensées iront à Simon et à Sarah. Et peut-être un peu aussi à Van In.*

À deux heures moins cinq, Van In reprit contact avec Versavel. C'était la troisième fois en moins d'une demi-heure.

« Je ne tiens plus, Guido. Je suis à bout. »

Versavel était dans la Golf. Il avait étalé la carte d'état-major devant lui, sur le volant. Il y avait tracé trente-sept croix, une pour chaque ferme visitée.

« Je fais de mon mieux, Pieter. »

La différence entre un ordinateur et un cerveau humain, c'est que le premier explore toutes les combinaisons possibles en une fraction de seconde sans se soucier le moins du monde de la logique. Versavel se rendit compte que sa démarche systématique ne le mènerait à rien, mais que devait-il faire ? Dans trois quarts d'heure, la messe serait dite et personne n'y pourrait rien changer.

Joris Broos portait un complet-veston avec, au revers de sa veste, une rosette tricolore dont personne ne s'était préoccupé. Les services de sécurité n'avaient même pas pris la peine de le fouiller. Non seulement il était le fils d'Henri Broos, mais en plus, il était aveugle, autrement dit : incapable de faire du mal à une mouche. Après le déjeuner – le roi s'était contenté d'un petit pain au saumon et d'un verre d'eau gazeuse –, tout le monde se prépara pour la promenade en ville. Joris en profita pour se rendre aux toilettes. Là, il vérifia que le tuyau en caoutchouc fixé à sa poitrine avec du sparadrap était toujours solidement arrimé. Ce tuyau reliait sa rosette à une petite poire dissimulée sous son aisselle gauche. Le produit qu'elle contenait puait, mais Valentin lui avait juré ses grands dieux qu'il s'agissait d'un colorant inoffensif. Il sourit. S'il réussissait à projeter du bleu de méthylène sur la figure royale, il deviendrait célèbre du jour au lendemain. Les journaux lui demanderaient des interviews. Des tas de jolies filles le verraient à la télé et lui écriraient des lettres enflammées. Cette seule idée le fit bander. L'attentat sur la personne du roi ferait enfin de lui un homme !

Le cortège royal progressait lentement, car le notaire devait régulièrement s'arrêter pour reprendre son souffle. Lorsque Van In vit la compagnie arriver, il rappela Versavel.

« Où es-tu, Guido ? » hurla-t-il.

Pas de réponse.

Il essaya de nouveau.

Toujours rien.

« Voici la statue de Jan Breydel et de Pieter De Coninck, expliquait Henri Broos, rouge pivoine. Ces hommes ont mené la révolte des matines brugeoises qui ont conduit à la bataille des Éperons d'or en 1302. Nous leur devons l'éclosion de la culture flamande ! »

Le roi hocha la tête. Ce n'était pas exactement ce que le chef du protocole lui avait expliqué la veille. *Ah ! Oui ! L'histoire des jambons de Flandre ! Comme j'ai ri, hier, avec cette anecdote ! Mais sois sérieux, allons, il y a du monde !*

« Guido, tu m'entends ?! »

Il y eut un craquement dans la radio. Van In était désespéré.

« Guido, tu m'entends ?! »

Van In balaya la place du regard. Valentin Heydens se trouvait juste sous la statue qui faisait l'orgueil des Brugeois. Il tenait un téléphone portable à la main.

« Versavel appelle Van In, dit une voix dans la radio. Pieter, tu m'entends ?

– Je t'entends. Tu l'as trouvée ?

– Non, mais…

– Nous n'avons plus le temps, Guido.

– Donne-moi cinq minutes ! hurla Versavel. Je crois que je sais où il la retient prisonnière. Un endroit où se rejoignent la terre, l'eau, l'air et le feu ! Le *Roman de Renart* ! La ferme Malpertuis ! C'est au nord de Zuienkerke, tout près de la mer. J'y serai dans quelques minutes !

– Ce sera trop tard, Guido. »

Le cortège royal s'était arrêté au pied de l'escalier monumental du palais provincial. Joris avança d'un pas. Il attendait que le roi dise quelque chose pour déterminer sa position exacte. Van In comprit parfaitement la manœuvre. Lorsqu'il vit Joris hésiter, il fit le geste convenu en direction de Bruynooghe et bondit sur le roi. Avant que Joris n'ait eu le temps d'actionner la poire en caoutchouc et de libérer sa dose d'acide chlorhydrique, Van In avait empoigné le roi par la taille. Le souverain perdit l'équilibre et s'étala de tout son long sur les pavés, entraînant Van In dans sa chute. Une demi-seconde plus tard, le commissaire était maîtrisé par les gardes du corps de Sa Majesté qui le maintinrent au sol et lui passèrent les menottes.

« C'est moi, Sire ! » cria Van In.

Au même instant, Valentin composa le numéro qui actionnait à distance le tabouret meurtrier. Van In se démena comme un beau diable.

« Lâchez-le ! » ordonna le roi.

Les gardes du corps obéirent instantanément. Van In se releva tant bien que mal. Bruynooghe, qui avait observé toute la scène à distance, fit ce que Van In l'avait chargé de faire.

« Appel à toutes les patrouilles ! s'époumona-t-il dans le micro de la radio. Arrêtez le suspect ! Maintenant ! »

Des dizaines de flics déboulèrent sur la Grand-Place et la bouclèrent hermétiquement. Quatre pelotons de l'escadron spécial d'intervention de la gendarmerie prirent d'assaut la statue de Jan Breydel et de Pieter De Coninck. Ils portaient leur cagoule et leur uniforme bleu marine. Au même instant, les tireurs d'élite couchés sur les toits des immeubles les plus proches mettaient Valentin Heydens en joue. Une unité d'agents de sécurité, surgis de nulle part comme tous les autres, entourèrent le roi et le guidèrent jusqu'à une voiture prête à démarrer. Dix secondes plus tard, au moment où Valentin sortait son arme, un gendarme ouvrit le feu. Deux tireurs d'élite terminèrent la besogne. Valentin Heydens porta une main à sa poitrine et s'effondra dans un parterre de fleurs.

Le propriétaire de la ferme Malpertuis, un bonhomme rondelet et court sur pattes dans la soixantaine, découpa un anneau de la chaîne qui verrouillait le portail au moyen de grandes cisailles d'élagage.

« Il s'était présenté sous le nom de Deconinck[1], commenta-t-il. À croire qu'il se prenait pour le roi en personne ! »

Versavel n'écoutait pas. Il poussa le portail de toutes ses forces et entra en trombe dans l'atelier de Valentin. Lorsqu'il vit Hannelore debout sur le tabouret, les larmes lui montèrent aux yeux. Il arracha les cisailles des mains du paysan, coupa la corde et prit Hannelore dans ses bras.

« Guido ! Comme je suis contente de te voir ! » dit Hannelore en éclatant en sanglots.

Versavel la serra contre lui en remerciant Dieu et tous les saints du paradis. Van In avait vu juste. Heydens s'était servi de son téléphone portable pour tuer son père. Le geste que Van In avait adressé à Bruynooghe juste avant de se précipiter sur le roi était le signal convenu pour que le policier compose un numéro spécial qui l'avait mis en contact avec tous les opérateurs de téléphonie mobile. Le mot de code était : « *Cut !* » Trois secondes plus tard, tous les émetteurs de Flandre occidentale avaient été déconnectés, ce qui avait eu pour effet d'interrompre net toutes les communications. Et Heydens n'avait pas pu activer son tabouret à distance.

1. Nom flamand correspondant à Leroy.

« Pour moi, ce sera une Duvel ! » dit Van In.

Ils étaient tous assis à la terrasse de L'Estaminet. Hannelore avait pris une longue douche et enfilé des vêtements propres. Elle riait sans arrêt, mais c'était une conséquence directe de l'épreuve qu'elle venait de traverser. Versavel était rayonnant. Il était fier de Van In et incroyablement heureux que tout se soit bien terminé. En toute hâte, Johan, le patron, avait noué un tablier propre autour de ses hanches.

« Et vous, Sire ? Qu'est-ce que vous prendrez ? »

Le roi eut un sourire bon enfant.

« Le roi boit ce que boit le commissaire », dit-il.

Là-dessus, ni Beekman ni De Kee n'osèrent commander autre chose qu'une Duvel. Même Henri Broos, qui avait depuis longtemps perdu l'habitude de boire de la bière, suivit la voie indiquée par le souverain.

« À votre santé, Sire ! » dit Van In en levant son verre.

Une tache d'un rouge sombre ornait la manche de sa chemise. C'était une goutte de sang royal. S'il la faisait analyser, il pourrait savoir avec certitude si l'histoire que se racontait Valentin n'était pas un conte de fées et s'il était réellement le fils du roi et de Leona Vidts.

Le roi fit valser sa bière dans son verre, se leva et s'inclina légèrement.

« À la santé et au bonheur de Pieter van In et d'Hannelore Martens. Et je dis bien “van In” avec un petit “v”, car il aurait bien droit à la particule nobiliaire et “Martens” avec un “M” magnifiquement voluptueux comme dans “c'est MERVEILLEUX de vous avoir parmi nous si vivante et si mignonne, chère amie” ! »

Dans l'allégresse générale, Van In plongea son nez dans son verre et se fit la promesse solennelle de mettre lui-même sa chemise dans la poubelle dès son retour.

Quant au commissaire adjoint Vanneste, il montait la garde dehors, dans le froid. Il jeta un coup d'œil à l'intérieur. *Mais qu'est-ce que j'ai fait pour mériter ça ?!*

DU MÊME AUTEUR

Aux Éditions Albin Michel

LE CARRÉ DE LA VENGEANCE, 2007
CHAOS SUR BRUGES, 2008
LES MASQUES DE LA NUIT, 2009
LA QUATRIÈME FORME DE SATAN, 2009
LE COLLECTIONNEUR D'ARMES, 2009

Composition Nord Compo
Impression CPI Bussière en mai 2010
à Saint-Amand-Montrond (Cher)
Editions Albin Michel
22, rue Huyghens, 75014 Paris
www.albin-michel.fr
ISBN 978-2-226-21501-7
N° d'édition : 18291/01. – N° d'impression : 101369/4.
Dépôt légal : juin 2010.
Imprimé en France.